文春文庫

警視庁公安部・片野坂彰

# 動脈爆破

濱嘉之

文藝春秋

# 警視庁公安部・片野坂彰
# 動脈爆破　目次


プロローグ　9
第一章　人質　24
第二章　情報戦　54
第三章　ソウル　124
第四章　ベイルート　163
第五章　日本国内のターゲット　225
第六章　救出　274
第七章　告白　292
第八章　銃撃戦　362
エピローグ　396

## 都道府県警の階級と職名

| 階級　所属 | 警視庁、府警、神奈川県警 | 道県警 |
|---|---|---|
| 警視総監 | 警視総監 | |
| 警視監 | 副総監、本部部長 | 本部長 |
| 警視長 | 参事官級 | 本部長、部長 |
| 警視正 | 本部課長、署長 | 部長 |
| 警視 | 所属長級：本部課長、署長、本部理事官 | 課長 |
| | 管理官級：副署長、本部管理官、署課長 | |
| 警部 | 管理職：署課長 | 課長補佐 |
| | 一般：本部係長、署課長代理 | |
| 警部補 | 本部主任、署係長 | 係長 |
| 巡査部長 | 署主任 | 主任 |
| 巡査 | | |

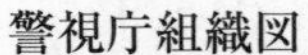


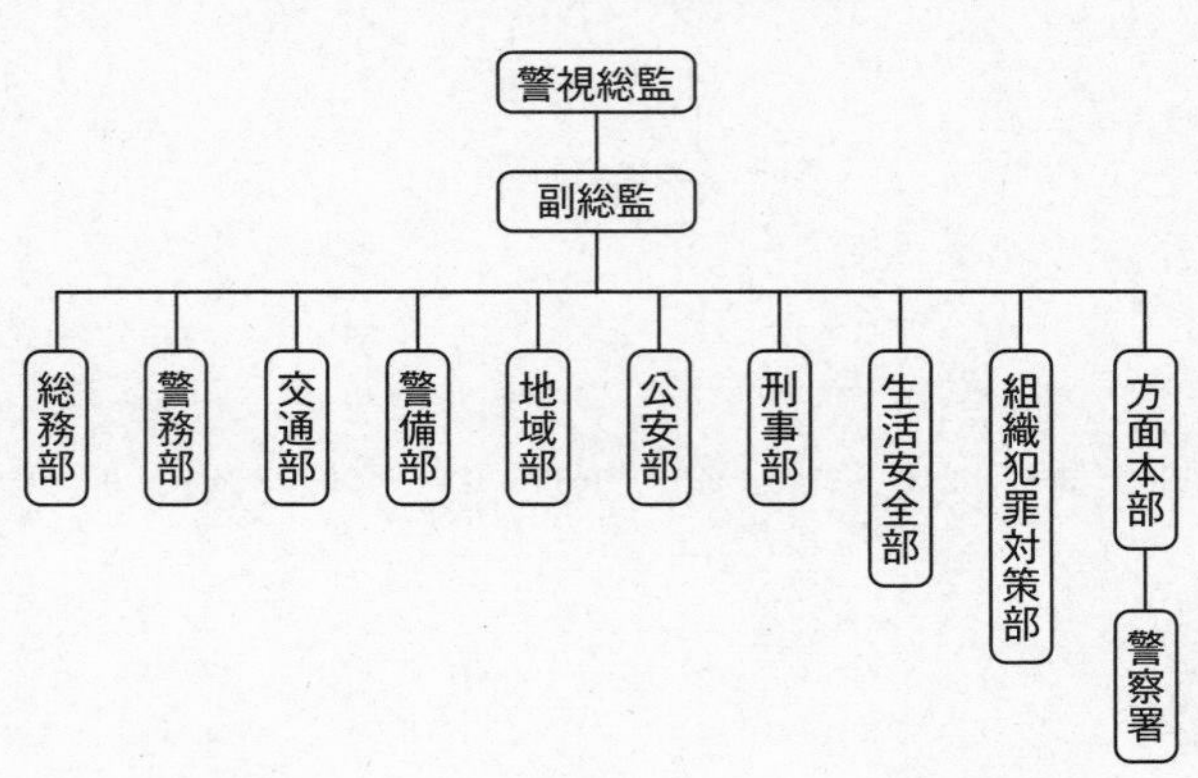

## 主要登場人物

**片野坂彰**………　警視庁公安部付。特別捜査班を率いるキャリア。鹿児島県出身、ラ・サール高校から東京大学法学部卒、警察庁へ。イェール大留学、民間軍事会社から傭兵、ＦＢＩ特別捜査官の経験をもつ。

**香川　潔**………　警視庁警部補。公安部長付特別捜査班。片野坂が新人の時の指導担当巡査。神戸出身、灘高校から青山学院大学卒、警視庁へ。警部補のまま公安一筋に歩む。

**白澤香葉子**……　警視庁警部補。公安部長付特別捜査班。カナダで中高を過ごした帰国子女。ドイツのハノーファー国立音楽大学へ留学。英仏独語など４か国語を自在に操り、警視庁音楽隊を経て公安部に抜擢される。

**宮島進次郎**……　警視庁公安部長。片野坂の「公安部長付特別捜査班」を構想する。

**望月健介**………　外務省職員。中東担当で、普段はドバイ勤務。

**高田尚子**………　旅行者。望月、吉岡と行動を共にする。

**吉岡里美**………　旅行者。望月、高田と行動を共にする。

**緒方良亮**………　外務副大臣。元財務省勤務。片野坂の東大法学部のゼミの先輩にあたる。

**クチンスカヤ**…　ブリュッセル在住、在ベルギーロシア大使館勤務と名乗る。

**ウィリアムス**…　イギリス国防情報参謀部のエージェント。

**ルーカス**………　アントワープ在住、モサドのエージェント。

**スティーヴ**……　モサドの上席分析官。

**北条政信**………　元経済産業大臣政務官。

**中野泰膳**………　元民自党幹事長。政界の黒幕、軍需産業にも意欲。

**青山　望**………　警視庁警備企画課理事官。情報マンとして功績を挙げ「チヨダ」へ永久出向。

警視庁公安部・片野坂彰

# 動脈爆破

# プロローグ

岩山の上をなぞるように続く道を上る。陽が落ちていく中、夕日が奇岩の影を長くしていく。岩の表面に現れる光と影のコントラストによるエキゾチックな雰囲気が、ただ息をのむような神秘的な光景に変わる。

沈みゆく太陽に向かって正面には村が広がり、村の後方には、夕日によって、まるで真っ赤なバラが咲き乱れているような光景が生まれることから、ローズバレーと呼ばれる奇岩群がある。

周囲では多くの観光客がスマホを様々な方向に向けて、言葉を発することなく、ただひたすら動画や画像を残している。

サンセットタイムが終わると、人々はリュックやバッグからスーパーで買い込んできたおつまみやワイン、チャイなどを取り出して、思い思いに夕暮れ後のスモールピクニックを始めた。夜景までのインターバルを楽しむためだ。カフェや売店で、ビールやワインを楽しむ客も多い。

カフェの主人が白人客に向かって英語で言った。

「今日はラッキーだよ。うるさい中国人とロシア人観光客がほとんどいないからな」

「やはり彼らはどこに行ってもうるさいのかい？」

「ああ。サンセットくらいは静かに眺めてもらいたいものなんだが、大声で喋りながら自撮り棒を使って動画を撮るものだから、嫌がられている。奴らは画面に自分たちが入っていなければ気が済まないらしい。まあ、金はたんまり落としてくれるんだがな」

主人は自嘲気味に答えた。

ここギョレメは、トルコ中央部に位置し、度重なる火山の噴火と長い間の風雨の浸食によって出来た「妖精の煙突」と呼ばれる奇岩群が連なる世界遺産・カッパドキアの中心にある村である。

やがて、あたりが闇に包まれると、村々の灯が点々とともり、地球の自然と現代の文明が生み出す世界屈指の夜景、「ギョレメ・サンセットポイント（正式名は、Aydın Kırağı アイドゥンクラウ）」が眼下に広がる。

この光景には多くの観光客も、さすがに声を上げて、その美しさを堪能している。

「そろそろ宿に戻りましょうか？」

三十代前半と思われる長身の男が言うと、連れの二十代半ばの女性二人のうちの一人がこれに答えた。

「宿も素敵ですものね。洞窟を利用して造られたホテルなんて日本にはないですよね。お昼に観た地下都市カイマクルみたい。美しい岩のアーチで飾られたお部屋で美味（おい）しい地元のワインを飲みましょうか」

カッパドキアはワインの産地としても有名で、ワイナリーを有しているホテルも多い。

「地下都市カイマクルの住居は人目につかない造りでしたね。もともと俗世を避けて信仰を深めたい初期キリスト教の熱心な信者たちにとって最適な場所でしたが、最後はイスラム教徒のアラブ人たちの攻撃から身を守るための隠れ家になっていたようですね」

「イスラム教って、どうして他の宗派を迫害するのかしら。昔から、今のように内戦をしていたのかしら」

男が振った話題には、彼女たちの知識では追いつかない様子だった。

「宗教間の争いは古今東西、どんな宗教でも起こっていますよ。イスラム原理主義者だけの問題ではないのですが、九・一一以来、イスラム原理主義者による世界規模のテロだけは許しがたいものがありますね」

「私の親しかった親族はエジプト観光中にテロで殺されてしまったんです」

「それはお気の毒に。ルクソール事件ですね。日本人観光客十人が亡くなりました。一九九三年の世界貿易センタービル爆破事件の首謀者が組織した集団による事件でした」

「詳しいのですね。望月（もちづき）さんってジャーナリストなんですか？」

「いえ、私は実は日本政府の役人なんです。久しぶりに一週間の休暇が取れたので、こちらに足を伸ばしてみたんです」

望月健介(けんすけ)と二人の女性が出会ったのは、二日前、イスタンブールのヨーロッパ側にある、ブルーモスクの名で有名なスルタンアフメト・モスクだった。

イスタンブールはトルコ北西部マルマラ地方に位置する。都市を二つに分断するヨーロッパとアジアの境に当たるボスポラス海峡は、南のマルマラ海と北の黒海を結び、市街は歴史や経済の中心であるヨーロッパ側のトラキア地方とアジア側のアナトリア半島に広がっている。

マルマラ海の北岸、ヨーロッパ側に見える三角形の半島が古代ギリシアのビュザンティオンの跡地であるイスタンブール旧市街で、今日のイスタンブールの中心である。二千年の間、外部の攻撃から守られてきて、特徴的な街の景観はよく残されている。

旧市街のある半島の先端部分、三方をボスポラス海峡とマルマラ海、金角湾に囲まれた丘に位置するのがトプカプ宮殿である。トプカプ宮殿(「大砲の門宮殿」の意)には、十五世紀後半から十九世紀後半までオスマン帝国の君主が居住していた。

三人が出会ったスルタンアフメト・モスクは、このトプカプ宮殿のすぐ近くにあった。三人が投宿していたホテルが同じだったので、その翌日の早朝、望月が朝食を取っていた時に二人に再び会った。さらに偶然にも、次の日カッパドキアに行くことも、そしてカッパドキアでのホテルまで同じだったので、同行することになった。

カッパドキア旅行のベストシーズンは雨量が少ない五月から十月の春から初秋にかけてと言われている。この時期の気温は日本の仙台と同じくらいだが、カッパドキアは直射日光の強さが特徴である。

三人がカッパドキアを訪れたのも、まさにこの時期で、日本では夏休み時期に当たる、八月上旬のことだった。

イスタンブールからカッパドキアまでは空路を利用して、イスタンブール新空港からネヴシェヒル・カッパドキア空港に向かった。カッパドキア随一の観光地「ギョレメ」に一番近い空港で移動時間が短縮出来る便利さはあるが、早朝と夕方の一日二便だけの運航だった。空港とホテル間は送迎サービスが充実しており、ネヴシェヒル・カッパドキア空港からの料金は三十トルコリラ（日本円で約五百五十円）と、かなり安い設定だ。チェックインを済ませて、三人はカッパドキア観光に向かい、夕食を抜いて夕日と夜景の見物を楽しんだのだった。

「外交官の方だったのですか……」

やや九州訛りを残した吉岡里美（よしおかさとみ）が望月に訊ねた。

「外交官ではないのですが、まあ、似たようなものですね」

望月が穏やかに答えた。

「トルコに駐在されていらっしゃるのですか？」

「中東担当ということで、ヨルダン、トルコ、アラブ首長国連邦（ＵＡＥ）の三か国を担当していて、普段はドバイで勤務しています」

「ドバイ勤務ですか……羨ましい」

「物価は高いし、そんなにいいところでもないですよ」

「ドバイって物価が安いのかと思っていました」

「とんでもない。ドバイの収入源は観光業です。住民税はありませんが、観光客からガッツリ取るのがドバイのモットーです。中でも酒類は異常なほど高くて、ビール一本、日本円で千二百円くらいします」

「ええっ」

吉岡と洗練された雰囲気を持つ高田尚子が顔を見合わせながら驚いた声を出した。

「私のこの旅行も、イスラム国家でも酒が安いトルコに、買い出しに来ているようなものです。ドバイという国はアラブ首長国連邦を構成する首長国の一つですから、事実上の都市国家なんです。中東屈指の世界都市で金融センターですが、あくまでも富裕層向けの街ですね」

「じゃあ、私たちなんかじゃダメだわ」

「短期間で楽しむのならば、一度、行ってみる価値はある場所ですけどね……治安はいいですし」

「トルコも最近は、あまり治安がいいとは言えませんよね」

「これは国家間の様々な事情があるんですね。日本とトルコは昔から仲が良かったのですが、最近、トルコがロシアに接近しはじめたことで、微妙な関係になりつつあるといえるでしょう」

「そうなんですか……」

会話を続けながらホテルの近くまで来たとき、露店を覗いた吉岡が驚いた声を出した。

「あら、アレッポ石鹼を売ってる」

「アレッポ石鹼……なんですかそれは」

「あら、ものしりの望月さんでもご存じないことがあるのですね」

吉岡里美が嬉しそうな声で反応した。

若い女性の声を聞きつけて露天商の中年男性はスケッチブックを開いて女性に見せながら、たどたどしい日本語で言った。

「日本人の女性、キレイです。これは私たちが作った石鹼です」

スケッチブックには二ページにわたって手書きの日本語で、

「トルコに避難し、多くの困難を乗り越え石鹼作りを再開できました。トルコはアレッポ伝統の石鹼作りに適していました。この石鹼が愛されていることはアレッポ石鹼職人にとって誇りです。母国の平和を祈りながら石鹼作りを続けて参ります」

と書かれていた。どうやらこのスケッチブックには多言語でアレッポ石鹼の現地作成の説明が書かれているようだった。

アレッポはシリア北部、トルコとの国境に近い商業都市で、古くから交易都市として栄えた町である。

そして、アレッポは石鹼発祥の地だ。アレッポの石鹼の原料は、いずれも農薬を使わずに栽培されたオリーブオイルと、「オイルの宝石」とも称される高価なローレルオイルである。フランスの石鹼として世界的に有名な「サボン・ド・マルセイユ」、マルセイユ石鹼の製法はアレッポの石鹼が原点とも言われている。

「せっかくだから買って行こうかしら」

高田が言うと、吉岡もポーチからユーロ紙幣を取り出して複数個購入し、たどたどしい英語で露天商の男に訊ねた。

「アレッポ石鹼を実際に作っているところを見ることはできるのですか?」

「ここから車で一時間くらいのところに、十軒ほどの小さな工場があります。どうぞ見に来てください。伝統的な作り方で作っているのがわかります。今、あなたが手にしているような小さなものだけではなく、ビッグバーと呼ばれている、原型も売っています」

「マルセイユ石鹼のビッグバーは知っているけど、アレッポ石鹼のそれは見たことがないわ。いいお土産になるかもしれない」

吉岡は露天商の男から工場の名前と場所を教えてもらい、明日、訪ねる約束をした。

ホテルに戻ると三人は一旦各々の部屋で入浴等を済ませた後、望月の部屋に集まり部屋飲みを始めた。

「もっとたくさんの日本人旅行者がいるのかと思ったのですが、望月さんが唯一で、しかも旅行者じゃなかった」

高田尚子がシラーズのワインの香りををくゆらせながら笑って言った。

「今、中東は情勢が微妙ですし、トルコも今までに比べてちょっと難しい立ち位置になってきていますからね」

望月が応えると、アレッポ石鹼の工場見学を提案した吉岡里美がチェイサー代わりのビールをゴクリと飲んで望月に訊ねた。

「望月さんってトルコは好きなんですか？」

「まあ、好きな国の一つでしょうね。ヨーロッパとアジアの接点だし、トルコ料理は世界三大料理の一つとも言われていますからね。しかも、国家的に見ても日本とは明治時代から伝統的に仲がいいですから」

「どうしてトルコと日本は仲がいいんですか」

「大きな理由は二つあります。一つは当時、黒海を挟んで敵対していたロシアを日露戦争で日本が破ったこと。もう一つは明治二十三年にトルコの木造フリゲート艦エルトゥールル号が和歌山県沖で遭難した時の、現地の人の対応が良かったことですね。六百人近い死者と不明者を出したにもかかわらず、七十人近い人が救出され、帰還できたのです。後者の方がトルコ国民に対しては大きな影響を与えた……ともいわれています」

「そうだったんだ。もう一つ、トルコはイスラム教国家なのに、どうしてお酒を飲んでもいいのですか？」

「イスラム教と一口に言っても宗派は様々に分かれています。大きな分け方としてはスンナ派とシーア派ですが、まだ分派はあるんですよ。トルコでは九十九パーセントの人がイスラム教徒でスンナ派が圧倒的に多いのですが、トルコ建国の父であるアタチュルクによって政教分離政策がとられたのです」

「イスラム教同士で戦争や内戦を繰り返しているのも、宗派間の争いなんでしょう？これだけの文明社会になっていて、どうしてあんな争いをしなければならないのでしょう。しかも、自爆テロなんて、前時代の遺物のようなやりかたでしょう？」

「そうですね。ジハードと呼ばれる神のために戦う聖戦意識が残っている限り、この手法はなくならないでしょう。九・一一だって、結局は民間人を巻き添えにした自爆テロと一緒ですからね」

「なんの罪もない人を殺害しても、聖戦になるんですか？」

「イスラム原理主義者の中でも過激な思想にとらわれた者にとっては、聖戦なのでしょう。これは一時期ＩＳＩＬと呼ばれたイスラミックステートの連中が台頭して、これに世界中からイスラム原理主義者以外の若者までもが参加したことを考えると、世の中に不満を持つ連中の集合体だったと考えることもできます」

「イスラム国のことですね」

「その表現は使わない方がいいと思います。確かに今でも一部のマスコミは使っているようですが、あの組織を国家と認めているところはないのですから」

「そうなんですね……望月さんって本当に歴史や外交のことに詳しいのですね」

「まあ、仕事の一環ですからね」

望月は若く、しかも相応の知性と美貌を兼ね備えた二人の若い女性との時間を、心の底から楽しんでいる様子だった。

「望月さん、明日、アレッポ石鹼の工場に行くんですが、ご一緒していただけませんか？　トルコは安全と言っても、相手の人はシリアの人ですから、何となく心配で……」

吉岡里美がすがるような目つきで言うと、望月はこれを断ることはできなかった。

「車で一時間くらい……と言っていましたよね。ホテルでタクシーかウーバーを呼んでもらいましょう」

三人でカッパドキアの名品と言われるコジャバーの赤ワインを二本空けて、二人の女性はそれぞれ自分の部屋に帰って行った。

翌朝、ホテルでタクシーを頼み、三人はアレッポ石鹼の工場がある街に向かった。露天商の男の話では「車で一時間くらい」ということだったが、ホテルのフロントマンは「二時間近くかかる」と首を傾げながら言った。それでも吉岡里美は行く気満々だったため、タクシーを半日チャーターして現地に向かった。

タクシードライバーは片言の英語しか話せなかったが、地図を確認するとＯＫのサインを出したため、道案内を含めて移動はドライバーに任せた。

タクシー内ではたわいのない話が続いた。ただ、吉岡里美が望月に対して興味を持っていることは明らかだった。

道の両側にこんもりと茂った木々が連なっていた。タクシードライバーが「ピスタチオ」と言った。ピスタチオはトルコ語でAntep fıstığı、直訳するとアンテプ（ガズィアンテプの旧称）のピーナッツとなる。ガズィアンテプというのは地名で、トルコ南東部の都市、ガズィアンテプ県の県都である。

タクシードライバーの話によれば、シリア内戦時の「アレッポの戦い」の折、アレッポを追われた住民が移り住んだのがガズィアンテプで、トルコ国内ではここで最初にアレッポ石鹼の工場ができたということだった。

ただし、トルコ領内であってもガズィアンテプは現在、日本国の外務省が発表する海外安全情報では危険レベル三の渡航中止勧告地域に指定されていた。

三人が向かったのは、ギョレメから真南に約百六十キロメートル離れたアダナ県にある小さな村だった。ナビを確認しながらも二時間足らずで目的地に無事に着いた時、タクシードライバーは満足げに言った。

「見学にどれくらいかかりますか？　ランチはどうしますか？」

「一時間、自由時間を下さい。食事は適当に済ませておいてください。石鹼工場なんて、そんなに時間をかけて見る所でもなさそうですから」

「そうだね、工場というよりも、小屋……という感じだな」

タクシードライバーは小さな建物の壁に書かれた下手な石鹼の絵と「アレッポ」という文字を見て笑いながら言った。

三人はタクシーを降りて工場の入り口に向かった。周囲には確かにアレッポ石鹼の原料であるオリーブオイルとローレルオイルの匂いが漂っていた。

吉岡里美が工場の中に声を掛けた。中からは何の反応もなかった。

「おかしいな。約束をしたのに」

吉岡は一人で建物の裏手に回り始めた。望月は高田を促しながら後に続いた。工場の裏手で吉岡が昨夜の露天商の男を見つけた様子で、大きな声を出して手を振った。これを見たタクシードライバーは一時間の休憩場所を求めて車を動かした。

露天商の男の周囲には五人の貧しそうな服装の男が座り込んで怪訝(けげん)な顔つきで三人を眺めていた。吉岡を認めた露天商の男は軽く手を挙げ工場の表側を指さして英語で言った。

「表に回ってくれ」

三人は再び工場の正面に回り、中から鍵が開くのを待った。吉岡は実に嬉しそうな顔つきだった。ドアの向こうの閂(かんぬき)がはずれる音がして扉が開いた。

工場の中は薄暗かった。露天商の男が訊ねた。

「ここまでどうやって来たんだ?」

「タクシーです」

「黄色のタクシーか?」

「そうです」

露天商の男は一緒にいた仲間の男にアラビア語のシリア方言に近い言葉で何か伝えたように望月は感じ取った。二人の男が工場を出て行った。

「やはり、シリアから来た人なんだね」

望月が吉岡に言うと、吉岡はその意味がわからなかったのか、怪訝な顔つきで訊ねた。

「どうして……ですか？」

「言葉ですよ。トルコ語でも、標準のアラビア語でもなかったからね。アラビア語の方言であることは確かだと思います」

すると露天商の男が望月に標準のアラビア語に近い訛りで言った。

「お前はアラビア語がわかるのか？」

その言葉に、望月は一瞬身構えた。昨夜、吉岡に話していた片言の英語のような明るさはなく、商売人にはない暗さ、というよりも敵意を感じ取ったからだった。

「少しはわかる」

「仕事でアラビア語を使うのか？」

「ほとんど使わないが、少しだけ勉強した」

「もう、お前がアラビア語を使うことはないだろう」

そう言うと露天商の男は別の仲間に厳しい口調で指示を出した。今度は三人の男が望月の背後に近づくと、望月の後頭部に一撃を加えた。望月は何の抵抗をする間もなく、その場に倒れた。

吉岡里美と高田尚子は声を出すこともできず、その場にへたり込んだ。

# 第一章　人質

「トルコで邦人行方不明の情報です」

「どこからの情報だ？」

「在イスタンブール日本国総領事館の二等書記官から、未確認ながら第一報として速報が届いています」

「未確認か……しかもトルコか。レベル四の避難勧告地域じゃないだろうな」

外務省領事局海外邦人安全課の係員が電話を受けながら課長補佐に口頭報告をした。

日本国の外務本省組織は、大臣官房のほか十局三部よって成り立っている。海外邦人安全課は、海外における日本人の安全対策や保護に関する業務を行う部署である。

「イスタンブール総領事館からですから、中東地域海外安全情報では危険地域に指定されていない場所とおもわれます」

「アンカラの在トルコ日本国大使館にはまだ報告していない……ということか？　とりあえず邦人テロ対策室にも、一応話を聞いておいてくれ」

邦人テロ対策室は同じく領事局の中にある部署で、海外でのテロ・誘拐事件等に関する日本人の安全対策や保護に関する業務を行う部署である。

そもそも、領事局の最も重大な任務は「海外で発生した事件・事故、武力紛争、天災等に巻き込まれた日本人の援護や安全確保、日本人に係る海外での誘拐やテロ等への対応。海外安全情報の提供や啓発活動等、事前予防の観点に立った安全対策の推進」である。

電話の続報を聞きながら係員が言った。

「補佐、どうやら事件に巻き込まれている様子です。カッパドキアからタクシーに乗った日本人男女三人が行方不明。なお、タクシーの運転手が殺害され、車両は燃やされたとの情報です」

「タクシードライバーが殺害されているのか……。しかも、カッパドキア？　一日チャーターの観光タクシーじゃないのか？」

「それが、ホテル側からの連絡では、カッパドキアから南方に二時間ほどかかる場所まで半日のチャーターをしたようです」

「カッパドキアの南方？　何かあるところなのか？」

「ホテルのフロントマンも、タクシーを依頼する際に、行方不明者の中の一人から聞いただけで住所はうろ覚えの状態のようです。現地警察がタクシー会社に連絡をして、タクシー会社からホテルに連絡が来たのだとか。ホテルのフロントマンが、日本人ということで、不明者の一人が連絡先に指定していた在イスタンブール総領事館に連絡をしたようです」

「パスポートの写しは入手できているのか？」

「三人ともパスポートはホテルのセイフティーボックスに置いていたようです。まだ、詳細はわからないのですが、男女三人組で、イスタンブール新空港からネヴシェヒル・カッパドキア空港に入って、そこからホテルの送迎バスで来たようです。ただし、予約は、三人とも別だったそうですが、到着時には極めて親しいような感じだったとか」

「ネヴシェヒル・カッパドキア空港から入ったのか……案外、旅行慣れしている者か、マニアックな旅行者だったのかもしれないな」

「どうしてですか？」

「イスタンブール新空港からネヴシェヒル・カッパドキア空港に入るケースは稀なんだよ。一日に二便しかないからな。一般のツアー旅行者なら、イスタンブールの市街地から遠いイスタンブール新空港は使わず、同じイスタンブールでもアジア側にあるサビハ・ギョクチェン国際空港からカイセリ空港へのルートを使うはずなんだ。カイセリ空港への便数は毎日九便あって利便性抜群だし、主にＬＣＣが就航する空港なので、価格も安い」

「よくご存じですね」

「まあな……」

補佐は腕組みをして自慢げに言ったものの、タクシードライバーが殺されたと聞いて、重大事件の可能性が高いことに気付いた様子だった。

「とにかく続報を待とう」

一方、イスタンブールの在トルコ日本国総領事館では情報の確認が行われていた。

「カッパドキアのホテルからパスポートの写真が届きましたが……」

メールを受け取った二等書記官の声が途切れた。

「どうした？」

「一人の旅券がグリーンなんです」

「なに⁉」

隣のデスクで報告を受けていた一等書記官の内山田（うちやまだ）邦彦（くにひこ）が思わず席を立ち二等書記官の前薗（まえぞの）卓也（たくや）の後ろに来て、前薗のパソコンのスクリーンを覗き込んだ。

「中身は？」

「ちょっと待ってください。順番がバラバラなんです。表紙だけ先に送ってきているものですから……」

「仕方ないな……」

前薗が立て続けに送られてきた添付画像を開いた。

「これですね。男の方です。望月健介、昭和六十二年十一月十二日生です」

「望月健介？　こいつうちの人間じゃないか……」

内山田は男のパスポートの写しを凝視しながら呟くように言うと、その場に呆然と立ち尽くしていた。

「うち……って、どこの局の者ですか？」

「大臣官房総務課にいた奴だと思うんだが、どこかに出向していたはずだ。名簿を出してくれないか」

前薗は本来データとして残してはならない外務省職員名簿をデスクのパソコンで開いて検索した。

「います。現在国際テロ情報収集ユニットの構成員になっています」

「何だと！」

内山田が大きな声を出したため、周囲の者が一斉に内山田に注目した。

「すいません。大丈夫です。問題ありません」

内山田は両手を広げて周囲の者を制するように言うと、大きなため息をつき声を潜めて言った。

「この案件はトップシークレットだ。誰にも言うなよ。特に警察庁から来ている二等書記官には絶対に漏らすな。いいな」

「かしこまりました」

「以後の情報収集は俺がやるから、お前は今のデータの閲覧記録を消しておいてくれ」

「サーバーから削除するのですか？」

「お前の得意技だろう。以後は俺が裏ルートを使って情報収集する」

「かしこまりました。ただ、領事館内のサーバー記録は抹消できますが、本省の大臣官房総務課のデータは消すことができません」

「向こうは膨大なデータ検索を行っているから、後で何とでもできる」

「承知いたしました。アンカラの大使館にも知らせなくていいのですね」

「事実関係を確認したうえで報告すればいい。まだ、本当に事案が発生したのかどうかも確認が取れていないんだからな」

内山田はそこまで言うと自席に戻って個人の携帯電話を取り出した。

「津村(つむら)、俺だ。実は折り入って頼みがある」

「どうした？」

「国際テロ情報収集ユニットに入っている望月健介の現在の所在地を知りたいんだ」

「望月健介、奴はここ、在ドバイ日本国総領事館で情報収集をやっている」

「今、どこにいるかわかるか？」

「いや、担当に聞けばわかるが、国際テロ情報収集ユニットは秘密組織ぶりやがって、同じ外務省職員でも人間関係が希薄なんだ」

「そういうことか……実は極秘で未確認情報を調べているんだが、今、トルコに入って活動しているのではないか……という話が届いたんだ」

「トルコか……七月に訪中したエルドアンは『新疆の人々は中国で幸福に暮らしている』と、ウイグル問題に消極的になってこれまでの姿勢を転換したからな。国内のクルド人問題に対する中国の介入を避けたいのだろう。アメリカ、EUにハレーションが起きなければいいんだが……」

「極秘裏に調べることはできるか？」

「なんとかやってみよう」

国際テロ情報収集ユニットは、日本の国際テロ情報収集・集約体制の抜本的強化が必要であるという認識のもと、「国際テロ情報収集・集約幹事会」（内閣）、「国際テロ情報集約室」（内閣官房）とともに、外務省総合外交政策局に設置された情報機関であるが、官邸直轄の組織となっているのが特徴である。人員は約九十名で、その内訳は、警察庁四割、外務省四割、内閣官房内閣情報調査室一割、そして公安調査庁、海上保安庁、出入国在留管理庁、防衛省をあわせて残りの一割である。国際テロ情勢、現地情勢や語学に精通する者が集められており、東南アジア、南アジア、中東、北・西アフリカ、欧州の五地域を分担する。本部は外務省にあり、九十人のうち五十人が勤務する。残る四十人弱は在外公館での勤務である。

内山田は外務省同期で、在ドバイ総領事館一等書記官の津村裕一郎との電話を切ると、本省の大臣官房人事課の課長補佐に電話を入れた。

「森山、ちょっと聞きたいことがあるんだ」

「内山田、お前、今、海外か？」

「ああ。赴任先のイスタンブールの総領事館にいる」

「どうしてプライベートの携帯電話なんか使っているんだ？」

「ちょっと、嫌な未確認情報が入ったんで、こっそり調べているんだ」

「内部問題か？」

「国際テロ情報収集ユニットに派遣されている望月健介という男のことだ」

「望月健介か……官邸からの押し込みで国際テロ情報収集ユニットに行った奴だな。まだ三十一歳だが、ジョンズ・ホプキンズ大学の高等国際問題研究大学院の『中東研究』と呼ばれている部門を卒業している」

「ジョンズ・ホプキンズ大学高等国際問題研究大学院か……国際機関でインターンシップを行う関係で、卒業生は国連・政府機関等で広く活躍しているな。だが、中国系・韓国系を中心とするアジア系学生の多いのが問題なんだ」

ジョンズ・ホプキンズ大学は、メリーランド州ボルチモアに本部を置く私立大学である。アメリカ最難関大学の一つであり、特に医学部は世界屈指である。附属のジョンズ・ホプキンズ病院は世界で最も優れた病院の一つとして認知されている。また、これまで三十六名以上のノーベル賞受賞者を輩出。さらに国際関係学及び国際経済学では、ワシントンDCに設置された高等国際問題研究大学院が実務家向けの修士プログラムとして常に全米上位にランキングされ、米国内でも高い評価を得ている。マイケル・ブルームバーグやビル・ゲイツの多額な寄付がアメリカで話題となった。

「そうなのか……それはそれとして、望月健介が何かやらかしたのか？」

「トルコ国内で行方不明になっている……という未確認情報なんだ。ドバイの津村に聞いたところでは、現在、ドバイ勤務ということで、トルコに行ってもおかしくはないんだが……」

「望月健介の直近の人事情報が欲しいのか？」

「そうだ。早急に頼みたい。上にも極秘で頼みたいんだ」

「五日間は極秘を保証しよう。最近は官房総務課が個人データの検索に関して、驚くほど秘密主義になっていてな。これも国際テロ情報収集ユニットの結成以後なんだが」

「警察庁の秘密主義が外務省内にも浸透してきた……ということだな」

「いくら警察といっても、所詮は『庁』。防衛のように『省』に格上げされることは永遠にないことはわかっているんだが、いまの官邸のトップが警察だからな。誰も文句を言えないのが、今の霞が関の実情なんだ」

「嫌な世の中になったものだな」

「常識と言えば常識なんだが、今の世の中、情報を持った者が勝つ世界だ。うちの場合、多くの先輩方が外交官という職に甘んじていたばかりに、本来の外務省に求められていた情報活動というものに疎くなって、お友達作りに専念していたのは事実だけどな」

「大学在学中に外交官試験に受かって、中退して外交官になるのが特権階級だったわけで、本来、学生として学ぶべき専門分野について何も知らない先輩が多かったのも否定できない」

「外交官の常識は非常識……と、外交交渉をやっていた経産や農水の連中によく言われたものだ」

電話を終えた内山田は前薗をデスクに呼んだ。

「至急、カッパドキアの現地に行きたい。お前も付き合え」

「ホテルは押さえますか？」

「最低でも三泊は準備しておいてくれ。未だ、何が起こっているのか全く分からない状況だからな」

「かしこまりました。すぐに手配いたします。明日、朝一番の出発でよろしいですか？」

「ああ。そうしてくれ」

そこまで言って内山田は前薗に指示を出した。

「望月健介が投宿したホテルとタクシー会社、そして、奴が利用した航空会社に、詳細な事実確認をしておいてくれ。それから、望月健介と一緒だった二人の女に関しても詳細なパスポート情報を取っておいてほしい」

「パスポート情報だけでよろしいのでしょうか？　トルコの入国記録や、日本の法務省の入管情報も必要なのではないですか？」

「そこが悩ましいんだ。入管は警察とつながっているからな」

「しかし、パスポート情報を取ると、向こうは入管に連絡を入れると思いますよ」

「そうだな……出入国はデータとして必要になるが……仕方ないな。その時はその時、イチかバチかだ。パスポート情報は確実に取っておいてくれ」

外務省と警察庁の関係は元々良好ではなかった。その関係をさらに悪くしたのが、国際テロ情報収集ユニットの設置だった。この初代トップには、前警察庁外事情報部長の内閣審議官が就任していた。このため、外務省内の一部局のトップに警察を置くという構図が生まれてしまったのだった。

パスポートデータの照会を受けた外務省本省の大臣官房総務課の職員は男性の氏名を外務省の職員名簿と照合することなく直ちに法務省入管に連絡を入れた。一個人の出国状況を確認するためだと判断したからだった。法務省入管はデータを確認したが、吉岡里美の出国データは見当たらなかった。入管は直ちに警察庁長官官房総務課に連絡を入れた。警察庁は担当する警視庁公安部公安総務課に渡航者の存在不明事案として捜査を命じた。

すでにこの時、トルコとシリア国境の調査を行っていたイスラエル諜報特務庁、通称モサドの現地エージェントは不審情報として日本人拉致容疑事案を本局に対して報告していた。

モサド本局は日頃から日本警察の情報担当とコンタクトを持っているエージェントである、コードネーム「ルーカス」に連絡をした。ルーカスはブリュッセル駐在ながら、専らアントワープに居住していた白澤香葉子に状況を伝えた。白澤は直ちに上司の片野坂彰に連絡を取った。

公安総務課長から事案の連絡を受けた片野坂は白澤からの情報と一致するため、藤村公総課長を伴って公安部長室に入った。

「トルコで日本人が拉致されたという未確認情報がモサド経由で寄せられています」

「トルコか、あっても決しておかしくはない場所だが、ヨーロッパとアジアの境にある都市、イスタンブールというわけじゃないだろうな」

「どうもその調査をやっているのが在イスタンブールの日本国総領事館のようです」

「外務省は知っているのだな？」

「当然そうだと思うのですが、警備局には何の情報も届いていない様子で、長官官房総務課も入管からの調査依頼だったようです」

「すると入管も外務省大臣官房からの出入国情報の照会を受けただけ……ということになるな」

三人とも外務省経由で一等書記官やＦＢＩへの出向経験があるため、外務省や法務省の内情を熟知していた。

「その、出国データが不明な吉岡里美という女の実態調査は始めているのか？」

「うちの香川がすでに着手しておりますので、数時間後には判明すると思いますが……」

「が……なんだ」

片野坂にしては歯切れの悪い報告に対して、公安部長の宮島進次郎がやや強い口調で訊ねた。これに対して片野坂は、腕組みをしながら答えた。上司の前であっても、考えるときは平気で腕組みをするのが片野坂の癖であり、上司もこれを暗黙のうちに了解していた。

「気になるのは、調査元が在トルコ日本国大使館ではなく、在イスタンブール総領事館であるところです」

「なるほど、言われてみればそうだな。すると、トルコとシリアの国境地域ではなく、イスタンブール周辺に何らかの事案の端緒があった……ということか……」

「そう考えられますし、在トルコ日本国大使館が動いていない……ということは、外務省本省も知らない可能性があります」

「そういうことか……さすがに面白いところに気が付くものだな」

「どこでも、支店が勝手に動くときは不祥事の後始末が多いものです。危機管理のイロハを知らない、中級幹部が動いているのでしょう」

「すると総領事も知らない可能性がある……ということだな」

「はい。在イスタンブール総領事館には警視庁から警察庁経由で警備対策官が二等書記官待遇で赴任しています。おそらく、元外事一課にいた警部補だと思います。察庁には黙って、こっそり動かしてみますか？」

「そいつは優秀なのか？」

「名前は覚えていませんが、警部補の中では優れている方だと思います」

「いいだろう。やらせてみてくれ」

「こういう案件はうちの香川の方が巧いですから、彼を使います。それから、ベルギールートはもう少し掘り下げさせます」

「彼女はいいとこのお嬢様のようだが、大丈夫か？」

宮島公安部長が心配そうな顔つきになって訊ねた。これに片野坂が笑顔で答えた。

「なかなかしっかりしたエージェントに成長しつつあります。情報に関しては天賦の才があるのでしょう。何が重要で速報が必要なものなのか、即座に判断できる公安マンは少ないものです」

「警視庁独自の公安講習は受けていないんだよな」

「その代わりに、アメリカで三か月間、実践的な訓練でみっちり修業していますから、度胸の据わり方が違います。彼女をベルギーに行かせたのも、語学力だけでなく、そのセンスを感じたからなんです」

「なるほどな……一芸に秀でるのも難しいのに、二芸、三芸までこなす女性情報部員がいるのか……」

「おそらく、モサドの連中も彼女を何らかの形で利用したいと思っているはずです」

「利用？」

「良きにつけ悪しきにつけ、情報を彼女に投げかけて、日本の情報関係部門がどのような動きをするのかを見ていると思います」

「それが現場同士の世界なんだな」

「現場が動かなければ組織は動きません。その要（かなめ）にあるのが情報です」

片野坂の言葉に宮島公安部長はゆっくりと頷いた。

片野坂がデスクに戻るとすでに香川潔（きよし）が戻って電話を架けていた。

「吉岡里美の現在地は本当に札幌なのですか？」

「母親と連絡が取れ、本人にも電話連絡して、確認したんだよ」

「トルコでは香港から入国した記録が残っているのですが、日本を出国した事実がないということなのです。もし、彼女のパスポートが本人が知らないうちに使われているとなれば、第三国の動きが気になりますね」

「中国か朝鮮半島……ということだろうな」

「香川さん。至急、札幌に飛んで本人と会ってもらえますか？　それからもう一つ、在イスタンブール総領事館に出向している元外事一課の警部補なんですが……」

「ああ、高山（たかやま）だろう。奴から裏取りでもしておくか？」

「さすがですね。おそらく在イスタンブール総領事館は本省にも秘匿で動いているはずです。吉岡里美の案件とは全く別の理由だと思われます」

「なるほど……身内の不祥事か？」

「さすがだなあ。公安部長よりも先を読むのが早いですね」

「馬鹿野郎。俺がどれだけ現場をやってきたと思っているんだ。しかも、どれだけキャリアのケツ拭きをやってきたか、お前は知らないだろう」

「具体的なことは存じませんが、推して知るべし、でしょう。その点、公安部長や総監の方がご存じだと思いますが……」

「まあいいや。二つとも明日までに結果を出しておく。まずは、これから札幌に飛ぶぞ。プレミアムクラスを使ってもいいんだろうな」

「どうぞご自由に使って下さい」

香川はニコリと笑って部屋を出て行った。彼は国内の出張なら即座に対応できる態勢を常時整えていた。仮に飛行機が全便満席であっても、何とか入り込む術（すべ）も知っていた。

午後一番に、香川から電話が入った。

「今、新千歳三階にあるラーメン道場の白樺山荘で二個目のゆで卵を食べながら、味噌ラーメンを待っているところなんだが、吉岡里美と午後三時に一応彼女の勤務先で会うことになった。状況によっては勤務先から連れ出さなければならない可能性があるので、その時は、現地からお前に電話を入れる。警視庁総務部特別捜査班の名前で行くから合わせてくれよ」

「総務部ですね。了解」

「それから、勤務先は札幌駅前にある医療機械関係商社で『ホクサン商会』という会社だそうだ。一時間で実態を調べておいてくれ」

「了解。北海道の警務部長は一期後輩ですから、やらせておきます」

電話を切ると片野坂はニヤリと笑みを浮かべながら独り言を呟いていた。

「怖い人だ」

午後二時五十五分に香川はホクサン商会を訪ねた。ホクサン商会は札幌駅から徒歩五分の場所にある古い五階建てビルのツーフロアを賃貸契約していた。挨拶に出てきた吉岡里美は、運転免許証台帳の写真とはやや違った印象を受けた。

「警視庁総務部で特殊犯捜査を行っています香川と申します」

香川は警察手帳で身分を明かし、なおかつ、総務部の名刺を差し出した。吉岡は自分を証明するために運転免許証を差し出した。香川はこれを確認して吉岡に訊ねた。

「あまり他の人には聞かれたくない話なのですが、個室はありますか？」

「今、会議室が埋まっていて、使えないのですが、どれくらいの時間がかかるのでしょうか？」

「そうですね。小一時間というところでしょうか。お仕事に差し障って申し訳ないのですが、よろしければ私から、上司の方にお願いしましょうか？」

「警察の方から言っていただければ助かります」

香川は吉岡の上司である総務部長に挨拶に行った。すでに、ホクサン商会の会社概要は頭に入っていた。

「お仕事中誠に申し訳ありません。警視庁の香川と申します。緊急を要する捜査のため、急遽東京から飛んで参りました。北海道警の平井警務部長の了承を得ておりますので、ご確認いただければ幸甚です」

「警務部長さんと言えば、道警のナンバーツーですが、そんなに大きな事件なのですか？」

「まだ、詳細は申し上げられないのですが、吉岡里美さん個人のパスポートが、海外で不正使用され、国際問題に発展する恐れがあるのです。吉岡さんの無事が確認できたことで、被害者であることは明確ですし、御社にご迷惑がかかることは全くありません」

「弊社と海外の取引には全く関係はないのですね」

「その点は、現時点ではご安心していただいて結構だと思います。差し支えなければ、御社の電話をお借りしたいのですが。ご自身で平井警務部長にご確認していただくのが一番ですし、それでお互いに安心できるかと思います」

「私のような一介の会社員が道警ナンバーツーに架けていいものか……」

総務部長は恐縮した様子だった。それには理由があることを香川は知っていた。ホクサン商会はロシアにも医療機器を送っているのだが、その見返りとして格安の木材や海産物を北朝鮮経由で仕入れていたのだ。このためホクサン商会がロシアと北朝鮮双方の有力者に賄賂を贈っていることを北海道警外事課は把握済みだった。

ロシアと北朝鮮の関係は決して良好ではない。特に水産業に関しては北朝鮮による不法操業がロシアの漁業関係者を苛立たせていた。さらに、北朝鮮が日本海に向けて発射するミサイルや超大型ロケット砲もまた、漁業関係者を脅かすものだった。しかし、朝鮮半島問題に関与したいロシアとしては、極東のロシア漁業関係者をなだめながら北朝鮮の不法操業を見逃していたのだった。

香川は躊躇する総務部長を促して、道警の代表電話に電話を入れさせ、警務部長席につながせた。警務部長席といっても、外線からの電話には秘書官が出るのが通例だ。

「警視庁の香川さんからの命を受けて電話をしております」

総務部長は額の汗を拭きながら、香川が言ったとおりに伝えた。「承知いたしました」という秘書官の声が切れると、電話に平井警務部長が出た。

「私、札幌で商社を営んでおりますホクサン商会の総務部長で加藤誠一と申します。今、警視庁の香川さんが捜査のため弊社にいらっしゃっているのですが、確認のために電話を差し上げております」

「香川さんの捜査に関しては警視庁から連絡を受けております。できる限りのご協力をいただければ幸甚なのですが、国際問題に発展する虞（おそれ）もありますので、できれば、他の方の耳に入らないような状況を設定していただけますと幸甚です。もちろん、本件で、御社にご迷惑をおかけすることは一切ありませんので、ご協力をよろしくお願いいたします」

平井警務部長のあまりにも丁寧な言い回しに、総務部長は自席で受話器を持ったまま立ち上がって、何度も頭を下げていた。

電話を切ると総務部長は額から噴き出した汗を何度も拭きながら香川に言った。

「吉岡にはこのまま早退してもらって結構ですので、どうぞ、ご納得がいくまでお調べください」

「早退といわれても、私共では吉岡さんの休業補償はできかねるのですが……」

「早退という言葉が間違っておりました。社命として捜査に協力させますので、勤務扱いです。どうぞ、道警本部でも、どこへでもお連れ下さい」

香川は吹き出しそうになるのを懸命に我慢して謝辞を述べ、吉岡を伴って会社を出た。

全てを見ていた吉岡里美は驚いたような顔つきになって言った。

「香川さんってすごい人なんですね」

「私は単なる捜査官ですよ」

「うちにも時々、道警の方がいらっしゃいますけど、あの加藤総務部長が米つきバッタのような態度を取るのを初めて見ました」

「普段はあんな方じゃないのですか？」

香川は初対面の印象で加藤誠一の人となりを見抜いていたため、自分が言うべきことを平井警務部長に言ってもらっただけだった。

「総務部長は社長の娘婿（むすめむこ）で、普段はパワハラも平気なくらいすごく威張っているんです」

「それは困ったな……もし、今日のことで吉岡さんに何か不利益が生じるようでしたら、いつでも連絡して下さいね」

香川が笑顔で言うと、吉岡は人懐っこそうな笑顔を見せた。香川は駅近くのシティーホテルの展望ラウンジに吉岡を連れて行った。

「道警本部に連れて行かれるのかと思っていました」

「警視庁の捜査員はそこまで無粋ではありませんよ。私も出張なんですから、同じ話を聞くのなら、いい環境の方がいいでしょう。何でも好きなものをオーダーして下さい。アルコールでも構いませんよ」

「えっ、本当ですか？」

「もちろん。ご協力をいただく立場ですからね。カツ丼というわけにはいかないシチュエーションでしょう」

香川の話を聞いて吉岡は完全に心を開いた様子だった。吉岡は遠慮せずにジントニックを選んだ。香川もマッカランの十八年とつまみのセットをオーダーして訊ねた。

「実は、吉岡さん名義のパスポートが海外で使用されて、あなた自身が現地で行方不明になっているという連絡が大使館から入ってきたものですから確認にきたのです。現在、吉岡さんのパスポートは、どこにありますか？」

「パスポートは家にあると思いますが、最近は全く確認していません。海外？　どこですか？」

「一応、ヨーロッパの小国……とだけお伝えしておきます。これまで海外には何度くらい行かれましたか？」

「私は二度だけ、それも韓国のソウルだけなんです」

「ソウル……ですか……。法務省の入管で調べればわかることなのですが、一応、教えていただけるとありがたい。いつ頃、何日間くらいの旅行だったのですか？」

吉岡は少し顔を赤らめて答えた。

「実は、一度目は二年前、プチ整形のための四日間の旅行でした」

「流行(はや)っていますからね。どこをやったかは聞きませんから、ご安心下さい」

香川が笑顔で言うと吉岡も恥ずかしそうに笑った。さらに香川が訊ねた。

「二度目はいつ頃ですか？」

「去年です。この時は二週間、ソウルにいました」

「ソウルに二週間というのも珍しいですね」

「実は、ソウルでもう一度プチ整形をした後に韓国人の彼氏ができて、彼と一緒に過ごしていました」

「航空券はオープンで取っていたのですか？」

「はい。前の会社を辞めてすぐだったので、時間があったんです。思い切って何か所かプチ整形をしておこうと思って」

「会社を辞めるのに、何か事情があったのですか？」

「最初のプチ整形をやったことが社内に広まってしまって、居づらくなってしまったんです。『社員証の顔写真を撮り直せ』って言われてしまって」

香川は思わず「そんなに変わってしまったの？」と言いそうになったが、今の吉岡里美の顔が運転免許証台帳に載っている吉岡里美のそれと大きく違っていたのが、初対面の違和感であることにこの時やっと気づいたのだった。

香川はプチどころではない……と思いながらも、その話題には触れず男の話を聞いた。

「韓国人のボーイフレンドとはどういう経緯で出会ったの？」

「彼とはホテルのカジノで知り合いました。賭ける額があまりに大きかったので、興味があって見ていたら、向こうから声を掛けられたんです」

「どこのカジノですか？」

「パラダイスカジノウォーカーヒル。グランドウォーカーヒルソウルホテル内にあるカジノです」

「韓国でも歴史がある一流カジノですね。声掛けは日本語で？」

「はい。向こうの人は、日本人は見た目でわかるそうです」

「まあ、ホテルのカジノに女性一人の客というのは、自国の人ではないでしょうからね」

「そうかもしれませんね。でも、最初はとても優しくて、スマートだったたんです」

「最初は？　途中から変わっていきましたか？」

「三日目くらいから、話し方が命令口調になって、私が『日本に帰る』というと、逃げださないようにパスポートを奪ったんです」

「どれくらいの期間ですか？」

「三日間でした。その間も私は彼の奴隷のように扱われて、最後には捨てるような言い方をされたのでホテルを逃げ出して日本大使館に駆け込んで新しいパスポートを発行してもらい、帰国したんです。もう韓国の男性はコリゴリです」

「韓国が儒教の国なんていうのは大昔の話ですからね。アフリカや南米の一部は別として、国の首都でレイプ犯罪が一番多いのがソウルだと言われています。おまけに男尊女卑が強い。そして何よりも世界で最も反日の国家が韓国ですからね。韓国の反日意識が強い男にとって日本人の女性を侮蔑することが最も快感だという話を、何度も聞いたことがありますよ」

「そうだったのですか……私、あんまり頭はよくないから、韓国でイケメンにちょっと優しくされただけで、ついふらふらとついて行ってしまったんです」

「徴兵制もあって、身体は鍛えられていますしね。今どきのひ弱な日本人男子と比べると逞しさに憧れてしまうのかもしれません。ところで、彼の身分証明書は確認しましたか？」

「はい、彼がシャワーを浴びている間に、こっそりと運転免許証を撮りました。一度、ドライブ中に警察に車を停められて、彼が運転免許証を見せたことがあったのです。それで、彼が運転免許証を仕舞っている場所がわかっていたんです」

「それは賢い。頭がよくない……なんてことはちっともありませんよ。賢明な手法でした。その画像はまだ残っていますか？」

「はい」

吉岡里美はバッグからスマホを取り出して、その画像を香川に示した。

「これです。運転免許証の他に、彼の写真が付いたどこかの会員証も一緒にありましたから、それも撮影しておきました」

それを見て香川が訊ねた。

「この写真の他に、彼と一緒の写真はないのですか？」

「彼は『記憶の中に残しておくものだ』と言って、写真を撮ることを許してくれませんでした。だから、こっそり運転免許証の写真を撮ったんです」

「なるほど。それにしても、嫌な思い出だったにもかかわらず、よく削除しませんでしたね」

「言われてみればそうですよね。別に心残りがあるわけじゃないんですけど、唯一の記録のようなものだと思っていました」

「記憶ではなく、記録だったわけだ。結果オーライでしたけれど。韓国で空港の手続きや、免税品店、ホテルのチェックイン以外で、他の人にパスポートを見せたことはありませんか？」

「ありません。彼だけです」

「彼は、あなたのパスポートをどこにしまっていたのですか？」

「持っていたアタッシェケースに鍵をかけてしまっていました。普段、彼が手にしていた運転免許証が入ったポーチとは違うものです」

吉岡里美は薄っすらと涙を浮かべながら答えた。心の片隅で、彼女はまだ、その男に未練があるのかもしれない……と香川は思った。

「一緒に過ごしたホテルはあなたが予約したのですね」

「はい。ホテルは日本系の新羅ホテルです。やっぱり日本系のホテルが安心ですから」

「いい判断です」

そう言って、香川は彼女のスマホに残っていた四枚の画像を見ながら訊ねた。

「この写真を複写していいですか？」

「はい、構いません。もし、彼が私のパスポートの悪用に関与しているのだとしたら許せません」

「今のところは、その可能性が高いような気がしますけどね。ところで、その男から暴力は振るわれなかったのですね？」

香川の問いに吉岡里美は初めて一筋の涙を流して答えた。

「最後に別れるときに顔を殴られて腫れてしまったので、一日、ホテルで冷やしてから帰国しました。その時の暴力で、目元の整形部分が少し歪んでしまったんです」

「そうだったのですか……」

展望ラウンジで二人は三杯ずつ酒を飲み、軽く食事をした後で協力謝礼として二万円を手渡して別れた。彼女は職業柄、領収書なしの現金交付に少し驚いた様子だったが、調書もなにも作成されなかったことに安堵した旨を別れ際に香川に笑顔で伝えた。

その夜、香川は薄野でひと遊びして翌朝、帰京すると、直ちに朝鮮半島情勢に詳しい協力者を呼びだした。

「ヨーロッパのある国で日本人が行方不明になっているんだが、その一人がパスポートを偽造されていることがわかったんだ」

「北朝鮮ですか？」

「韓国かもしれない」

「うちがそんなことをやるかな……」

「そこを探ってもらいたいんだ」

「香川さんだから言うけど、母国を疑いながら情報収集するというのは実にやりにくいことなんです」

「お前だから言うけど、そんなことは百も承知しているが、お前にしかできないことなんだ。今の日韓関係は文が大統領を続けている間、これ以上悪くなることはあっても、よくなることはまずないだろう。その前に韓国経済がどうなるか……の方が韓国経済人にとっては重要なことかもしれないけどな」

「確かに韓国経済は崩壊へと走り続けています。日韓通貨スワップ協定の再開は望むこともできないでしょうから、三度目のデフォルト回避は困難な情勢と言っても決して過言ではありません。この協定が意味するところは、結局のところ、日本の韓国への片務的な経済援助措置に他なりませんからね。そもそも、その破棄に関しても二〇一五年に、日本側の忠告にもかかわらず、韓国側から一方的に行った経緯がありますからね」

「いくら恥を知らない大統領といえども、今更、再開を懇願するほど『盗人猛々しい』ことはできないだろう」

「文大統領の最大の人気取り政策だった最低賃金引き上げ政策を柱とした経済政策の失敗が、百万人の自営業者の廃業につながっています。しかも、韓国の国内銀行も恒常的な米ドル不足ですから、オーバーナイト金利の貸し出しを受けることができなくなる可能性が現実のものとなりそうです」

「身から出た錆だ。そんな奴を選んで、未だに支持率が四割を超えている……というのだから、何が起ころうと、全ては国民の責任だな。そんなことよりも、この二つの写真を早急に解析、照合してもらいたい。新たな国家間の火種にはしたくないんだ」

「わかりました。ご期待に沿えるようやってみます」

# 第二章　情報戦

アメリカ合衆国とイランの関係はこじれる一方だった。

その最大の原因は、そもそも、トランプ大統領がサウジアラビア王国との個人的な関係からイランを全く信用していないという点にある。

「最近、トランプも大統領選を見据えてか、妄想が拡大傾向にあるからな。国際情勢を正確に見ていない」

外務省北米局で北米第一課の幹部職員同士がため息交じりに語っていた。

「ポンペオはもう少しまともかと思っていたんだが、古巣のＣＩＡの噂話と、イスラエルからの情報を鵜呑みにしているようだ」

「ポンペオ国務長官は『米国は全ての国に、イランの攻撃を断固として非難するよう求める』と言っているよ。しかも、イランが攻撃をしたという具体的な根拠は何も示さないのに……だ」

「メルケルは風前の灯、マクロンに次はないからな。イギリスがEUを正式離脱すれば、EU崩壊への序章となる」

「欧州局でなくてよかったが、アメリカもトランプの足元が急速に揺れ始めている。特に今回の国連の気候行動サミットは、トランプにとって強烈なボディーブローになる可能性がある……」

「しかし、気候行動サミットとはいえ、スウェーデンの少女一人に踊らされているようでは、リーダー不在のネット社会も、これまた風前の灯だ。あの娘、周囲も悪いんだが、だんだん調子に乗って、常識人を次第に敵に回しはじめたからな。気候変動対策をめぐる政府の怠慢に抗議する若者の運動を代表する世界的な『顔』となっているとはいえ、所詮、子どもの言い分に過ぎなかったな」

「しかし、ノーベル賞候補という声も上がっているぜ」

「ノーベル賞も平和賞と文学賞はどうでもいいセクションになってきたからな。エキセントリックになり過ぎだ」

「そもそも、環境保護団体を騙っているグリーンピースのような、研究データを無視した自己満足行為を支援している連中と、今回の気候行動サミットに同調する環境保護団体は同じ穴の狢(むじな)だからな。奴らが言う環境保護のためなら不法活動も辞さない連中だ」

「ああ、どうなることやら……だな。日本の立ち位置が非常に難しくなっているのは確かだ」

そこへ領事局旅券課の同期生が顔を出した。

「北米一課は大変だな」

「現場を持たない領事局が羨ましいぜ。国連問題はよそが担当すればいいのにな」

「国連本部がニューヨークにあるんだから仕方ないだろう。しかも、国連大使は日本国外務省のトップだからな」

「そこがおかしいんだよ。それよりもそんなに暇なのか？　旅券課は……」

旅券課は一般旅券（パスポート）に関する事務、公用旅券（グリーン・パスポート）に関する事務を事務分掌としていた。

「実は妙な動きがあるんだ」

「どこで？」

「法務省入管から問い合わせがあって、うちの総合外交政策局国際テロ情報収集ユニットの職員と一般人女性二名に関するものなんだが……」

「国際テロ情報収集ユニットか……役に立たない組織だという話だろう？　邦人テロ対策室の奴もそう言っていたぜ」

邦人テロ対策室は海外でのテロ・誘拐事件等に関する日本人の安全対策や保護を事務

分掌としていた。

「入管からの問い合わせ内容は何なんだ？」

「うちの職員に対しては存在確認なんだが、一人の女性についてはパスポートの真贋(しんがん)確認が来ているんだ」

「偽造パスポートが使われている……ということか……、その照会は個別なのか？」

「いや、一通の照会文書で来ているから、同一事案ということになる」

「国際テロ情報収集ユニット職員と偽造パスポートか……その職員は確かにうちなのか？」

「そうなんだ」

「入管からの照会ということになると、警察が動く可能性が高いな……。その国際テロ情報収集ユニットの職員は何かチョンボをやらかしたわけじゃないんだろう？」

「そこが全く不明なんだ。海外で事件を起こしたり、巻き込まれていれば、真っ先に大使館または領事館に問い合わせが来るはずなんだが、それが届いていないんだ」

「そうなると、領事局海外邦人安全課にも情報は来ていない……ということなんだな」

「一応、確認してみるか」

旅券課の幹部が領事局海外邦人安全課の同期に電話を入れて確認を取った。

「在イスタンブール総領事館で邦人の行方不明事案があったそうだが、まだ、未確認情報で、それにうちの職員が関わっている……という情報はないようだ」

確認を取った旅券課の幹部が言った。

「イスタンブールで事件が起きれば、すぐにマスコミが騒ぐだろう。問題がないと言えば嘘になるが、同じトルコでも、シリア国境地帯じゃなければ大丈夫なんじゃないか」

「ただ、トルコと言えば、ロシアからS－四〇〇『トリウームフ』を本格的に導入し始めたからな。今、EU最大の火種になろうとしている。S－四〇〇『トリウームフ』の配備は、すなわちNATOからの離脱を意味するからな」

S－四〇〇『トリウームフ』はロシア連邦で開発された多目標同時交戦能力を持つ超長距離地対空ミサイルシステムである。高性能レーダーで四百キロ先の航空機や弾道ミサイルなどを迎撃できる最新鋭兵器で、北大西洋条約機構（NATO）は米国製ステルス戦闘機などの軍事機密情報がロシア側に流出するのを警戒している。NATO加盟国トルコのS－四〇〇『トリウームフ』の導入は、NATOの安全保障体制を揺るがすおそれがあり、アメリカは猛烈に反対し、経済制裁も検討され、既に冷え込んでいる米トルコ関係が緊迫することになりかねない。

「トルコはヨーロッパとアジアの境ではあるが、日本は欧州局ではなく中東アフリカ局中東第一課の事務分掌に入れている。トルコは古くからの友人だから、アジアにしておきたかったんだろうが……」

「古き良き友人のイランとトルコが、日本の最大の友人であるアメリカ合衆国と敵対関係になろうとしている現状を、我々はもう一度深く考えておく必要があるな……」

「それにしても、国際テロ情報収集ユニット職員と偽造パスポート問題が悩ましい事案に発展しなければいいが……」

行方不明情報を入手して十日が経った頃、在イスタンブール総領事館一等書記官の内山田は二等書記官の前薗とともにカッパドキアに到着していた。

三人が投宿していたホテルから地元警察に預けられていた三人の荷物とパスポートを受領して、警察と一緒に行方不明になった現地に赴くことになった。

「タクシードライバーが殺害された場所と当該タクシーが燃やされた場所に、タクシー会社が案内してくれるそうです」

「タクシーは一日チャーター扱いにしておいてくれ」

タクシーが動き出すと、内山田は三人のパスポートを確認した。

「吉岡里美名義のパスポートはよくできてはいるが、明らかに偽造だな」

「私も全体を詳細に見てわかりました。この写真の女は何者なんでしょう。そして、三人は何処に消えてしまったのでしょう？」

「現場に行ってみないとわからないな。地図で見る限りなにもない田舎町だぜ」

内山田と前薗はタクシーに乗り込み、先導する警察車両の後に続いてカッパドキアを出発した。

現地までは荒涼とした荒れ野が広がる中、ほとんどが未舗装路だった。前を走る警察車両の舞いあげる砂煙がタクシーのフロントガラスに小石と共に吹き付けた。

「フロントガラスが割れてしまいそうですね」

「そうなれば地獄を見ることになるな」

タクシーはワンボックスタイプの中古の日本製だったが、エアコンは決して快適とはいいがたい。エアークリーナーの調子が不完全なのか車の中に砂埃(すなぼこり)が入ってくるのが、ハンドタオルで顔の汗を拭くとよくわかった。

「現地に到着するまでに土色の顔になりますね」

「もう少し、車間距離を取らせよう」

内山田が憮然とした顔つきで運転手にその旨を伝えた。

約二時間で現地に到着した。

「何もない田舎町ですね……ここに何をしに来たのでしょう?」

前薗がウェットティッシュのようなもので顔を拭きながら言った。

「なんだ、お前、いいもの持っているな。俺にもくれよ」

「これ、決して汚いものではないのですが、日本製の便座除菌シートなんです」

「なに？　まあ、アルコールは強いだろうが、少し分けてくれ」

「大量に持ち込んでいますから、一つ差し上げます」

前薗が薄笑いを浮かべてバッグの中から未開封の除菌シートを渡すと、内山田はすぐに開けて利用した。

「案外、いいものだな。俺も今度からこれを使うことにしよう。それよりも、こんなところにわざわざ来る目的があるのか？」

町の中心部付近を周回したが、何も参考になるものを見出すことはできなかった。

自動小銃を携行した警察官が周辺の聞き込みを始めていた。タクシー運転手は燃やされた仲間のタクシーの残骸の前で車を降りると、涙ながらに祈りを捧げていた。

内山田と前薗は車から降りずに周囲に注意を向けた。

間もなく警察官が車にやってきて説明を始めた。

「そこにある古い建物はつい最近まで石鹼工場だったそうだ。タクシーが燃やされた時に、三人の男女が工場の周辺を歩いていたとの目撃情報があった」

「石鹼工場？　こんなところまでわざわざ石鹼を買いに来た……とでもいうのか？」

「ここにはシリアのアレッポ石鹼の工場があって、シリアからの難民が地元の許可を得て良質の石鹼を作っていたそうだが、タクシーが燃やされた翌日、看板を外してどこかに行った……という話だ」

警察官の説明を聞いて内山田が唸るように言った。

「シリア難民による誘拐事件か……これは国際問題になるぞ」

「アレッポの住民は比較的穏健だと聞いていたのですが……しかも、名産の石鹼をトルコ国内で作る許可を得ていたんですよね」

「ただし、アレッポはシリアの最大都市だったがこの地域ではシーア派が多数だから、トルコに難民として来て、スンナ派に受け入れられたのか……というと疑問がある。しかもクルド人に対するトルコの敵対意識はエルドアン大統領の意向に沿って、このところ、とみに強くなっているからな」

「アメリカとの問題があるのでしょうね。アメリカというよりもトランプとトルコ、クルド人、シリアのアサド政権が四つ巴の戦いを演じることになってしまうだろうな」

「クルド人民兵組織『人民防衛部隊（ＹＰＧ）』はシリア民主軍（ＳＤＦ）の大部分を占めており、そのＳＤＦはＩＳＩＬ掃討作戦でアメリカ軍と協力していたのではないですか？」

「しかしトランプはシリア北東部からの米軍撤退を突然発表して、トルコによるクルド人部隊への軍事作戦に関与しないとしたようだ」

「クルド人にとっては裏切り行為……と看做されてしまうでしょうね」

「トルコには三百六十万人ものシリア難民を受け入れているという事情がある。この難民をシリアに返すかEUに送り出すか……エルドアン大統領のさじ加減ということになる。EU諸国にとっても悩ましい状況ではあるな」

「日本にとっても中東問題は正念場を迎えることになりますね。米・中・露の大国の不穏な動きによって日本とトルコ、日本とイランという伝統的なつながりが、ここにきて破綻（はたん）しかねない状況になっています」

「日本がアメリカ合衆国の傘下にあることは世界のどの国も常識として捉えている。イスラエルを除く中東諸国vs.アメリカの構図が出来上がってしまった時、日本の中東における立ち位置は非常に困難なものになるだろう。俺たちもそこをきちんと見極めていないと、とんでもないしっぺ返しを、ここ中東だけでなく、日本国内に帰ってからも組織内で受けることになりかねない」

「そんな環境の中で、今回の事件が発生した……ということですか……」

前薗が今にも泣きだしそうな顔つきになって言った。内山田もまた自分で言った言葉を反芻（はんすう）するかのように黙り込んだ。

その頃、アントワープからブリュッセルに戻っていた白澤香葉子の元に思わぬ情報が持ち込まれた。

白澤はギャルリー・サンテュベールをグランプラス側から反対方向に通り抜けたとこ

ろにあるビアカフェで昼間からビールを飲んでいた。かつては、店の客は地元の人が多かったが、最近は観光客も増えていた。日本でいう、大衆酒場のような庶民的で気軽な店にもかかわらず、創業は一九一〇年の老舗である。

薄いたまご焼き風のオムレツをつまみに、二杯目の生ビールを飲み始めたところに、小太りの日本人らしき男が近づいてきた。

「失礼ですが白澤さんですね？　ハノーファーでご一緒でした大塚修三です」

白澤は大塚と名乗る男の顔に記憶がなかった。

「大塚さん？　音楽系でしたか？」

「いえ、私はハノーファー大学で政治を学んでいました。ハノーファー国立音楽大学OBの諸岡美紀さんと大学の教会でオルガンの共演をされていた際にご挨拶をしました」

「ああ、あの時の……」

白澤は現在オルガニストとして世界中で活動している先輩の名前を聞いて、大塚の存在を思い出していた。

「今はどちらでお仕事をなさっているのですか？」

「今は、ギャルリー・サンテュベールに店を出しています」

「店を出している……って、ご自分のお店なのですか？」

「はい。雑貨店とカフェを併せたような店なのですが、運よく手に入れることができました」

ギャルリー・サンテュベールは、ブリュッセル中心部にあり、世界一美しい広場として知られるグランプラスの裏手に位置する、ヨーロッパ最古の高級ショッピングアーケードである。一八四七年に完成し、日光を多く取り入れられるようガラス張りの天井になっているのが特徴である。アーケード内部には王室ご用達の高級衣料品店やチョコレートショップ、雑貨店やカフェ、レストランなどが軒を連ねている。

「日本人でもギャルリー・サンテュベールにお店を持つことができるのですね？」

「本当に運がよかったのです。私の実家とも付き合いがあった方が病気になって、その後を継いだのがきっかけです。結果的に買い取ることができました。ところで白澤さんは、こちらでオルガンのお仕事をされていらっしゃるのですか？」

「オルガンというよりも、音楽は才能がないと諦めました。今は、東京都の公務員としてこちらに駐在していますが、ヨーロッパ中を飛び回らされているのが実情です」

白澤はあえて警視庁とは言わずに、東京都の公務員を名乗った。決して嘘ではなかったが、無用な警戒心を持たれるのが嫌だったのだ。

「白澤さんに音楽の才能がない……といわれると、どれだけの人が自分の目指す道に疑問を感じなければならないか……」

大塚は釈然としないような顔つきで、まじまじと白澤の顔を眺めていた。

「でも今は、仕事がとても楽しくて、充実しています」

「都の公務員というと、どういう部門になるのですか？」

大塚がおそるおそる……という雰囲気で訊ねた。

「あらゆる分野の情報です。それが将来的に東京都のためになるような素材探しですね」

「情報……ですか……確かにブリュッセルから一千キロメートル圏内くらいに西ヨーロッパ各国の首都がありますからね……どこへでも行きやすいし、実際にＥＵの本部も置かれていますが……一口に情報と言っても、インフォメーションからインテリジェンスまで幅広いわけですよね」

「都の職員ですから、インフォメーションの方が多いような気がしますけど、インテリジェンスなんていう言葉がよく浮かぶものですね」

白澤が表情を変えずに言うと、大塚が笑いながら答えた。

「ブリュッセルには世界中の情報機関の連中が集まっているんですよ。私も日本とドイツの大学で政治学を専攻していたので、そちらの分野にも一応は興味を持っているんです」

「大塚さんのお店にも、その道の方がいらっしゃるのですか？」

「そうですね。うちの店はビールではなくワインがメインなんです。最初はフランスものばかりを置いていたのですが、そのうち、お客様の依頼が多くて、今や世界中のワインを置くようになってしまいました。先行投資は大変でしたが、今では、それなりのワインを求めてブリュッセル在住の外国人のお客様が集まるようになりました」

「そうか……ベルギー人でも観光客でもなく、ブリュッセル在住の外国人相手……というお店が成り立つのですね」

「そこが面白いところです。ベルギーは日本の九州よりも小さい小国ですが場所がいいですからね。ブリュッセルの中心から少し東側のシューマン広場のあたりにヨーロッパの国際機関の本部が多くあるのですが、欧州連合の本部の所在地も事実上ここととされていて、『EUの首都』ともいわれるほどです。地理的に見ても、フランス・ドイツといった大国、ベネルクス三国のオランダ・ルクセンブルクというように四つの国と接していて、海を挟んでイギリスとも国境がある」

「イギリスと国境か……考えてもみませんでした。そう言えば第二次世界大戦で有名になって、その後映画にもなったダンケルクの戦いではイギリス、フランス、ベルギーの連合軍がドイツと戦ったのでしたね」

「よくそんな話をご存じですね。確かにフランスの都市ダンケルクはベルギー国境に近い街ですからね。EUの前身である欧州原子力共同体・欧州石炭鉄鋼共同体・欧州経済共同体の三機構が統合されたのも、一九六七年のブリュッセル条約によってでした」

大塚は政治学専攻らしい解説をした。白澤は大塚に興味を持ち始めた様子で、思い切った質問を投げかけた。

「大塚さんのお店に情報機関の人が集まる理由は、彼らなりの情報交換が目的なのですか？」

「情報交換はないでしょうが、腹の探り合い……という感じですかね。傍（はた）から見ていると実に面白い。ベルギーという国が、ラテンとゲルマンの接点ともいわれているように、普段は全く違う方向を見ている人たちが、世界全体を脅かすような事態が起こると、不思議とうちの店に集まってきていろんな話をしているんです。彼らがオーダーするワインの銘柄で出身国がわかるのも面白いですよ」

「なるほど……」

「フランス人は絶対と言っていいほど自国の酒しか飲みませんし、最近はアメリカ人もその傾向がありますね。その点、ドイツ人とイスラエル人は敵国以外の酒は飲むんです」

大塚が笑いながら言った。白澤がまた訊ねた。

「日本人は来ないのですか？」

「不思議なくらい全く来ませんね。最近では日本のワインと日本酒も置いているのですが、これを飲むのはイギリス人が多い」

「じゃあ、私が日本代表で行ってみようかしら」

「大歓迎ですよ。なんなら、面白い男女を紹介しましょう。男はイギリス人、女はロシア人です」

「ロシアの女スパイ……ですか？」

これを聞いて大塚が大笑いをして答えた。

「確かに女スパイなんでしょうね。酒は客の中では一番強いですよ」

白澤は連絡先を交換して大塚と別れると、支局となっているオフィスに戻った。警視庁が白澤用に用意したオフィスは、１ＤＫのミニオフィスの集合体のような十五階建てのビルで、日系の企業や事務所は入っていなかった。

「部付、ある人物の個人データを調べていただきたいのですが……」

「日本人ですか？」

「ブリュッセル在住でハノーファーに同時期にいたらしいのですが、人定がはっきりしません」

白澤は大塚から受け取った名刺をスキャニングし、暗号処理を掛けて片野坂に送った。

一時間後、片野坂から連絡が入った。

「日本での運転免許証台帳の画像とデータを送ります。少なくとも前はありません。また、ブリュッセルの店は間違いなく本人名義になっており、日本でも大手ホテル内で二軒、ベルギー料理屋の営業を行っています。彼の父親は外務省の外交官でカナダ大使を最後に引退されているようです」

片野坂から受け取ったデータを確認したところ、大塚本人に間違いないことがわかった。白澤はデータを確認してため息交じりに呟いた。

「外交官のおぼっちゃまの実業家か……実家は奥沢の高級住宅街……」

白澤はパソコンの電源を切ると、ギャルリー・サンテュベールに向かった。白澤が好きなミラノのドゥオーモにあるアーケード街、ヴィットリオ・エマニュエレとは全く異なるフォルムであるが、ヨーロッパ最古らしい佇(たたず)まいがある。

大大塚の店はスマホでホームページを確認することができた。店はすぐにわかった。大塚の店も最古の伝統を守る姿勢に従っていた。明治維新よりも二十年も前にできた重厚な趣を呈した、日本では愛知県犬山市にある明治村にでも行かなければ見ることができないような石造りである。分厚い木製の扉は、見た目よりは軽く開けることができた。

店内に入り空席を探していると、白澤の姿を認めた大塚が軽く手を挙げて近づいてきた。

「早速のお運び、嬉しく思います。いい席が空いていますのでご案内します」

大塚が勧めたのは店の奥の角に当たる二人掛けの席で、周囲の四人掛けの席は客で埋まっていた。

「ご繁盛ですのね」

「ワイン専門店が少ないせいもあるのでしょうが、ベルギーでは最大のセラーを持っていますので、隣国からもワインの愛好家が足を運んでくださる。もちろん、一番多いのはＥＵ本部の暇な職員たちですけどね」

「ＥＵ加盟国の平均的公務員の給与から考えると、相当なお金持ちでしょうからね」

白澤が嫌味交じりに言うと、大塚も笑いながら応えた。

「それでも東京都の職員から見れば安いものですよ。おまけに外交官と同じで、在外手当が大きいのでしょう?」

「多少のレート差額補助と、家賃補助があるだけですよ」

「ＥＵ加盟国の中で、ＥＵ本部の給与よりも自国の給与の方が高いのはドイツとフランスだけなんですよ。北欧やベネルクス三国のように高い税を取る代わりに公共料金が無料のところと単純比較はできませんが、少なくともＥＵ本部職員は所得税がありませんから、その他の加盟国から来た職員にとっては夢のような話なんです」

「そうでしょうね。そうでなければ毎日シャンパンを空けながら二時間ものランチタイムは取れません」

「まあ、そこがベルギー国民からも批判を受けている最大の要因なんですが、彼らにしてみれば、一生ここで働くことはできないわけで、人生のほんのひと時のラッキーを謳歌しているだけなんですよ」

「私もそうかもしれません」

「何をおっしゃっているのですか。それよりも、ご指定のワインはございますか？」

大塚がうやうやしく訊ねた。

「今日は少し暑いくらいですから、キリッと冷えた白をいただきたい気分なんですが……」

白澤が言うと大塚は客扱いに慣れたソムリエらしく、即座に答えた。

「普通より冷やしたサイプロス産のシャルドネは如何でしょうか」

大塚が普段、多くの日本人が使う「キプロス」ではなく、あえて英語読みの「サイプロス」と言ったため、白澤は笑顔で答えた。

「確かに今日は地中海の乾燥した土地にいるみたいですから、それをお願いします」

「つまみは何かご所望がありますか？」

「ワインにあう、ベルギー料理は何かありますか？」

「馬鹿の一つ覚えのようで恐縮なんですが、このシャルドネでワイン蒸しにしたムール貝はいかがでしょうか？　もちろんガーリックはサイプロス産で、貝は少なめにしておきます。ワインは先にお持ちしましょうね」

「よろしくお願いいたします」

大塚は笑顔で頭を下げると席を離れた。

ムール貝のワイン蒸しはベルギー料理の定番である。それも大きなバケツのような器に山盛りに盛られてくるのが通例だった。

間もなく、見るからにキンキンに冷えた白ワインとグラスを持った大塚がやってきた。

「二〇一四年ものです。このワインはこれだけ冷やしても香りが立つんです」

そういうと、グラスをテーブルに置き、ソムリエナイフをベストのポケットから取り出して華麗な所作で封を切り、コルクを抜いた。大塚はコルクの香りを確かめると、満面に笑みを浮かべて白澤の前に差し出した。白澤はこれを受け取ると、ワインが染みたコルク栓を鼻に近づけた。

「シャルドネとは思えないふくよかな香りですね」

「サイプロス産のシャルドネ特有の優雅さがあります」

大塚はさり気ない手つきでテイスティング用にワインをグラスに注いだ。白澤はテイスティング作法どおりにワイングラスのフットの部分を持ってグラス越しにワインを見ると、今度はグラスの上部からワインを覗いた。やや黄色味がかった美しい透明感が見事な熟成具合をものがたっていた。香りをかぐと、空気を入れる前から芳醇(ほうじゅん)な香りが鼻腔(びこう)に送り込まれる。グラスを軽く回して空気を与えてから、さらに香りが漂ったワインを一口含み、ゆっくりと口腔にまとわりつかせる。さらに空気を含ませながら追い打ち

をかけるように ワインを口に注ぐと、得も言われぬ香りが広がった。待ちかねている咽喉にワインを流し込む。ワインが食道を通るときの蠕動運動が心地よく感じられる。ここで大きく息をするとワインの香りが鼻腔に逆流してくる。

「素晴らしいワインですね」

「私もそう思います。今日の気候には、まさに絶品という言葉が似合う一本だと思います」

そういうと、大塚はフランスの最高級レストランのソムリエがするように、ワイングラスの上部までワインを注ぎ、さらにもう少し増やした。

「ちょっとだけサービスです」

「ありがとう。酒飲みって、この追加分が本当に嬉しいのよね」

「白澤さんは酒飲みなんですか？」

「ほんのちょっとですけど」

白澤は笑顔で答えると、ワイングラスを口に運んだ。

「美味しい」

「本当においしそうに召し上がられますね。後ろのテーブルのお客様が興味深そうに眺めていらっしゃいますよ」

「まさかスパイの皆さんじゃないですよね」

「そのまさか……だと思いますよ。落ち着いたところでご紹介いたしましょうか？」

「ご常連さんなんですか？」

「この奥の四席は常連席なんです。たまたまこの二人掛けが空いていたのがよかった。彼らも白澤さんが常連入りしたことを自然と認める形になっていると思います」

「食事が終わった頃を見計らってお願いできますか？」

「もちろん。先方も白澤さんに興味津々のようです」

大塚は笑いながら席を離れた。白澤がさり気なく周囲を見回すと、四人の男女と目が合った。彼らは白澤にウインクをしたり軽く手を挙げたりした。白澤もまた軽く手を挙げてこれに応えた。

ムール貝のワイン蒸しはサイプロスのワインと絶妙な組み合わせだった。小盛りとはいえ、十五個のムール貝が入っていた。白澤はワインをお代わりしてワイン蒸しを平らげた。

「とても美味しかったです」

「おなかも落ち着いたところで、仲間を紹介しましょうか？」

大塚が笑顔で言うと、周りの席の客に声を掛けた。大塚は流暢(りゅうちょう)なフランス語で紹介を始めた。最初に白澤に声を掛けたのは、先ほど白澤にウインクを送ってきたイギリス人の男だった。

「日本大使館勤務でなく、世界のトーキョーの代表なんだね」

彼はイギリス大使館勤務の情報担当で、ここに集まるメンバーのほとんどが大使館勤務であることを白澤に告げた。

白澤はフランス、ドイツ、ベルギーの日本大使館の職員とも連絡を取り合ってはいたが、彼らのような情報担当というセクションの者はいなかった。警察庁と防衛省から一等書記官として赴任している者が、その任にあることはわかってはいたが、これほど露骨に情報交換をしていることが信じられなかった。

白澤が訊ねた。

「情報部門の人同士で情報交換をすることのメリットはなんですか？」

「情報と言っても、インテリジェンスよりはインフォメーションが主体だからね。私たちはスパイではないんだよ。ただ、インテリジェンス機関のエージェントといえども、彼らの情報の九割以上は公刊資料によるものだというからね。その点、私たちは直接関係者から話を聞くことができる点で、新鮮かつ正確な情報に触れることができるということだな」

「例えば？」

「ブリュッセルがワシントンDCに次ぐロビイストの街であることはよく知っていると思うけど、例えば、イギリスがEUを離脱するに際して、どれだけの影響がEU内外に及ぶか……さらにEUと険悪な関係になってきたアメリカ合衆国が、ロシア、中国だけでなく、世界の敵になってしまうのか……そんなテーマは一国だけでなく、各国の情報をつきあわせて分析することによってなんとなくわかってくるんだ。それを、それぞれの国家がどう判断し、どのような行動に出るのかは、国家のリーダーの判断ということになる」

スチュアートと呼ばれているイギリス人は自国のEU離脱を当然のように語りながら、EU諸国の情報部門の担当者と仲良く話している。その不思議さを白澤は感じていた。

「EUはこれからどうなっていくのですか？」

「トルコ次第だな。難民をヨーロッパに送り込むような判断をした時、戦争が起こるかもしれない。その時はNATOとロシア・トルコ同盟軍との戦いになるのかもしれない。さらにはNATOに加盟しているアメリカ合衆国がどう出るのか……第三次世界大戦が本当に起こってしまうのか、この一、二年で判断されることになるだろうな」

白澤は今のヨーロッパが抱える問題を改めて感じ取っていた。

「確かに、この一、二年の喫緊の問題にしては、EUに加盟するどの国も、あまり危機感を抱いていないような気がするのですが……」

「それはまだ、世界中から観光客が訪れているからでしょう。特に、未だに問題の発生源の一つである中国からは、年間、数千万人もの観光客がヨーロッパを訪れていますからね。そして、お金を落としてくれるだけでなく、〝一帯一路〟による企業同士の連携も深まっています」

フランスの女性情報担当者が答えた。白澤はすぐに反論した。

「企業同士の連携とおっしゃいましたが、中国という国が共産主義国家ということをお忘れになっているのではないですか？　イギリス、フランス、ドイツというEUのリーダー的存在の国々が、全て中国からの資本を受け入れているのは、どういうことですか？　EUこそ中国を肥大化させている原因の一つだと、私は考えています」

白澤の言葉に情報部門担当者たちはお互いの顔を確認し合っていた。ドイツ人の男性が答えた。

「中国が共産主義国家であることは知っていますし、香港があのような問題を世界に向けて発信し続けていることも当然ながら知っています。ただ、世界の人口の五分の一を占める中国という国家を統治するには、現段階では共産主義しかないのかもしれないというのが、私たちの理解です」

「資本主義国家同士ならば、それぞれの企業同士は、資本主義のルールに基づいた契約や連携ができます。でも、対中国を考えると、企業対企業ではなく、一企業対巨大国家の図式になることを忘れているわけではないでしょう？　しかもその国家は知的財産権を、民主主義打倒という政治経済理論で平気で無視するような国なんです」

「マルクス・レーニン主義を未だに追い求めている……というわけですか？」

「他に共産主義理論は知りません。でも、実際に世界ナンバーツーの大国になった中国が推し進めている社会主義的市場原理……って、経済学で証明できるものなのですか？」

白澤の言葉にイギリス人のスチュアートが答えた。

「経済学では無理だろうね。国家ぐるみで資本主義国家にある企業と戦おう……というものだと思えばいいんじゃないかな。どんな巨大企業でも、あの一国を相手にして勝てる所はまずないだろうけどね」

「そこに知的財産権の問題があるのでしょう？」

「そうだね。しかし、中国はすでにほとんどの産業で自立できるようになってしまったからね。自動車産業だって、もはや他国の技術はほとんど必要がなくなった……といっても決して過言ではないだろう」

「それは、合弁企業の名の下に実質的に外国企業を乗っ取ってきたからでしょう？　スウェーデンの名車ボルボだって、今や中国の車になってしまったし、今、イギリスの車って、何があるのですか？」

「それは厳しい質問だな」

スチュアートが苦り切った顔つきで話を一旦止めたが、再び話し始めた。

「イギリスは産業革命を興した国だが、その後、その技術を世界中の国家が奪って行ったただろう？　造船だって蒸気機関、鉄鋼業だってそうだ。日本も一時期は世界一の造船国だったが、いつの間にか隣国の韓国に抜かれてしまった。先発の国家というのは、企業の驕りや甘えもあったかもしれないが、いつか追い越される宿命にあるんだよ」

「確かにEU離脱問題でユーロが変動する中、イギリスのポンドが安定している不思議さは感じていますが、それは大英帝国諸国の献身的な下支えがあってのことで、イギリスの産業そのものは停滞したままだと思います。イギリスは民主主義を興した国でありながら、未だに貴族制度が残っているという、奇妙な体制ですよね」

「貴族が国家を作ったのだから仕方がないだろう。しかも、イギリスは連合王国だからね。ラグビーやサッカーを見ればわかるとおり、イングランド、スコットランド、ウェールズという歴史的経緯に基づく三つの『カントリー』がグレートブリテン島を三分割している」

「イギリスの皇太子がプリンス・オブ・ウェールズを名乗るようになってから、ずいぶん久しいですよね」

「一三〇一年からだから、日本ではモンゴルのフビライと戦った頃じゃないかな」

「よくご存じですね。日本では鎌倉時代といい、弘安の役と呼ばれる蒙古襲来のあった頃です。世界史上最大規模の艦隊を擁して日本に攻め込んできたのですからね」

「そして、神風が吹いた……」

「まあ、そんな感じだったのでしょうね。未だに九州の福岡地区に行くと、当時の元寇防塁跡が残っていますから」

「その神風は一九〇五年の日本海海戦まで、日本海軍の心の支えになったわけだな」

「それはどうでしょう。明治維新まで日本は鉄の船を持ったことがありませんでしたから。日露戦争で戦った日本の船はほとんど外国製で、しかも日本海海戦の時の旗艦『三笠』は貴国のヴィッカース社が建造したものです」

「ヴィッカースか……懐かしい名前だな。ウエストミンスターにあったヴィッカース・タワーは一時期、イギリスで一番高いビルだった。しかし、あなたは女性なのに、よくそんなことをご存じですね」

「私の高祖父は日本海海戦に出陣していましたから」

白澤がこぼれるような笑顔で答えるとスチュアートも、それにつられるように笑って話題を中国に戻した。

「ところで、中国の覇権主義がアジアでは取り沙汰されているようだが、それは日本にとっても脅威になっているのかな？」

「覇権主義は日本よりも東南アジア諸国に向けられていると思います。ただ、中国国内で騒乱が起こった場合、数千万人の難民が船に乗って日本に押し寄せてくるのが最も脅威です。日本のシーレーン防衛の最大の脅威でしょう」

「なるほど、確かに上海以北から船を出せば、数日後には日本に漂着することになるだろうからな。それは南朝鮮にも言えることなんじゃないのかい？」

「北朝鮮が主体となって朝鮮半島を統一した場合には、十分にその可能性があります。中国もロシアもこれを難民として受け入れるはずがありませんから」

「そうだろうな。かと言って、南朝鮮が主体となって朝鮮半島を統一できるとは思えない。今の、南朝鮮のトップは北のスパイなんだろう？」

「ご両親の出身が北朝鮮であるのは事実だと思いますが、スパイなのかどうかまでは判断しかねます」

「そうか……しかし、南朝鮮が現政権になって、アメリカも日本も同盟関係を見直したいように見えるけどな」

「共産主義国家との国境が三十八度線から対馬海峡に変わるだけの話ですが、日本国の固有の領土である竹島の領有権問題は余計複雑になると思います」

「南朝鮮がなくなった瞬間に日本政府が強行奪還できるかどうかだな。そのシミュレーションが完璧にできていないと、日本はいつまで経っても極東で馬鹿にされ続けることになるだろうな。それは対中国の尖閣諸島も同じだ」

「それは私たちもよく理解しているのですが、無能な国会議員たちがどれくらい領土意識を持っているか……にかかっています。日本には多くの革命主義者が残っていますから」

「そうだな……アメリカの占領政策の誤りがまだ影を落としているんだから、平和呆け国家と言われて久しいわけだ」

スチュアートが、やや鼻で笑うような仕草を見せた。白澤はため息交じりに言った。

「確かに日本国民の多くが平和呆けしていることは事実です。最近では若者だけでなく、高齢者にも多いのが情けない。戦後七十年以上経つわけですから、七十歳以下の方は、その対象ということになります」

「そう考えると平和呆けもまた幸せなのかもしれないな。戦争がない……という事実は賞賛すべきことでもあるからな」

「でも、東日本大震災以降日本各地で続いた多くの災害で、日本人にもようやくボランティアの意識が芽生えたことは、怪我の功名です。人のためにできることを若者が率先してやる国になりつつあるのだから、日本はまだまだ捨てたものじゃないなと思います」

「ラグビーワールドカップの開催で、出場国の日本に対する評価はだいぶ上がると思うよ。世界中のマスコミが評価するだろうし、応援に行った出場国民もSNSに上げて伝えるだろうからな」

「日本という国を理解していただければと思います。まだまだ極東の一国という認識の方が世界中にたくさんいらっしゃいますから」

「そうだな……地球儀や地図の上で日本の場所を知っているのは、若いアニメオタクか、相当な高等教育を受けている人くらいなもんだろう。トヨタやホンダ、ソニーは知っていても、それが日本製と知っている者も少ない。ノーベル賞だってあんなにたくさんの人が受賞していて、それが伝わらないのが不思議なくらいだが、ノーベル賞を受賞した人がいない国の方が圧倒的に多いのもまた事実だからな。受賞者がいない国にとってはニュースにもならないのだろう。文学賞や平和賞を除けば、先進国しかありえないわけで、アジアでは日本くらいだろうからな。知的財産権を理解していない中国や南朝鮮がいい例だ。両国ともＷＴＯでは発展途上国の立場なんだろう？」

「中国は四千年の歴史がある国です。最近になって習近平(シーチンピン)国家主席が『中華民族』という言葉を多用していますが、歴史を遡(さかのぼ)ると、中国はまさに多民族国家にほかなりません」

「アメリカと似たようなものだ。移民を受け入れると結果的に民族がわからなくなってしまう。アメリカの場合にはイギリスから出て行ったピューリタンが先住民を迫害したことから始まったんだからな」

「他の大英帝国諸国とはそこが違うのですね」

「そこ？　全く違う。アメリカはイギリスから離れていった国だからな。女王陛下を敬う気持ちすら持っていない国民たちの国だ。それが世界を制覇したことがそもそも間違いだったんだ」

スチュアートは本気で悔しそうな顔つきをしていた。白澤が首を傾げながら訊ねた。

「イギリスとアメリカの外交は上手くいっていないのですか？」

「いないね。アメリカがイギリスから得ているのはロールスロイス社製のジェットエンジンくらいなものだろう。スコッチもそんなに買わなくなった。経済面で協調できない国と外交が上手くいくはずがないだろう。ようやくトランプの時代になって世界の警察を辞めることになったようだが、時、すでに遅し……だったな。アメリカは中東に対する軍事介入でどれだけの失敗を犯したことか。最近のイランとトルコに対する姿勢を見れば明らかだろう」

「今の中東はサウジアラビアとイランの不仲が目につきますが、アメリカが言っていることをイギリスもドイツ、フランスと共に認めているじゃないですか？」

「そう見るのは日本が中東における情報収集を積極的に行っていないからだ。さらに日本はイランとアメリカとの両面外交を行っている。もっと言えば、イランだけでなく、今の中東の癌ともいえるトルコとも同様だ」

「それはイラン、トルコとも長い親睦の歴史があるからにほかなりません。サウジアラビアが他国にある自国総領事館内でマスコミ関係者を殺害したことも、すっかり忘れてしまったかのように、サウジアラビアの皇太子と公然とお付き合いをしているのが不思議なくらいです」

「サウジアラビアの皇太子に関してはG20を大阪で開催した時の日本の首相も同じだったじゃないか。中東の国々は裏切り者に対しては未だにハムラビ法典が生きていると思った方がいいんだよ」

スチュアートが言うと、ようやくロシア人女性のクチンスカヤが口を開いた。

「カヨコが世界の政治にも詳しいことはよくわかったわ。でも、あなたは情報収集というものには、まだ慣れていないみたいね」

「まだ半人前ですから、今は実技試験の最中というところです」

「日本……ではなく、東京という都市はお金持ちだからそういう余裕があるのね。ロシアでは情報部門に携わるには相当のトレーニングを積まないと海外に出ることはできないわ」

「情報……と一言でおっしゃいましたが、私はインテリジェンスを求めているのではなくて、東京都がいい街になるように、そして、それを世界に広めるために何をすればいいのかを学ぶためにインフォメーション作業を進めているのです。ですから、国家と都市の大きな違いである、外交と防衛ということには積極的に関与する必要がないのです」

「なるほど……そういうことね。それにしてはよく知っているわ。外交や防衛のことも」

「来年、東京ではオリンピックが開催されます。その時に万が一にでもテロが起こってはならないのです。東京は日本の首都ではありますが、世界の国々の敵ではない……ということも情報発信していかなければならないと思っています」

「そうね……でも、八〇年のオリンピック・モスクワ大会の時に、日本は参加をボイコットしたわ。オリンピックというのは所詮、政治の道具でしかないのではないでしょうか？　そして、開催国ではなく、開催地はどうあがいても、国家の中に集約されてしまうものだと思うけど、違うかしら？」

「確かにモスクワ大会ではアメリカの主張に全面的に従ったことは否めません。当時はＪＯＣの決定とは言え、不本意ながら政府のボイコット指示を受け入れざるを得なかったのだと思います」

「どこの国でも、スポーツが政治から自立することは難しいと思うわ。その点でイギリスではボイコットを指示した政府の後援を得られなくとも、オリンピック委員会が独力で選手を派遣したのだから、スポーツの自立が当時からできていたのだと思うわ。そんなことよりカヨコ、東京は世界でも珍しい一極集中の首都だわ。それをどう思っているの？」

「東京は政治と経済の中心ですし、東京都市圏地域の神奈川、埼玉、千葉という三つのエリアを加えると、日本の人口の三割近くになります。その最大の理由は東京駅を中心とした世界最大の交通網があるからだと思います」

「確かに東京の交通網は素晴らしいわね。時間も正確だし、乗車マナーも驚くべき譲り合いの国民性が見て取れるわ。でも、地方の大都市もミニ東京という感じしかしないのは、多くの日本人が東京に対するある種の憧れを持っているからなのかしら？」

「確かにメイン駅の周辺はミニ東京かもしれませんが、関西と中部には一種独特の文化が根付いていると思います」

「大阪、神戸、京都、名古屋ね。私はこの四つの街は好きよ。日本らしさが残っているわ」

白澤は、この日本が好きなのか、嫌いなのかわからないロシア女性の存在が気になり始めていた。

「クチンスカヤさんはどうして大使館の仕事を選んだのですか？」

「それは海外に国のお金で行くことができるからよ」

「今までにベルギー以外の国に仕事で行かれたことはあるのですか？」

「最初にアメリカ合衆国のワシントンＤＣに赴任したわ」

「アメリカ合衆国の首都ワシントンＤＣに……それはクチンスカヤさんが優秀だからなんでしょうね」

「そうじゃないんだけど、アメリカ合衆国に赴任するということは、ある意味で実力試験のようなものね。そこで結果を出すことができるかどうか……で外交官としての資質が試されるのよ」

「そうか……外交官か……素敵な仕事だわ」

「外から見るのと、内から見るのとでは大きな違いがあるわ。職場の環境も大事な要因でしょう？　そして昔で言う西側先進諸国は誘惑も多いしね」

「それはクチンスカヤさんが美人だからでしょう？」

「そういうレベルの誘惑はどうでもいいのよ。自国に帰りたくなくなった時が一番怖い」

「ロシアよりも、その国を好きになってしまう……ということですか？」

「海外に赴任する時には徹底した教育をうけるのだけど、かつてのスパイのような洗脳教育はもうやらないでしょう……だから、国家に対する忠誠心が弱くなっているのは事実ね」

　白澤はこの時のクチンスカヤの目つきと言葉の持つ意味を、見逃さなかったし、聞き逃さなかった。白澤は表情を変えずに訊ねた。

「クチンスカヤさんが海外で一番好きになった国は何処ですか？」

「日本よ」

「えっ……。日本に仕事でいらっしゃったことがあるのですか？」

「三年間いたわ。仕事も私生活も楽しかった。狸穴では大使館の裏にアメリカンクラブがあるものね。もの凄い情報戦が壁を隔てて行われていたわ」

狸穴は東京都港区六本木と飯倉の間にある、麻布台地域の旧名で、在日ロシア連邦大使館があるところだ。公安警察でも「狸穴」と言えば「ロシア大使館」を意味していた。そのロシア大使館の裏手にあたる、まさに南東側に「東京アメリカンクラブ」がある。

東京アメリカンクラブは、昭和三年（一九二八年）に在日アメリカ人が会員制社交クラブとして設立したものである。現在はアメリカ人と日本人を中心に五十数か国、約四千人の会員がいると伝えられている。

「アメクラは私もプールやスカッシュをやりに何度か行きましたけど、そんな情報機関が動いているようには思えませんでしたけど……」

「あなたは会員なの？」

「父が会員だったので、ご友人二人の推薦をいただいて、英語の面接を受けた後に会員にしていただきました」

「カヨコは良家のお嬢様……ということなのね」

「良家の娘が東京都の職員にはならないと思います。お給料も安いし……」

「お金に頓着しない……という見方もできないわけではないでしょうけど……どこで、そんな流暢な英語やフランス語をマスターしたの？」

「大学がドイツのハノーファーだったのです。音楽を専攻していたので、必然的に覚えざるを得なかった……というのが本当のところです」

「音楽専攻で東京都の職員……全く違う世界ね」

「実力が伴わなかっただけです」

白澤が肩をすぼめて言うと、そこに大塚がやってきて口を挟んだ。

「白澤さんは当初オルガン専攻だったので、卒業時点で大学サイドから、大学に残るか、独立するか……の選択を迫られたのですよ。オルガニストで独立するのは難しい選択ですからね」

「確かにそうね……大教会の専属オルガニスト……と言うと、採用の間口が狭いものね。どうして、オルガンのようなマニアックな分野を選んだの？」

「弾いてみたかった……それだけです。オルガンで食べていこうと考えたことはありませんでした」

「面白い人ね。私たちの仲間になれそうよ」

そう言ってクチンスカヤが周囲の外交官仲間を見回すと、全員がそれぞれの母国語で

「ウェルカム」に近い言葉を発してワイングラスを掲げた。

「さあ、儀式は終了よ。もう、あなたは私たちの仲間よ。大塚がこの席に連れてきた意味がよくわかったわ」

この時、白澤は大塚の笑顔を見て、感謝の会釈を送った。大塚もまた笑顔で会釈を返してきた。

その日は四時間ほどその店でワインを飲んでデスクに戻ると、時計を確認して受話器を握った。

「部付、在日ロシア大使館の旧職員リストを確認願いたいのですが」

「今度はロシアですか……人脈が広がっているようですね」

「先日照会いたしました、大塚さんの店でベルギー在住の外交官グループと知り合いましたが、何でも彼らは情報担当者だということなのです」

「なるほど……緩い情報交換グループなんでしょうね」

「そういうのはどこでも存在するものなのですか？」

「ワシントンDCでも同様のものはありましたね、まあ、腹の探り合い……というところでしょうか。しかし、中には優れモノのエージェントが混じっていることもありますから、十分に気を付けてください。ロシア以外でも必要があれば調べましょうか？」

「ありがとうございます。秘撮した画像がありますので、画像検索していただけると助かります。名刺交換できたのはロシア、イギリス、フランス、ドイツの四人だけでした」

「十分でしょう。日本国内の資料でどれくらい解析できるのか……でしょうが、何なら、お友達のモサドに調べてもらってもいいかと思いますよ」

「それをやっても大丈夫なんですか？」

「相手を正確に知ることは最も大事なことですからね」

片野坂の言葉に白澤はホッとした思いになって訊ねた。

「ところで部付、私の身分は東京都の職員……でよろしいのですか？」

「もちろんです。東京都政策企画局外務部の特別職職員になっていますから大丈夫です。警視庁企画課庁務担当との連絡調整も兼務している形です」

「企画課の庁務担当……ですか？」

「そう。企画課の庁務は国会と都議会に事務局を置いているんです」

「そういう部門があったのですね」

「かつては東京都も海外に事務局を置いていたのですが、そのほとんどが撤収したため、警視庁頼みになっている部分もあるんですよ。以前はニューヨークの東京都事務所に警視庁警察官も長期海外研修で行っていたのですが、それがなくなったのでニューヨーク市警に派遣しているんです」

「そうだったんですか……」

「身分は東京都の職員のままで、安心して自由に活動して下さい」

片野坂との電話を切って白澤はデータ送信をした後、モサドのエージェント・ルーカスに連絡を取った。

「相変わらず面白い仕事をしているようですね。トルコで行方不明になった邦人の件は解決の目途が付いたのですか？」

「それが、行方不明になった女性の一人が偽造旅券を使用していたことがわかったんです」

「スパイに嵌められた……ということか？　男の身元はわかっているのですね」

「日本の入管から情報を得て警視庁が調べたようなんですが……」

そこまで言って白澤が言葉を選ぼうとしたとき、ルーカスが言った。

「警察の二等書記官でも関わってしまったのかな？」

「いえ、警察官ではありませんが、日本の役人だったようです」

「日本の役人がトルコの片田舎までおびき出されたわけか……物見遊山にしては度を越している。よほど暇なセクションなのか、別の目的があったのか……ですね」

「それよりも今日はちょっと別のご相談があって連絡いたしました」

「カヨコのお願いなら、出来る限りのことはするけど……何だろう」

白澤はブリュッセルのワインバーの話を伝えた。

「相変わらずブリュッセル在住の情報屋は緩い仕事をしているもんですね」

「イギリス、ロシア、ドイツ、フランスの四人の名前はわかったのですが、どこまで本当のことなのかよくわからないのです。一応、全員の顔を秘撮してみたので、確認してもらえるとありがたいのですが」

「よく秘匿撮影できたものですね……彼らも気を許していたのかな？」

「私の身分を東京都の職員ということにしていますから、あまり気にしなかったのかもしれません」

「そうか……それならば、明日、アントワープに来てください。私がそちらに行って、モサドの動きを気にするエージェントに捕まると困るのでね」

「ルーカスの顔はそんなに売れているの？」

白澤がまじめな声で訊ねると、ルーカスが笑って答えた。

「ＣＩＡとＭＩ６だけは情報交換をしていますからね」

翌朝、白澤は一番でアントワープに向かった。途中で二度、追尾の有無を確認するために点検活動を行ったが追跡者はいなかった。

アントワープのホテルのラウンジで白澤はルーカスに画像データと英、露、独、仏の四人の名刺の写しを渡した。

「エカテリーナ・クチンスカヤか……懐かしいですね。彼女は外交官ではなく参謀本部情報総局（GRU）のエージェントです。彼女がベルギー在住とは知りませんでした」

ルーカスが真顔で言ったため、白澤は背中に汗が流れた。

「きっと彼女は私の調査を始めていることでしょうね」

「それはお互い様ですから気にする必要はありません。ロシア、アメリカ、イギリスでは日本の情報機関をほとんど気にしていませんから。ただし、日本には数人のスーパーエージェントがいることは知られていますけどね」

「そんな人がいるのですか？」

「あなたのボスの片野坂氏もアメリカの中央情報局（CIA）、連邦捜査局（FBI）、国家公安部（NSB）そして国家安全保障局（NSA）では有名な存在ですよ」

「そうなんですか？」

「私の上司も有名なエージェントなんですが、彼が高く評価するエージェントはとても少ない。そしてその一人であるエカテリーナ・クチンスカヤもまた、かつてアメリカで驚くような諜報活動をやっていました。彼女は男性だけでなく女性も惹（ひ）きつける魅力を持っていますから、気を付けた方がいいですね。ドイツは知りませんが、この写真の中には三人、私も知っているエージェントがいます。一人はこれ、中国共産党中央統一戦線工作部のエージェント、もう一人はこれ、イスラエル参謀本部諜報局、つまり軍事情報機関のエージェントです。こいつが入っている……ということは、やはりNATO軍の情報を探っているのでしょう」

「中国共産党中央統一戦線工作部のエージェントは中国人には見えませんね」

「彼の父親はフランス人で、母国の防諜・外国資料局（SDECE）のエージェントとして上海で活動していたのですが、中国人女性と恋に落ち、そのまま中国に住み着いてしまったのです」

「それって、裏切り……ですか？」

「裏切った……というよりはエージェントを勝手に辞めてしまった……という方が正しいのでしょう。母国を売るようなことはしていないはずです。未だに上海の豪邸に住んでいるようですからね」

「豪邸……ですか？」

「有能なエージェントは莫大な活動費を与えられます。彼はその一部を巧みに運用していたのでしょう。中国の高度経済成長期に上手く乗ったのですね。フランスの仲間からは『いい生き方をしている……』と言われているようです」

「でも、その子どもは中国共産党中央統一戦線工作部なのでしょう？」

「エージェントとしてのノウハウは学んだのかもしれませんね」

「周りの人は皆、それを知っていて付き合っているのですか？」

「それを知っているのはエカテリーナ・クチンスカヤくらいのものでしょうね。うちの軍事情報機関の者はおそらく知らないでしょう。とりあえず、この画像をここから本局に送って反応を待ちましょう。それよりも、私は例のトルコで発生した行方不明事件の方が気になっているのです」

「私も日本の外務省が表立って動いていないのを不思議に思っています」

「日本の役人というのは外務省職員なのではないでしょうか？」

「その可能性が高いと私も思っていますが、詳細は私のところにはまだ届いていないのです。偽装旅券が使用されたことも、その背景が気になっています」

「外務省の本省はどこの国も秘密主義ですからね。そのくせ現場ではベルギー在住のエージェントのように情報交換を行っているという、笑い話のような構図ですね」

「笑い話で済まされる話ではないと思いますが……」

「それが今の各国の情報部門の実態と見ていいと思います。特にアメリカでは、例のスノーデン問題で、国内の情報機関同士で疑心暗鬼になっている部分もあるようですからね」

「彼はアメリカ国家安全保障局と中央情報局の双方に勤務していた元局員ですから、その情報量も大きかったのでしょう？」

エドワード・ジョセフ・スノーデンは、国家安全保障局で請負の仕事をしていたコンサルタント会社「ブーズ・アレン・ハミルトン」のシステム分析官として、連邦政府による情報収集活動に関わっていた。二〇一三年、香港で複数の新聞社（ガーディアン、ワシントン・ポスト、サウスチャイナ・モーニング・ポスト）の取材やインタビューを受け、それまで陰謀論やフィクションの世界の話でしかなかった国家安全保障局による国際的監視網（ＰＲＩＳＭ）の実在を告発したことで知られている。

スノーデンが持ち出した未公開の機密文書を収めた書籍は、世界二十四か国で同時刊行された。

「知識としての情報自体はたいしたことはなかったのだけれど、証拠となるデータを簡単に持ち出されてしまったことが大きな問題となったのです。あのアメリカ合衆国でさえ、国家機密を扱う者の採用基準が実に曖昧だったわけなのでね。今でも第二、第三のスノーデンが登場する可能性があるのは確かです」

「アメリカの情報機関はヒューミントが少ないというのは本当なのですか？」

ヒューミント（ＨＵＭＩＮＴ：Human intelligence）とは人間を媒介とした情報収集活動のことで、身分を偽るなど違法な手段で不法に入国するなどイリーガルな活動も含まれている。いわゆる「協力者」の獲得・運用もこれに含まれる。

「そこがアメリカの弱点といえます。テキント、イミント、シギント、さらにはコミント等の電子技術に頼り過ぎた結果でしょう。スノーデンの裏切りもまさにこの弱点を突かれたということです。ヒューミントに関する報告は、原則として文書ではなく口頭でされる場合が多いため、流出の可能性が低くなりますからね」

テキント（TECHINT：Technical intelligence）とは技術的な情報収集を総称していう。「テクニカル・インテリジェンス」と略さずに言う場合は、特に、外国軍の装備等を入手して調査することで情報を収集することを指す。

イミント（IMINT：Imagery intelligence）とは偵察衛星や偵察機による写真偵察のことを指す。

シギント（SIGINT：Signals intelligence）とは電波や電子信号を傍受することによる情報収集のことを指す。

コミント（COMINT：Communication intelligence）とは通信傍受、暗号解読、交信（トラフィック）解析のことを指す。

白澤が大きく頷いて言った。

「私が今所属しているセクションが専らヒューミントを大事にしているのは、科学的情報収集の裏付けだけではない……ということですね」

「良好な人間関係から伝えられる真実ほど大きなものはありませんからね」

ルーカスが笑顔で応えると白澤はやや首を傾げて訊ねた。

「良好な人間関係って難しいですよね」

「イリーガルの代表のようなハニートラップによる情報も、話をする本人にとっては、実に良好な人間関係の結果ということになるのですからね」

「まさに、そういうことですね」

白澤がため息をついて応えていた。

間もなくルーカスのスマホが反応した。ルーカスが内容を確認して言った。

「情報機関の人間が他にもいたようですね。イギリスの国防情報参謀部（ＤＩＳ）のウィリアムスとトルコの国家情報機構：ＭＩＴ（Milli İstihbarat Teşkilatı）にオランダの総合情報保安局：ＡＩＶＤ（Algemene Inlichtingen-en Veiligheidsdienst）。イギリスはあらゆる分野でＥＵの動きをチェックしているように思えます。勇気ある離脱を進めようとしているのだから仕方ないのですが」

「勇気ある離脱……ですか……」

「イギリスならではの判断でしょう。ユートピアは長続きするものではない……ということです」

ルーカスは顔色一つ変えずに応えた。白澤が訊ねた。

「私はあのメンバーの中で誰を信用していればいいのでしょう？」

「エカテリーナ・クチンスカヤとＭＩ６だけ押さえていればいいんじゃないかな。特異な話題があったら私にも知らせてください」

白澤が笑顔で応えるとルーカスは笑って言った。

「そのチャーミングな笑顔には負けてしまいますね」

白澤はルーカスと別れると再び点検活動を行ってブリュッセルに戻った。

片野坂に連絡を入れてルーカスからの回答結果を報告すると、片野坂は数秒置いて応えた。

「さすがにモサド……というところですね……エカテリーナ・クチンスカヤのことは私も調べてよくわかりました。アメリカに再入国できる可能性は少ないようですが、EU圏内では、まだまだ活動できるのでしょうね」

「そんなに派手に活動していたのですか？」

「そのようですね。ハニートラップから詐欺に近いことまでやって、多くの財界人を手玉に取っていたそうです。逮捕一歩手前で本国に逃げ帰った……ということのようです」

「ハニートラップか……凄い仕事をしていたのですね。ロシアという国はいまだにそうなんですね」

「かつての冷戦は終わったとはいえ、地政学的にもヨーロッパと太平洋の覇権を狙うポジションにいることは変わりないですからね」

「確かにそうですよね。宇宙空間でさえ、いまだにロシアとアメリカが実質的に覇権を競っているわけですから。部付はロシアの狙いをどう考えていらっしゃいますか？」

「当面は二方向あると思っています。一つは北極海を含む極東対策、もう一つは地中海を含めたEU対策ですね」

「ロシアにとってEUは邪魔な存在なのですか？」

「所詮は烏合の衆……という見方でしょう。イギリスが抜けてしまえば、二十七か国の加盟国の中で、黒字国家は少ないですからね。旧東欧の残党諸国がいつまで経っても足を引っ張っていますから」

「残党……ですか？」

「本気でEUの存続を願っている国家は、独自で食べていくことができるベネルクスや北欧、オーストリアを除けば、貧しいヨーロッパ諸国です」

「確かにEUとはいえ、経済格差は激しいですからね……ドイツだってフランスから原子力発電による電力を供給してもらっているわけでしょう？」

「そう。そのドイツでさえ、経済的にも厳しい状況になってきています。EUは人口では中華人民共和国、インドに次ぐ数になりますが、それでも五億人程度です。その人口規模の中でGDPは、ドイツ、フランス、イギリス、イタリアの四カ国で全体の半分あまりを占めてしまうわけですからね。その中のイタリアも経済危機は『起きるかどうか……ではなく、いつ起きるか……』という段階に来ているようですが」

「イタリアの経済規模は今現在でも世界第八位ですよね。それがどうにもならなくなる……ということなのですね」

「残念ながら、現時点では手の打ちようがない。ウォール街の投資家もそのタイミングを見計らっているといわれています」

「そうなると、再び世界恐慌のような状態になってしまう気がしますが、私たちは何を信じて生きていけばいいのでしょう」

「周囲に踊らされることなく、我が身は自分で守るしかない……ということですね。その中で、日本人として日本がどうなるかをしっかりと見ておく必要があります。その情報戦がまさにブリュッセルで行われている……と考えていいと思いますよ」

「アメリカ、中国、EU、ロシア……日本はどの国や地域とも深い関係にあります。どこに比重を置いたらいいのでしょう?」

「アメリカを敵にしては第二次世界大戦の前と同じになってしまいます。中国とロシアの動きを注視しておくことが大事ですね」

「EUはどうなのですか?」

「EUが世界のリーダーになることはありません。ただし、情報の坩堝(るつぼ)であることは、はっきり自覚しておいてください。それからもう一つ、中国共産党中央統一戦線工作部のエージェントの動きに注意しておいてください。モサドの連中は中国にあまり興味がない人が多いのですが、白人とのハーフが党中央統一戦線工作部のエージェントになっていることが私は気になるんです」

片野坂の言葉を白澤は反芻しながら電話を切った。

その頃、片野坂は入管から得た情報を分析し、行方不明になった外務省職員ともう一人の被害女性の個人情報を調べ上げていた。

「香川さん。この望月健介、昭和六十二年十一月十二日生の三十一歳ですが、国際テロ情報収集ユニットのメンバーなんですよね」

「外務省の中では評判が悪いところだろう？」

「評判が悪い……というよりも外務省総合外交政策局にありながら、官邸直轄で、しかもトップが警察庁出身の内閣審議官……というのが外務省職員にとっては面白くないだけのようです」

「それを評判が悪い……というんだ。しかし、外務省はどうしてこれをまだ明らかにしていないんだ？　邦人が誘拐されたんだろう？　立派な国際問題じゃないか」

「誘拐となれば、拐取（かいしゅ）した側からも何らかの反応があっていいはずなんですが、それも未だ探知されていないところを見ると、どこかに移送されていて、トップの判断を得ることができていないのかもしれませんね」

「それでも、即座に動くのが外務省の重要な仕事の一つだろう」

「トルコ国内で大使館と領事館の関係が上手くいっていないのでしょう」

「それにしても、本省が知らないはずはないだろう。下手をすれば局長の首が飛ぶだけじゃ済まない問題だぜ」

「私もそう思います。国際テロとなれば、警備局だけでなく、公安部も動かざるをえなくなる案件ですから、ちょっと違うルートからつついてみますか?」

「外務大臣でも使うのか?」

「副大臣でいいかと思います。彼は大臣よりも事件処理に関してはセンスがありますから」

「外務省は二人いるだろう。どっちの方だ?」

「大学のゼミの先輩で、大蔵省出身です」

「大蔵省か……懐かしい名前だな。俺がだいぶ叩(たた)いてやったからな」

「先輩が入省して三年目くらいで財務省になったかと思います」

「なるほどな。お前が言うのなら任せるよ。ピンポイントで効果を見てみよう」

「留学先での評判から、ちょっと気になるところもある存在なのですが、私も様子を見ながら動かしてみたいと思っています」

「なんなら、俺も調べてやるよ。最近、東大出の官僚出身議員にはロクな奴がいないからな」

「宜しくお願い致します」

香川が片野坂の席を離れると、片野坂はプライベート用のスマホを取った。

「片野坂か、久しぶりだな。何かあったのか？」

「総合外交政策局国際テロ情報収集ユニットの望月健介という職員がトルコ国内で消息不明になっているはずです。その際、二人の女性も一緒だったと思われるのですが、そのうちの一人が偽造旅券を使用していました」

「なに。国際テロ情報収集ユニットの職員が？　初耳だな。それはいつの話だ？」

外務副大臣の緒方良亮（おがたりようすけ）はすぐに喰いついてきた。

「現地から通報が来たのは三日前の話です。トルコ国内では在イスタンブール総領事館の職員が動いているようですが、国際テロの認識が薄いのか、未だに詳細は伝わっていません」

「この電話、このままでいいか？　即、確認してみる」

緒方副大臣は片野坂からの電話をスピーカーモードにして、幹部の在席掲示板を確認し卓上の受話器から架電した。

「緒方ですが、総合外交政策局長ですか？　トルコ国内で国際テロ情報収集ユニットの望月某という職員が行方不明になっているとの情報が届いているんだが、それは事実ですか？」

緒方は卓上の電話もスピーカーモードにして話をしたため、総合外交政策局長の慌てた声が片野坂にも届いた。

「至急調査一報いたします」

緒方は総合外交政策局長との電話を切ると、片野坂に言った。

「これは国際テロなのか？」

「場所が場所ですから、その可能性を考えた方がいいかと思います」

「場所はイスタンブールではないのか？」

「カッパドキアからシリア国境に向かった地点だと聞いています。トルコとシリア、さらにはＩＳＩＬの残党の動きが気になります」

「ＩＳＩＬか……彼らが行っているのか？」

「まだ何とも言えませんが、先ほど話をしました偽造旅券を使用している女は、韓国系の可能性が高いのです」

「韓国？　韓国とＩＳＩＬに何か関係があるというのか？」

「韓国人でＩＳＩＬに協力している人物を現在捜査中です」

「そうか……ＩＳＩＬは自国だけでなく、海外にも多くの協力者がいるのだったな。それにしても公安という部署は恐ろしいものだな。どれだけのネットワークを持っているんだ」

「情報は人ですから……部下がヨーロッパで情報を得てきました」

「ヨーロッパではすでに知られている情報……ということなのか？」

「海外の諜報機関が得た情報です」

「片野坂、本当にありがとう。このままでは後手後手に回るところだった」

その時、副大臣の卓上電話が鳴った。

「総合外交政策局の竹本でございます。先ほどの件は事実のようでございまして、今、トルコと連絡を取っております。誠に失礼ながら、その情報は何処からのルートだったのでしょうか？」

「私の留学中の仲間からの一報です。イスタンブール総領事館はどういう動きをしているのですか？」

「そこまでご存じでしたか……。概要がわかり次第ご報告に上がります」

「大臣にも速報しておいた方がいいでしょう。それから、国際テロ情報収集ユニットの性質上官邸にも同様です。これは国際テロに発展する可能性が大ですからね」

片野坂は緒方副大臣と総合外交政策局長との会話を聞いた段階で、あらかじめ準備していた報告書を持って直ちに公安総務課長に連絡を取り公安部長室に向かった。

「警視総監と警備局長に速報だな。片野坂、お前も付き合え」

公安部長の鶴の一声だった。

警視総監の動きは速かった。総監室から警察庁警備局長に電話を入れると、公安部長、片野坂と一緒に警視庁本部の隣にある中央合同庁舎第二号館二十階の警察庁長官室に向かった。

警備畑が長かった長官は報告書の中からすぐに問題点を見出した。

「韓国籍の男の正体は判明したのか?」

片野坂はメモ等を見るわけでもなく、即答した。

「はい。かつてＫＣＩＡに在籍していた男ですが、現在はコリアンマフィアの中堅的存在です」

「コリアンマフィアか……どこに近い組織なんだ?」

「チャイニーズマフィアの中でも香港系だといわれています」

「チャイニーズマフィアがトルコで悪さをしているのか、それともＩＳＩＬのような国際テロの仲間と付き合っているのか、その点はどうなんだ?」

「香港マフィアの連中も、現在の暴動の前には無力です。新たな稼ぎ場所を探す必要に迫られています。その一つがシリアの難民ビジネスのようです」

「難民ビジネス? 初めて聞く話だな」

「いわゆる人身売買なのですが、役に立ちそうな難民を選んで一旦、戦闘地域から隔離した後に第三国の国籍を与えて売り捌くのです」

「ヨーロッパやアメリカでは買い手は見つからないだろう？」

「中国本国、サウジアラビアやＵＡＥ、インド等がその対象です。男は様々な分野の力仕事をする労働に、女はメイドや裏の仕事に就かせるようです」

「インドでは人が余っているだろうし、サウジなどが相手では、大した人数は捌けないんじゃないのか？」

「中国人の富裕層だけでも三千万人はいます。難民は三百六十万人ほどです。中国人富裕層は中東の富裕層と同様に、使役の対象として、自国民よりも他民族を使うことを良しとする傾向があります。特に教育を受けていないシリア難民のような場合には仲間同士を『結束させない』使い方を心得ているのです」

「なるほどな……そこに今回の日本人誘拐がどうかかわってくるんだ？」

「これは国際テロの範疇で、彼らが最も得意とする身代金ビジネスです。それも今回は偶然だったとは思いますが、日本国の役人、しかも外務省職員ということで、身元が判明した段階で高く吹っ掛けてくる可能性が高いと思われます。できるだけ身元が明らかになるのを避けなければならないと思います」

「確かにそのとおりかもしれないな。マスコミ工作も行う必要があるだろうな。さて、公安部というよりも、片野坂としてはどう動く？」

「ネゴシエーターの選定が第一かと思います」

「いえ、外務省職員が拉致されたとなれば、日本国の信用問題になってきます。ここは政治家に動いてもらうのが一番かと思います」

「何、政治家？」

「そんなことができる政治家がいるとでもいうのか？」

「一人、心当たりがいます」

「それは誰だ？」

長官が身を乗り出して訊ねた。片野坂は相変わらず表情を変えずに答えた。

「外務副大臣の緒方良亮代議士です」

「緒方か……財務官僚出身だな」

「四回生です。財務出身といっても実質勤務したのは四年間で、三年間はアメリカに留学していました」

「留学先は？」

「イエールです」

「アイビーリーグか……財務省らしいな。彼はそんなに能力が高いのか？」

「こういうチャンスを狙っているようなタイプです。上手く行けば将来が約束されます。仮に失敗したとしても彼個人を責める者は国内では出てこないと思います」

「なるほど……官房副長官に進言する材料の一つにはなるな……しかし、彼も政治家だ。誰か副官を持ちたがるのではないかな？」

「外務省内の不始末は外務省内で責任を取ってもらうしかありません。たとえ、国際テロ情報収集ユニットのトップが警察庁出身であったとしても、外務省が自ら行うべきです」

長官は周囲を見回したが、警視総監、警察庁次長、官房長、警備局長の誰も異論を唱える素振りは見せなかった。

長官は応接テーブル上の電話を取ると官房副長官に電話を入れた。通話内容は実に簡潔だった。

「さて、官邸に行ってくるかな」

おもむろに席を立つと警備局長を伴って首相官邸に向かった。その場に残された警視総監も苦笑いするような素早い動きだった。

この頃、外遊中の外相に、ようやく副大臣から事案の概要が報告されていた。

「事実関係を正確に伝えてくれ」

外相は官邸に伝えるためのできる限り詳細な報告を求めていた。外相としては、まさか警察庁が動いているという認識は持っていなかった。

国会開催中以外で警察庁長官と警備局長が揃って官邸に入ることは滅多になかった。官邸に詰めているマスコミ各社も一応用件を確認したが、警察庁長官が笑顔で「庁内人事の相談」という理由で官房副長官に面談することを伝えたため、それ以上の追及を行わなかった。官房副長官が警察庁出身で内閣人事局長を兼ねていることを考慮してしまったからに他ならなかった。

首相官邸の五階には首相と官房長官の執務室が並んでおり、その二つは内廊下でつながっている。これに対して事務担当官房副長官の部屋は首相、官房長官の部屋とは建物の構造上、対極に位置している。このため、官房副長官の執務室から首相、官房長官の執務室に移動する際には、その動きがマスコミ用視察カメラによって、マスコミに筒抜けになるのだった。

官房副長官室を出ると二人は官房長官応接室に向かった。

モニターでこの動きを見たマスコミの一人が代表で話を聞きに来る。

「秘書官人事の相談だ」

警察庁長官がマスコミに笑顔で応えた。

官房長官応接室には官房長官が待っていた。

「副長官から話は聞きました。国際テロと判断してよろしいのですね」

「そう思います。外務省からまだ報告は届いていないのですか？」

「外相が外遊中ですから、判断に迷っているのかもしれませんが、どのような対応を取ればいいのか……」

官房長官の困惑する顔に警察庁長官が答えた。

「外務副大臣の緒方代議士をネゴシエーターにしてはどうか……という案が警察庁で出ております」

「緒方ですか……海外のルートは頼らずに……ということですね」

「国家機密に関わる問題ですので、警察庁としては海外の機関を使わずに国内で対処することを第一に考えた結果、副大臣に一任するのがいいかという判断でございます」

「なるほど……それにしても警察庁の情報収集能力というのは急速に高まっているような気がしますが、内調や内閣府の機関とは体制的にどう違うのですか？」

官房長官が身を乗り出して訊ねた。警察庁長官は背筋を伸ばして答えた。

「人材の育成と、適材適所の判断に尽きると考えます。特に、海外における情報収集活動は天賦の才がある者を勇気を持って登用することだと考えております」

「しかし、警察庁内にはそのような部署もないのではないですか？」

「警視庁があります」

「警視庁公安部……ですか?」

「最終的にはそこに行きつくと思います」

「私も三回生くらいの時に公安部の警察官にいろいろ教えてもらったことがあります。私の選挙区の情勢まで調べていて、当落を競った相手方が引退するという情報を、本人が記者会見する三か月前に伝えてくれました」

「そういう人物が育つのが公安部です」

警察庁長官が応えると、官房長官が意味深長な笑いを浮かべて言った。

「その人とは未だにお付き合いしていますが、海外情勢や国内情勢について、プロ顔負けの情報を持っていますよ。五十歳手前で警察を辞めていますけれどね」

警察庁長官は官房長官の薄笑いの意味を察知して応えた。

「有能な人材の流出は何処の組織も頭を悩ませるものですが、幸い、中途退職をした警視庁公安部のOBの中には、組織や国家を裏切るような人物は未だに出しておりません。公安部という厳しい環境の中で育って、自己を確立した職員は、組織の器に収まるよりも自分の力で道を切り開く人材であってもいいのかと思います。結果的に、世のためになっているのでしょうから」

「なるほど……そういう見方も確かにあるかもしれませんが、官僚の人事を見ていると、明らかに採用ミスであったり、人格的に問題のある人物が何の問題意識も持たずに上りのエスカレーターに乗っているのを散見します」

「確かに警察庁でも、問題があるキャリアを抱えていることは事実です。かといって、非行がない職員を強制的に排除することはできません。公務員という立場には少なからずそのような弊害があるものだと思っております」

　警察庁長官は唇を噛みながら応えていた。これを見た官房長官が言った。

「まあ、その話はここまでにして、内廊下を通り総理執務室に参りましょうか。外相が外遊中の重要案件です。総理の判断をうかがいましょう」

　三人は官房長官応接室を出ると、マスコミの目が届かない内廊下を通り総理秘書官室の扉を官房長官が自ら閉めて通過すると、安藤総理の執務室に入った。

　これは官房長官と総理の密談が行われることを秘書官に対して暗に知らせる意味があった。

「警察庁長官が同席した緊急の用件というのは、ただ事ではないようですね」

　長期政権が続く総理は就任当時とは全く違う、多少のことでは驚かない威厳にも似た落ち着いた風格が漂っていた。

　官房長官が概要を説明した。

「国際テロ情報収集ユニットのメンバー……となると、内閣の直轄ですね」

「内閣府に出向している外務省参事官が押し込んだ職員です」

「それで官邸が押し込んだ……という話になったわけですね。どうして外務省からは秘書起案を通してでも速報がないのでしょう？」

「警察情報の方が圧倒的に早かった……ということでしょう。緒方副大臣に情報を提供したのも警視庁で勤務している警察庁の職員でした」

「そういう頭跳ねは警察組織の中では許されることなのですか？」

「特定人物にはそれを許しております。例えば、地検特捜部と内々で話をするのに、わざわざ警察庁刑事局や警備局を通していては時間がもったいないですから」

「外務省の職員ではなく、国会議員に話をするというのもアリなのですか？」

「信用の問題です。現に本件に関して、外務省からは何の情報も届いておりません」

警察庁長官が明らかに外務省を、こと情報に関して全く相手にしていないことが、その一言で総理、官房長官にも理解できた。

「緒方副大臣にネゴシエーターをさせるにしても、それには副官や情報収集体制が必要かと思いますが、そこは警察庁が行う……ということになるのですか？　内閣の直轄である国際テロ情報収集ユニットは完全に外されてしまうのですか？」

「身内の処理を身内にやらせていれば、いたずらに時間を要するだけです。特に今回のような中東事案はアメリカ軍やトルコ軍の動きも重要になってきます。そのような事案について国際テロ情報収集ユニットが即座に対応できるとは思われません」

「外務省はどうなのですか？」

「大臣がいなければ未だに情報を上げることもできない組織を信頼することは難しいですね」

「そういうあなた方だって、担当大臣である国家公安委員長に報告していないじゃないですか。それでいいのですか？」

最近の総理にしては珍しく警察の対応に対して感情が表に出ていた。警察庁長官が表情を変えずに答えた。

「私共は、あの国家公安委員長を信用しておりません」

「えっ？」

「上司は選ぶことができません。そして、情報は知るべき人に伝えるものです。ですから官房副長官を経由して官房長官にご相談致した次第です」

ようやくそこで官房長官が口を挟んだ。

「国家公安委員長は我が党を離れた時代に、地元で警察を敵に回す動きがあり、反社会的勢力とも近かったのです」

「えっ？　それは本当ですか？」

総理が警察庁長官に訊ねた。

「閣僚人事は総理の専権事項です。私共が口を挟む問題ではありません。ただし、行政に関しては組織が個人に完全に従うものではないことはご理解いただいているかと思います」

一瞬、ムッとした顔つきになった総理だったが、思い直したように訊ねた。

「本件に関して、すぐに緒方副大臣を呼んだ方がいいと思いますか？」

「緊急を要する案件です。秘書官を通すよりも、総理が直接呼ばれた方がいいかと思います」

「わかりました。ご苦労様でした。また続報がありましたら、直接、電話を入れてください」

三人は総理大臣秘書官室の扉を通り過ぎ、今度は官房長官執務室に入った。

「総理も相当心配されていましたね」

警察庁長官の言葉に官房長官が頷きながら応えた。

「珍しくパフォーマンスではない苛立ちでした。情報を司る組織のトップという認識は北朝鮮のロケット発射等でお持ちになっていたはずですが、身内が国際テロの対象になっているという危機感を初めて経験されたのではないかと思います」

そこに官房副長官から電話が入った。

「いかがなさいましたか？」

官房長官と官房副長官は現政権のスタート時点から一緒で、今では阿吽の呼吸で官邸の全ての業務を仕切っていた。しかも、相互が依存関係ではなく、個々人が独立しながら驚くほどの信頼関係で結ばれていた。

「警備局長に、帰る前に自席に寄るよう伝えてください」

「かしこまりました」

この一方だけの通話内容を聞いていると、誰しも今の電話が総理からの電話と思うに違いなかった。官房長官にとっては通常の言葉遣いだったが、年長の事務方官房副長官を立てる官房長官の姿勢が表れていた。

簡単な打ち合わせを終えると官房長官が警備局長に官房副長官からの伝言を伝えた。この時初めて警察庁長官も警備局長も、官房長官と官房副長官の関係性をはっきりと理解したのだった

警察庁長官が官房長官室から外廊下に出ると、さっそくマスコミ代表が話を聞きに来た。

「随分長い話し合いでしたが、大掛かりな警察庁人事でもあるのですか？」

「警察庁だけでなく宮内庁人事もかかわってきますから、その後の玉突き人事について相談していただけです」

「宮内庁長官も今回の一連の宮中行事が終わると異動でしたね。宮内庁長官に久しぶり

に元警視総監が就任ですか？」

「それは私が決めることではありません。あくまでもその後の玉突き問題です」

玉突き人事とは霞が関の官僚人事を行う際に、トップが替われば、その次、さらにその次というように順番に異動が行われる状況になるところから、そう呼ばれるようになったものだ。

「警備局長がまた官房副長官のところに行かれたようですが……」

「官房副長官は内閣人事局長も兼ねていらっしゃいますから、一応、こちらの意向をお伝えしただけのことです」

警察庁長官の言葉をマスコミ代表は鵜呑みにしたようで、それ以上の質問は出なかった。一方、警備局長は緊張気味に官房副長官室に入った。

「私も三十年前は警備局長をやっていたが、当時とは警備環境も大きく変わってしまったので大変だろう。だが、警備警察の最重要課題が情報収集であることは変わりがないはずだ。今回の情報を取ってきた片野坂という男を、一度、ここに連れてきてもらいたいのだが」

「それはやぶさかではありませんが、片野坂は警視庁にあと四年間残すことだけはご承知おきください」

「そんなことに口を挟んだりはしない。今のうちに、若い情報マンと会って話をしたいだけだ」

官房副長官の目に鋭い光が宿っていることを警備局長は敏感に感じ取っていた。

「本人から早急にアポを取らせます」

「そうしてくれ。君は彼を中心とした組織を創らせたいんだろう？」

「御意」

「そうだろうな。私も警備局長時代に同じことを考えたものだ。いい人材も揃っていたんだが、時代が時代だった」

「例の事件ですね」

「ま、そうだな……私がこうしてこの場にいるのも、あの事件に直接かかわってしまったからかもしれない。運命というものは死ぬまでわからんものだな」

官房副長官が珍しく遠い目つきになって言ったのを見て、警備局長は深く頭を下げて退室した。

# 第三章　ソウル

シリア、トルコ国境地帯ではトルコによるクルド人攻撃が始まっていた。「国を持たない最大の民族」クルド人と中東諸国の複雑な関係が、またしてもアメリカ、トランプ大統領のクルド人に対する裏切りによって顕在化していた。

「あそこまでやれば、いくら商売人といっても人格を疑わざるを得ないな」

イギリスの国防情報参謀部エージェントのウィリアムスが白澤香葉子とワインを傾けながら言った。

ウィリアムスと白澤の再会はあまりにも偶然だった。EU内で、予想どおりトルコ情勢が緊迫化しているのを察知した白澤がエカテリーナ・クチンスカヤと情報交換をしている場に突然現れたのだった。クチンスカヤは不思議とウィリアムスを避けていた。ウィリアムスの顔を見た途端、クチンスカヤは「仕事が入った」と席を立っていた。

ウィリアムスはクチンスカヤが席を立つのを薄笑いして見送ると、呟くように「つまらない女だ」と言って白澤の了解も取ることなく三人席の空いた椅子に座り込み、「普段はジェントルマンと言われているんだけどね」と言いながら手にしていた白ワインを白澤の目の前にかざした。呆れ顔の白澤を気に留める様子もなく、ウィリアムスは話を始めていた。

「非道徳的で無知な大統領を持つ国民が恥ずかしいという人もいるようです」

「そうはいうけれど、わが祖国のイギリスもかつてはクルド人を裏切った経緯があるからな。ただし、アメリカの民主党と共和党はどんなにつまらない課題においても対立するが、『クルド人を守らない』という点においてだけは一致している。クルド人にしても、何度騙されたら気が済むのか……と思ってしまうが……」

「トランプ大統領としては、ＩＳＩＬ指導者アブ・バクル・アル・バグダディ容疑者の殺害に自信を持っていたからシリア撤退に踏み切ったのだろうと思います」

「それはあくまでも結果論だろう。ＩＳＩＬの支配圏拡大を食い止めるために、またしてもクルド人に協力要請をして武器と金を渡し、戦闘はほとんどクルド人に担当させたんだ。ＩＳＩＬ掃討作戦で亡くなったアメリカ兵は二百人にも満たないのに、命を落としたクルド人は一万一千人にも上っているんだ。そんなＩＳＩＬ掃討作戦の真の勝利者であるクルド人をポイと捨ててしまうんだからな。実に酷い話だ。そんなアメリカと兄弟のように付き合っている日本人として、このトルコの暴走をどう思っているんだい」

ウィリアムスの言葉にある棘の意味を白澤は不思議に思って訊ねた。

「確かに私は日本人ですが、私の仕事は日本国というよりも、その中の一都市の広報担当にすぎません。そういう意見を伝えたいのならば、大使館の人に言ってみればいいのではないですか？」

「本当に君は日本政府の人ではないのかい？」

「そんなに賢くはありません。音楽大学を卒業して、少し外国語がわかるだけの東京都の職員です」

「君の言葉はネイティブ並みだよ。英語もブリティッシュイングリッシュだし、フレンチもジャーマンも、ほとんど母国語だ」

「音楽でヨーロッパに留学する人にとっては最低限度の会話能力です」

「ハノーファー国立音楽大学でオルガンをやっていたんだってね。それは大塚から聞いて知っていたが……確かにオルガンではなかなか飯は食えないだろうからね。それにしても、よく、ＩＳＩＬ指導者アブ・バクル・アル・バグダディ容疑者の殺害なんてことまで理解しているんだな」

「日本とトルコは歴史的に長い友好関係にあったんです。来年のオリンピックを控えて開催地の東京としては、この一年間が平和的に過ぎてほしいだけなのに……」

白澤が涙を浮かべて言った。白澤にとっては迫真の演技だった。これを見たウィリアムスは戸惑った様子で真摯に詫び始めた。

「カヨコ、君を疑っていたわけではないんだ。ただ、君があまりにチャーミングで、しかも賢くて、酒も強いから、君に対する興味が膨らみ過ぎてしまったんだ。本当に悪意があったわけではない。許してほしい」

「ごめんなさい。私もついいろんなことが悲しくなってしまったの。あなたを責めたわけじゃないから気にしないで」

ウィリアムスは周囲を見回すと、小声になって言った。

「申し訳なかった。ただ、一つだけ君に伝えておきたいことがあるんだが、君と仲がいいエカテリーナ・クチンスカヤには気を付けた方がいい。ここに集まる、ほんの一部の者しか知らないことなんだが、彼女は危険なんだ」

「危険？　クチンスカヤが？」

「彼女はロシアの有名な女スパイなんだよ」

「スパ……」

白澤が声に出して言いかけたのをウィリアムスは手で口を塞いで制した。

「声が大きいよ。とにかく、彼女は男にとっても、女にとっても危険なんだ。彼女はカヨコ、君に興味を持っている。下手をすれば、君が彼女のスパイに仕立て上げられるかもしれない。必要以上に接近しない方がいい。これは私のお願いでもあるんだ」

「ウィリアムス、そういうあなたは何者なの？」

「私はイングランド国防省の情報担当だよ」

「イングランド？　グレートブリテンではない……ということ？」

「イングランドだ。君が親しいスチュアートとは違う。彼は確かにイギリス政府の人間だが、北アイルランド出身だからね。女王陛下に忠誠を尽くしているわけではないんだ」

「女王陛下か……でもご主人はエジンバラ公でしょう？　それに皇太子がプリンス・オブ・ウェールズ。イングランドは女王陛下だけ……ということなの？」

「そのとおりだ。カヨコ。やはり君の賢さはただ者じゃないよ」

ウィリアムスはこぼれるような笑顔を見せて白澤を褒めた。

そこまで言って、ウィリアムスが突然話題を変えた。

「そういえば、君には直接関係のない話かもしれないが、旅行中に連れ去られた日本人女性がシリアで保護されたという話だったな」

「えっ？　連れ去られた？　どういうことなの？」

「小一時間前に現地から届いた未確認情報なんだが、先ほど話題になったアメリカ軍によるＩＳＩＬ指導者アブ・バクル・アル・バグダディ容疑者襲撃が行われた、シリア北部イドリブ県のトルコ国境に近いバリシャ村の外れに収容されていた数十人の拉致被害者と思われる人たちが救出されたようなんだが、その中に日本人女性がいたらしいんだ」

白澤は啞然として訊ねた。

「確かに私には直接関係のない話だけど、同じ日本人女性が連れ去られていた……なんて話そのものを知らなかったわ。ウィリアムス、詳細を教えてもらえる?」

「そうだよな。東京在住の女性だったら君の仕事になるかもしれないな。ちょっと待っててくれ。確認してみる」

ウィリアムスが席を離れたのを確認して、白澤は片野坂に連絡を入れた。

「部付、トルコで行方不明になっていた女性が解放された情報は入っていますか?」

「いや、何も聞いていません。いつのことでしょう」

「小一時間前にイギリスの国防省の情報担当が現地から入手した情報の中にあったようです」

「DISにも協力者を得たんですね。わかりました。すぐに確認をしてみます」

片野坂との電話を切って数分するとウィリアムスが戻ってきた。

「カヨコ。やはり間違いはないらしいんだが、相当、衰弱していて詳しいことはわかっていないようだ」

「命に別状はないのですか？　身元は？」

「シリアの病院に収容されるようだから大丈夫なんだろう。身元は『ナオコ　タカダ』とだけしかわからない。今回の作戦にはイギリス軍も参加していたから、ほぼリアルタイムの情報がEU担当の私にも届くようになっているんだ。トルコ情勢はEUにとっても最重要問題だからね」

「わかったわ。私、ちょっと東京に連絡を取ってみるわ。大事な情報なんだろうけど、ボスに伝えてもいい？」

「大英帝国関係者はいなかったようだから、大丈夫だ。早く確認してみるといい」

白澤はもう一度スマホを取り出して片野坂に続報を入れた。

「部付、シリアで高田尚子さんが入院するようです。シリア北部イドリブ県のトルコ国境に近いバリシャ村の外れに収容されていた数十人の被害者の中にいて、衰弱していたとか」

「そうですか。社長賞ものですね」

片野坂との話を終えると、白澤がウィリアムスに礼を言った。

「東京も知らなかったみたい。東京都民でなくても日本人女性が助かっただけで、なんだか嬉しくなってしまったわ」

「親族の方も心配していただろうに……。それにしても、どうして日本で問題になっていなかったのかな」

「留学中……ということもあるわ」

「なるほど……ＩＳＩＬの奴らは身代金を要求する間もなく殲滅された……ということなんだな」

白澤からの一報を受けた片野坂は直ちに警備局長に速報を入れた。

「片野坂、すぐに官邸に入る。官房副長官に口頭報告するから、お前も付き合え」

「私が官邸に……ですか？」

「副長官もお前に会いたがっていた。いいタイミングだ」

片野坂は合同庁舎地階にある警察庁の車寄せに向かった。

車に乗り込むと警備局長が笑いながら言った。

「それにしても公安部の女性エージェントはいい仕事をしているな」

「彼女には天賦の才があるのです。運も才能の内とはいいますが、彼女にとっては持って生まれたものなのでしょう。おそらく、彼女が帰国する頃にはアラビア語もネイティブ並みになっているかもしれません」

「その方面の才能もあるのか？」

「現在、四か国語を自在に操っていますが、北京語もかなりいい線いってます」

「女性であるのがもったいないような人材だな」

「いえ、女性だからこそできるのだと思います。おそらく海外では欧米だけでなく、途上国に行っても、彼女なら現地の人々の間にいつの間にか入り込んでいるのではないでしょうか」

「そういうことか……」

官邸に着くと二人はまっすぐに官房副長官室に向かった。二階のホワイエと呼ばれるホールにあるエレベーター前では待機していたマスコミ代表が行き先を訊ねてきた。

「官房副長官室だ。成り行きによっては官房長官のところにも行くかもしれない」

警備局長は正直に言った。

「成り行き……というのはどういう意味でしょうか？」

「ものになるかならないか、人事というのはそういうものだ」

「また警察庁人事のことですか？」

「人事があって初めて組織は動くんだ」

エレベーターが到着したため、取材はそこで終わった。

「見事に煙幕を張りましたね」

片野坂が言うと、警備局長は真顔で言った。

「お前を公安部長付にしたのを実は後悔している」

「情報の報告ルートの問題ですか？」

「ああ。頭跳ねの報告は、総監に借りを作ってしまったような気分だ」

「情報とはそんなものです。一刻を争う案件です。この一刻が、日本という一国を騒動に巻き込んでしまいます」

「そうだったな」

官房副長官室前には十人近くの各省の官房長クラスが、決裁の順番を待っていたが、警備局長の来訪を秘書官が告げると、最優先で入室が許された。

官房副長官が二人を笑顔で迎えた。

「君が片野坂君か……どこぞの役者のような顔つきだな」

官房副長官の言葉に片野坂は表情を変えずに応えた。

「役者にも歌舞伎役者から性格俳優までいろいろおりますので、どう捉えていいのかわかりません」

「はっはっは。面白い男だ。以前、公安部にいた情報マンの青山君と似たようなことを言う。ところで、シリアで動きがあったそうだが？」

「イギリス国防情報参謀部のエージェントによると、アメリカ軍によってＩＳＩＬ指導者アブ・バクル・アル・バグダディへの襲撃が行われた際、シリア北部イドリブ県のトルコ国境に近いバリシャ村の外れで、収容されていた数十人の被害者が救出されたのですが、その中に日本人女性がいたということでした。氏名だけわかりましたが、予め別ルートで入手していた情報と一致しました」

「その情報は得ていなかったのだな？」

「外務省からも内調からも、まだ何も言ってきていない。処分ものだな」

「情報体制が違います。このような情報は受け身では決して入手できません」

「しかし、公安部とはいえ、既存の国際テロ担当からは情報が入っていないだろう？」

「外三は海外に職員を派遣しておりません。それは無理というものです。その点で、外務省、防衛省、公安調査庁はそのための要員を派遣しているのですから、そこは大きな問題だと思っています」

「はっきりとものを言う男だな……」

　そう言った官房副長官だったが、目元は笑っていた。

「さて、官房長官にお越し願うかな」

　官房副長官は卓上の内線電話をとって直通番号を押した。ちょうど臨時国会が中断しているところだった。

「シリアで日本人女性一名が解放、保護されたようですが、外務省職員に関しては不明です。こちらに警備局長と情報担当が参っておりますが……」

官房副長官が「連れて行く」と言わないところが阿吽の呼吸のようだった。間もなく官房長官が現れた。三人が立って出迎えると、官房長官は応接セットに向かって歩きながら話を始めた。

「外務省、防衛省は何をしているんだろうね。邦人が海外で捕まって、解放されても、何も言ってこないとはな。警備局長、これをどう思う？」

「教育の問題です」

「教育か……確かに情報収集というものは一朝一夕にできることではないだろうからな」

そういって官房副長官の横に立つと、三人を座らせて警備局長に訊ねた。

「彼が情報担当なんだね。若いな」

「警視庁公安部長付、片野坂と申します」

「どこかで会ったことがあるな」

「トランプ政権ができる直前にワシントンＤＣでお会いいたしました」

「おお、そうだ。次はクリントンではなくトランプだと報告してくれたんだったな。おかげで次の一手が巧く準備できたんだが、未だに、その理由を聞いていなかったな」

「アメリカ全土の空気と、ネット分析です」

「マスコミ情報だけではダメだということか……」

「大統領選の重点地域を自分の目で見れば自ずとわかる結果でした。アメリカ国民、特に富裕層ではない白人は疲弊していました」

「しかし、アメリカ人の中で白人は六割を切っているだろう？　有色人種が民主党に付くとは思わなかったのか？」

「オバマならともかく、イーストエスタブリッシュメントの代表のようなクリントンでは賛否両論です。しかも、夫の辞め方が悪かったですから」

「なるほど……面白い分析だったんだな。ところで、今回の情報も現地での一次速報なのかい」

官房長官が腕組みをしながら訊ねた。

「ＤＩＳが現場から情報を入手して、まだ一時間経っていないと思います。大英帝国の関係者が被害者の中にいなかったようですから、彼らにとってはさして重要な情報ではなかったとは思いますが、本件に関してはボリス・ジョンソン首相や女王陛下よりも、耳に入るのが早かったかもしれません」

「公安部というのは面白いところなんだな。先日、警察庁長官には話をしたんだが、私のところにもあなたの大先輩が二十年以上も前から出入りしているよ。彼は早くに警察を辞めてしまったが、今でも時々いろいろな話をしてくれるよ」

「そういう人物は数人しか思い当たりませんが、おそらく、現在、様々な企業の顧問になっている方だと思います」

「おそらく同一人物だろう。未だにマスコミや政財界の要人と近いようだな。どこにでもいるような人じゃないからね。しかし、君も若いが、もしかしてキャリアかい？」

「はい。現場専門ですが……」

「現場でキャリアに本気で付いてくるノンキャリアは、そう多くはないだろう？」

「特殊な階級社会の中での人間関係ですから、昨日今日の関係では難しいでしょうが、幸いなことに、僕が見習の頃の指導担当者が一緒に動いてくれています」

「見習時代か……君は入庁して何年になる？」

「十八年目です」

「すると警視正だな。指導担当者の階級は何だい？」

「警部補です」

「それはまた、出世していないなあ。何かポリシーを持っているのかい？」

「ノンキャリアの場合には、下手に階級を上げてしまうと現場から離れなければなりません。しかも、階級が上がれば上がるほど活動範囲そのものが狭くなってしまうのです」

「そういうことか……確かに署長、副署長と肩書きは立派でも、狭い管内からそうそう出ることはできないからな」

ようです」

「指導担当者は、それを嫌がっているふしがありますし、組織もまたそれを認めている

そこに警備局長が口を挟んだ。

「その男もまた逸材なんです。ただし時として組織内では浮いてしまうところもあり、扱いが難しいのも事実です。しかし、驚くべき情報網は日本警察唯一無二であることは間違いありません」

「なるほど……一人親方というものはそういうものなんだろうな。私も、ある時までは国会内では一匹狼というよりも一人親方に近い存在だったからな」

「それが今では総理の後継者ナンバーワンになってしまわれていますね」

「私が総理？　その時に誰が官房長官をやってくれるんだ？　そんなことは一瞬たりとも考えたことがない。ポスト安藤を競い合うような若手が出てこないのを日々憂えている老人だよ」

「本当に育ってきませんね。宰相の器というものは、育てようとして育つものではありませんからね。資質を伴わない中途半端な議員が如何に多いことか……」

「警備局が潰しすぎるんじゃないの？　有能と思った連中が次々と不祥事を起こして去っていくからな」

「それは長老と呼ばれてきた人たちの責任です。自己保身のために出来の悪い役人を集

め過ぎました。さらには二世、三世、タレント議員……玉石混淆どころか、ボタ山の石炭が関の山ですからね」

「厳しいことを言うな。政党助成金などというもののせいで自身で金集めもできなければ泥を被ることもできない、綺麗事しか知らない議員ばかりになってしまったのは確かだが。何事に対しても本気を見せずして、真のリーダーにはなれんよ」

「それよりも官房長官、マスコミよりも早く、シリアに人を送らなければなりません」

「それはベイルートの在レバノン日本国大使館職員に行ってもらうしかないだろう」

在シリア日本国大使館は、シリアの首都ダマスカスに設置されていたが、二〇一二年三月二十一日、シリア内戦の激化により閉館され、在シリア日本国大使館臨時事務所として現在に至っている。

「しかし、シリアとは外交上、相互にペルソナ・ノン・グラータの関係ではないのですか？」

ペルソナ・ノン・グラータとは、接受国からの要求に基づき、その国に駐在する外交使節団から離任する義務を負った外交官のことである。原義は「厭わしい人物」「好ましからざる人物」で、外交関係や領事関係に関するウィーン条約で規定されており、外交官の国外退去処分と表現されることもある。

二〇一二年、シリアの反体制派に対する弾圧への抗議として日本政府がモハンマド・

ガッサーン・アルハバシュ駐日シリア・アラブ共和国特命全権大使に対して国外退去を要求したことに対抗して、日本のシリア国駐箚特命全権大使も国外追放され、現在もそのままになっている。

「確かにトルコとシリアが手を組み、クルド人を攻撃するような事態になっているが、アメリカのシリア撤退の背景にISIL指導者アブ・バクル・アル・バグダディ容疑者の殺害があったことは明らかだ。トルコ軍のクルド人攻撃も、アメリカは知らぬふりをしたのだからな。状況が状況だけに、シリアも無理は言わんだろう」

「トルコとアメリカの関係は決してよくはありません。日本独自の中東外交が功を奏するかどうか。人質の解放はナーバスな問題になるやもしれません」

「トルコ、イラン両国との外交の歴史は長いんだ。まさに、これこそが外交であることを世界に示さなければならない。それにしても、外務省職員はどうなったのだろう……」

「女は商売の道具、男は人質です。早い時期にどこかの拠点に移されていると考えた方がいいと思われます。アメリカのスパイ衛星が撮っていてくれればいいのですが」

「スパイ衛星頼みか……それにしても、日本もあれだけの情報収集衛星を打ち上げているのに、中東には一つもないというのは情けない話だ」

「その代わり……と言ってはなんですが、中国、北朝鮮の動向は手に取るようにわかります」

「それが国際的にどう評価されるか……特に中国の海洋進出の証拠を世界にどうやって訴えていくか……が問題だ。それに……あ、そうそう、もう一つ重大なことを忘れておった。日本人に成りすましていた女とその背後関係はどうなっているんだ」

官房長官の性急な問いに片野坂が答えた。

「三日以内には概要が把握できるかと存じます。特に日本女性のパスポート情報を盗んだ男と、その女性になりすました女の関係が、あと一歩のところまできております」

「そうだったか……さすが公安部だな。ところで片野坂君のチームは何人ぐらいスタッフがいるんだ？」

「私を含めて三人です」

「なに？　三人？　たったの三人でこれだけの情報を集めてきているのか……」

官房長官はあんぐりと口を開いていた。

「将来的にはその十倍くらいにはしたいと思っていますが、なにぶんにも、今は人を育てる暇がありません」

「その二人は君が見出したのだろう？」

「結果的にはそうなります」

「内調や内閣府にもそういう人材がいてしかるべきなんだが……」

「情報マンになるには、能力よりも志が大事です。そしてそれを育てる環境が整っていなければなりません。公安部には長年培ったノウハウがあります」

「確かにそうかもしれんな。本当は、今回のシリアには君に行ってもらいたかったんだが、たった三人のチームのトップを奪うわけにもいかんからな……三人だからな……」

ようやく官房長官の顔に笑顔がのぞいた。

その頃、香川はソウルに飛んでいた。

「男の居場所がよくわかったな」

「兄貴の命令ですから、こっちも命がけで動きますよ」

「いまだにコリアンマフィアに入っているのか？」

「それは先日連絡したとおりです。コリアンマフィアも自国の経済が崩壊寸前ということになると、独自の勢力として、生きていくことができません。最も手っ取り早いのが大連を中心としたチャイニーズマフィア東北グループの傘下に入ることなのですが、これも中国と韓国との関係がぎくしゃくしているため、利益が薄いようです。さらに、チャイニーズマフィアの中で最大勢力を誇っていた香港マフィアも、暴動事件以降、様々な面で中国本土からの監視の目が厳しくなり、さらに裏貿易のルートも潰されているようなんです」

「香港マフィアの連中はそう言っているようです。過激な行動をしている学生連中の指導者は中国本土からのスパイだという話です」

「そうだろうな。やり方が下手すぎるからな。それでも、コリアンマフィアのあの野郎は、香港マフィアとつながっているんだろう？」

「香港マフィアの中でも中東の産油国と手を組んだ連中です」

「そんな連中がいるのか？」

「ＵＡＥ、サウジアラビア、イランがメインですが、最近、イランがアメリカと仲が悪くなっているので、その隙に中国本土の企業とつながっているチャイニーズマフィアが動いた……ということのようです」

「香港マフィアではなくチャイニーズマフィアと言った背景には何があるんだ？」

「さすが香川の兄貴ですね。ちゃんと話を聞いてくれている。中東と最初に手を組んだのは深圳（シンセン）と寧波（ニンポー）の連中なんです」

「寧波？　懐かしい地名だが、そんなに栄えているのか？」

「寧波は杭州湾の橋で上海とつながって以来、急速に大型石油化学企業が増えているんです。ですから中東関連のチャイニーズマフィアが増えてきた……というわけです」

香川は中国の長江河口域の地図を思い浮かべながら頷いていた。

「中東でチャイニーズマフィアがやっている商売が人身売買……ということなのか？」

「そのとおりです。特に、日本人女性は高く売れます。中国や韓国の女のように整形によって作られた人工的な顔じゃなく、それなりの教養も持っているところが中東では評価されているようです」

「なるほどな……いいところに目を付けた……というわけか」

「そうです。日本人女性を隷属させることには中国人や韓国人も、中東の連中とはまた違った意味でステータスを感じるようですね」

「韓国人はわからんでもないが、中国人でもそうなのか？」

「日本への憧れが、歪んだ形で征服欲を募らせてしまうのでしょう。富裕層の若者たちはそうでもないのですが、起業で成功した中年以上の者に顕著にみられるそうです」

「日本人女性になりすましていた女の実態はわかったのか？」

「あれは中国人で、韓国で仕入れた偽造パスポートを使って男女を問わず誘惑するのが仕事のようです」

「女は売れるが、男の場合は単なる身代金目当て……ということになるのか？」

香川が首を傾げながら訊ねると、朴正元（パクチヨンウオン）は薄ら笑いをこらえるようにして答えた。

「男は二通りあるようで、ムスリムには男色もいるようなんです。もちろん、それを見分けるのも女の仕事なんですけどね」

「男色か……。聞かなきゃよかったな。最近はそっちの世界もすっかり市民権を得ているが、俺はそれを全面的に認めているわけじゃない。ＬＧＢＴにしても、あくまでもマイノリティーの権利の保護であって、決して全面的に支持をしているわけじゃない。あまりに権利を主張してくると、こちらとしては嫌になってくる」

「どんな世界でも必要以上に権利を主張したがる人間はいますからね。やればやるほど市民権を得にくい……ということを理解していないんです。これは人種差別、国籍差別にもよく言われることだと思います。日本人の国籍差別だって、そうですよ」

「ほう、そうかね。俺は全然感じていないけどな」

「そうですかね……」

朴が笑って言葉を濁そうとした。香川は言った。

「確かにお前の国には、数千年にわたる歴史的な地政学上の環境から『朝鮮事大主義』というものが根付いていることは理解しているが、お前たちの言う歴史認識というのは、日本が明治の時代に入ってからのことだろう。いつまで被害者根性を持ち続ける気でいるんだ」

「そういう教育を受けてきたのですから仕方ありません」

「そんなことばかり言っているから、いつまで経っても途上国のままなんだ。悔しかったら本気でノーベル賞を取ることができるような教育をしてみろってんだ」

「その点に関しては、ノーベル賞のノミネートにも挙がらない学者連中を悲しく思います」

「馬鹿、学者を責めるからいけないんだ。日本人の受賞者は学者から、企業の研究者に変わりつつあるんだ。世界シェアを自慢する半導体だって、所詮は、他国が生産を止めたモノじゃないか。そして、日本から輸出規制がかかると不買運動で、日の丸を焼いたり、日本製品をこれ見よがしに破壊したり、やることの程度が低すぎるんだよ」

「あれは、悔しさを精いっぱいの強がりでごまかしているだけなんですよ」

「だからレベルが低い途上国だと、世界中から馬鹿にされるんだ」

「世界中から馬鹿にされているのですか?」

「海外の同胞に聞いてみろ。俺が知っている限りでは、きっと、情けない思いをしているはずだぜ。見当違いの報復ほど情けないものはないからな」

「見当違いというと?」

「貿易と国防をごっちゃにしてしまうような、馬鹿げた報復だ。そして、何よりも国際法を遵守できない浅はかな政府だ。そんな国のリーダーが、他国に『盗人猛々しい』などとほざいておいて、困ったときだけ頭を下げてくるだろう。『恥』というのは日本人にとって、最も重要な価値観なんだが、お前の国にはそれがない。『恥を知らない』というのが、日本人がお前たちの国に対して持つ、国民感情だと思った方がいい」

「恥……ですか……。確かに、意識したことはありませんね。裕福になった者がそうでない者の面倒を見るのが、むしろ当然だと思っていますから、身内に大統領や、企業の成功者が出ると、皆、それにたかるように集まってくるんです」

「だから、大統領の末路が情けない結果になるんだ。それを恥ずかしいと思わないところに、日本人は呆れてしまうんだ」

「そういうことですか……当たり前が当たり前でない……確かにうまくいくわけがありませんよね」

「根本的に教育を見直さない限り、お前の国はいつまで経っても途上国のままだろうな」

香川が吐き捨てるように言うと、朴はうな垂れていた。朴は香川のことが好きなのだが、そこにはどうしようもない壁があることも知っていた。その一方で、香川も韓国人の全てが嫌いなわけではなく、是々非々、個人個人で好き嫌いを判断していることも知っていた。朴が上目遣いになって香川に訊ねた。

「ところで香川の兄貴、奴を押さえたらどうするつもりなのですか？」

「本当のことを吐かせるだけだ。もちろん、手段は選ばない」

「そうはおっしゃいますが、奴だって、元はＫＣＩＡのエージェントですよ。そうやすやすと口を割るとは思えませんが……」

「まあ、見ていろ。半端な野郎の落とし方……ってのがあるんだ。しかも元エージェントというのならばなおさらだ」

「見ていろ……って、私はその場には立ち会いませんよ」

「動画を撮っておいてやるから、心配するな」

香川が自信満々に言うのを朴は心配気に眺めるしかない様子だった。

その四十分後、香川は明洞(ミョンドン)にある、吉岡里美を騙した羅斗人(ラマルサラム)の仕事場の向かいに建つ、ビル一階扉の内側で視察を始めた。そこには朴も付いて来ていた。小一時間が過ぎた頃、頑丈そうな体軀の三十代半ばの男が、金属製のアタッシェケースを持ってビルの外に姿を見せた。

「あいつだな……追ってみるか」

香川は追尾に関しては絶対の自信があった。仮にターゲットが途中からバイクに乗ろうが、車に乗ろうが、最後まで追い込むプロだった。すでに朴が羅の住居を把握していたことも、香川に精神的ゆとりを与えていた。

道路を挟んでゆっくりと追尾を開始した。香川は、男の足元だけを見ている様子だった。羅が交差点を左折するのを確認すると、香川は走行する車を強引に停めて道路を横断した。車を停められた運転手はクラクションを鳴らして抗議の意思を示したが、香川は全く意に介さない。逆に、一緒にいた朴がドライバーに頭を下げていた。

香川は羅の後方五メートルに近づき、追尾を続けていた。羅は点検活動を行うこともなく、速足で歩いていた。

羅が駐車場に入った。香川は路地を見まわし、止めてあったバイクにさりげなく近づくと、ポケットから文房具屋に売っているような、小学生が工作で使う柄にビニールカバーが付いたハサミを取り出してバイクの鍵穴に差し込んだ。羅が車を駐車場から出すのを見て鍵穴に突っ込んだハサミを時計回りに回すと、一発でバイクのエンジンがかかった。現代自動車の高級車と思われる、羅が運転する車の三台後をゆっくりと追い出した。

朴はそれ以上ついて行くのをあきらめた様子で、呆然とその場に立ち尽くすしかなかった。

羅の運転は模範ドライバーのように慎重だった。香川は羅の車のバックミラーに映らない角度を計算しているのか、前の二台の動きに合わせて車体を揺らしていた。

車の進行方向から考えて自宅に帰る可能性が高いと考えた香川は朴に電話を入れた。

「香川の兄貴、兄貴がバイクを動かした直後に持ち主が現れて、いっしょに警察まで連れてこられました」

「警察には羅の住所を伝えてやれ。日本なら一一〇番通報があるんだが、韓国にも似たようなものがあるだろう」

「それはそうですが……」

「間もなく、羅の自宅だ。これから一芝居打たなきゃならないんで、後は任せるぜ」

公安警察にとって、使用窃盗は日常茶飯事であるが、これを海外で行う勇気は持ち合わせていないのが普通だ。しかし、香川は「捜査のために韓国まで来ている」という自負の方が大きかった。

羅が自宅マンションの駐車場に車を入れるのを確認して、香川は駐車場入口にバイクを停め、キー代わりのハサミを引き抜いた。

香川は駐車場入口に設置されている防犯カメラに窓掃除用のスプレー洗剤を吹きかけると、駐車場内に侵入し、あたりを見回して変装用の小道具を取り出した。髭を付け、画像解析を行っても虹彩が映らない、レンズに特殊コーティングが施されたサングラスをかけて駐車場内のエレベーターホールに入った。それから間もなく、羅がエレベーターホールに入ってきた。

香川が「ハイ」と挨拶をすると、羅も取り繕(つくろ)ったように「ハイ」と右手を挙げた。

相応のマンションらしく、それなりのセキュリティ対策は取られていたが、香川にとっては想定内だった。エレベーターの呼びボタンは香川が押していた。

エレベーターに乗り込むと、羅が十六階のボタンを押すのと同時に、香川も十六階に手を伸ばした。二人の指が軽く触れるようにぶつかった。

「オウ、ソーリー」香川が言うと、羅も「ノープロブレム」と応えた。

十六階の扉が開くと、香川は羅に先を譲ってエレベーターから降り、羅とは反対方向に歩き始めた。各部屋の玄関扉を確認すると、プラスチック製の穴開き電子キーであることがわかった。香川はこの鍵のシステムを熟知していた。防犯カメラは廊下には設置されていなかった。マンションの入り口とエレベーター内の防犯カメラで十分であるという認識なのだろう。

羅が自室に入ったのを確認して、香川は羅の部屋の前に向かった。手提げバッグの中からスマホと同じくらいの大きさの革製ケースを取り出す。二重構造になったケースを開くと、上部には十種類ほどのピッキング用具が、さらにその下には多数のカードキーが入っていた。香川は迷うことなく一枚のカードキーを取り出して、羅の玄関扉に設けられている鍵穴に挿入した。それと同時に「カチャリ」という軽い音がした。

香川は解錠を確認してドアノブに手を掛けた。チェーンロックはされていなかった。ゆっくりと扉を開くと靴に下足カバーをかけて室内に侵入した。

羅の居室は驚くほど豪華だった。「こいつ、単なるチンピラ野郎じゃないな……」

羅はシャワーの準備をしていた。全裸になるのを香川は玄関に一番近いウォークインクローゼットの中で待った。ウォークインクローゼットの中には全て一流品のバッグ、専用ケースに納められた超高級腕時計が並んでいた。少なくともウォークインクローゼットはこの他にもありそうだった。数分後、シャワーの音が聞こえた。香川はコルトに似せたエアガンをホルスターから取り出してシャワー室に向かった。シャワー室のガラス扉に背を向けて羅がシャンプーを始めていた。

香川は静かにシャワー室のガラス扉を開けると、背後から羅の背中に前蹴りを食わせた。完全無防備だった羅は顔面から壁にぶつかると、その場にへたり込むように落ちた。それでも香川はもう一度、羅の背中に踵で蹴りを入れた。香川は上着を脱ぎ、ワイシャツの袖を捲ってシャワーの湯を停めると、シャワー室の扉に掛けてあったバスローブの紐を抜き取って羅の両腕を後ろ手に縛った。羅はようやく意識がはっきりした様子だったが、その時には香川がバスローブを頭からかぶせ頸部を絞めるようにしてシャワー室から引き出した。

「男の裸は嫌いなんだ」

香川は英語で呟くと、今度は洗面所脇に掛けてあったバスタオルを手にし、羅の首から顎の部分を絞めつけ、バスローブを羅の前部に降ろしてリビングに引きずっていった。

「何をするつもりなんだ」

ようやく羅が香川に英語で訊ねた。

そこで香川はエアガンを羅の両膝に一発ずつ撃ち込んだ。「ボスッ、ボスッ」と鈍い音がした。エアガンとはいえ、高圧仕様のボンベを装着しているため、両脚の膝蓋骨は骨折している可能性が高かった。

「ギャアー」

羅が叫ぶと、香川はその顔を軽く蹴って日本語で言った。

「うるさい。騒ぐんじゃない。まだ、殺しはしない。お前次第だがな」

羅の目にようやく脅えが生まれていた。たとえ元ＫＣＩＡのエージェントとはいえ、今は国家の任務を離れた、単なるマフィアの構成員である。かつての覚悟は消えていたに違いなかった。

「日本のヤクザか？」

「まあな。お前のワルさのおかげで、わざわざ彼女を日本に残してここまで来ているんだ。早く、俺を日本に帰してくれ」

「どういうことだ？」

「お前、ジゴロをやってるそうじゃないか。それも、日本人女性を狙って、さんざん弄んでいるんだろう」

ややずり落ちた格好のバスローブで裸の胸部があらわになっていたため、羅の呼吸が激しくなっているのがわかった。香川は銃身を羅の股間に向けて、話を続けた。

「お前が玩具にして捨てたねえちゃんの中に、俺の親分の知り合いがいてな、パスポートまで使われてしまったんだ。お前は日韓関係まで裏切って、中国にその情報を渡しているようだな」

羅の目に恐怖が生まれていた。羅が唇を震わせながら言った。

「俺は頼まれてやっているだけだ。俺の意思ではない」

「朝鮮人の口癖だな。いつも責任は他人にある。しかし、政府はそれでよくても、俺たちの世界ではそうはいかない。男としてけじめをつけるか、組織を売るかのどちらかだ」

「そんなことをすれば殺される」

「俺だって同じだ。ただ、殺すか見逃すかはお前次第だ。そして、もしお前が生き延びた時は、お前の能力次第……ってところだな」

「何を知りたいんだ」

羅の言葉を聞いて香川は冷徹な薄笑いを浮かべ、優しく言った。

「ほう、少し話す気分になってきたのかな？　それじゃあ、まず、一つ。今日のことは全て忘れることができるか？」

「忘れる。全て忘れる。殺さないでくれ」

「お前たちの国の政府の人間と同じだな。何でも忘れてくれる。今回に限っては、それが重要なことなんだがな。いいか、俺たちの世界の者は、絶対に約束は忘れないんだ。もし、今後、お前が俺との約束を違える(たが)ようなことがあれば、お前がどこに逃げようが、必ず、落とし前は付けてもらう。わかったな」

「わ、わかった」

「落とし前の相手はお前だけじゃないぜ。お前の両親、二人の妹、そして、ハン・ヒョジュ似の可愛い彼女にも苦痛を味わってもらうことになるからな」

香川の言葉に羅は目をきつく閉じて顔をそむけ応えた。

「日本のヤクザの本当の怖さを俺はよく知っている。聞いてくれ」

「聞きたいことは三つだけだ。一つはこれまで何人の日本人女性からパスポートデータを盗んだ？」

「女は十人くらいだ」

「男もいる……というのか？」

「三人だ」

「男ともやったのか？」

「向こうから誘ってきた。男とはしない。金とパスポートをもらっただけだ」

「脅し取った……ということか？」

「そうだ。相手が勝手に自分の名刺を差し出してきたから、こちらとしては好都合だった。少し脅したらビビって金を払ってきた。パスポートは、ついでの駄賃のようなものだった」

「ターゲットを選ぶのはカジノばかりか？」

「そうだ。少し勝っている者に接近した」

「なるほどな。二つ目の質問だ。パスポートデータを渡す相手は誰だ？」

「チャイニーズマフィアのナンバーツーだ」

「名前は？」

「王維新（ワンウェイシン）という男だ。本名なのかどうかは知らないが、深圳で大きな仕事をしているはずだ」

「お前が盗み取ったパスポートデータで東洋系の女が本人になりすまして、拉致事件を起こした可能性が高いんだが、それは韓国人か？　中国人か？」

「王維新は韓国人の女を信用していない。中国人だと思った方がいいだろう。中国には日本語を勉強している女子大生が多いというからな。このご時世、韓国で日本語を勉強するなどという怖いもの知らずはいないはずだ」

「なりすまし女に心当たりはないのか？」

「王維新は様々なルートを持っている。日本語を使う女を雇うくらい朝飯前だろう」

「しかし、実際にテロリストと思われる連中に日本人が誘拐されているんだ。お前は、奴らが中東と裏でつながっていることも知っているな」

　香川のさり気ない質問に羅の顔に驚きが浮き出ていた。

「王維新を知っているのか？」

「だいたいのことは知っている。お前は、パスポートデータを渡すことによって、人身売買の片棒を担いでいることも承知の上なんだな」

「人身売買？　それは知らない。パスポートデータは密入国につかうだけだと聞いている」

この時、香川は羅の表情から驚きが消えたことを察知した。香川はすぐに質問内容を変えた。

「そうか、もう一つの犯罪の方か……。その次に奴らは日本の何を狙っているんだ？」

再び羅の顔に緊張が走った。羅の目が一瞬ながら宙を泳いだのがわかった。

「以前、日本人のパスポートが航空機爆破に使われたことがあったよな」

羅の額に汗が浮き出た。「この野郎、とんでもないことを考えていやがるな……」香川はめまぐるしく頭を回転させた。「何かを爆破するつもりか……」

羅もまた懸命に防御している様子だった。

「ハン・ヒョジュ似の彼女が泣くぜ」

羅は大きく目を開いた。

「どこを爆破する気でいるんだ？　俺は最後の質問だと言っているんだぜ。彼女が苦しみを味わうかどうかは、お前次第だ」

羅は視線を外さなかった。「当たっていた……ターゲットは何だ？　原発か？　新幹線か？」

香川は羅のもう一つの弱点を責めることにした。

「お前が所属している組織は日本の大阪でも動いていたな。おまけにキリスト教原理主義の宗教団体とも密接な関係にあるはずだが、宗教というのは怖いものだよな」

「やめてくれ」

驚くほど大きな声だった。核心に触れるとはまさにこのことだろう。香川は羅の背後にある闇をあぶり出そうとしていた。

「日韓関係だけでなく、日中、そしてイスラム原理主義者の対日テロリズムともつながっているとなれば、俺たちだけの話ではなくなってくるな」

香川は別件で日本の最大の同盟国であるアメリカ合衆国の敵と、新興チャイニーズマフィアの接点を探っているところだった。

「アメリカ憎けりゃ、日本も憎し……ということか？　九・一一の真似事を日本でするつもりか？」

「真似事じゃない。奴らは本気で日本の外交を嫌がっているんだ」

「奴ら……イスラム原理主義の連中のことか？」

「そうだ。日本の全方位外交の破綻は目に見えている。アメリカ、トルコ、イラン、中国、ロシア……全てにいい顔なんてできるはずがない。しかも朝鮮半島に対しては全く冷淡な態度だ」

「ジャパンバッシングならぬ、ジャパンパッシングを始めたのはお前の国だろう。北とうまくいくことが大前提で、日本を完全無視していたのをお前だって知らないはずはない」

「日本があまりに内政干渉をするからだろう？」

「内政干渉？ 日本がいつお前たちの国の内政に干渉したというんだ」

「徴用工問題の被害者に対する国家の方針に干渉しているじゃないか」

「それはすでに国際法に基づく条約によって不可逆的に解決した問題だ。日本は日本の立場と企業を守るための当然の権利を主張したに過ぎない」

「それは日本人の理論だ。韓国人は決してそう思ってはいない」

香川は羅とこの問題に関して何を話しても無駄であることに気付いた。

「お前の言い分はともかく、お前たちが手を組んでいるイスラム原理主義者の狙いは何だ」

「俺も奴らの計画の全てを知っているわけじゃない。ただ、奴らはドローンを使った攻撃チームを作っている。もう、核ミサイルなんて必要がないのだとも……」

「ドローンか……確かにサウジアラビアの石油施設はドローンによって攻撃されていた

な……」

「奴らはドローンにターゲットに応じた様々な攻撃材料を載せて飛ばすだけだ……と言っていた。化学兵器が貧者の核兵器なら、ドローンは子どもでも動かすことができる武器……ということになる」

「子どもを利用しよう……というのか？」

「奴らは女、子どもを平気で自爆させる連中だ。おもちゃ替わりにドローンを与え、技術を磨かせるには子どもが一番だということだろう。おまけに、ドローンならどこでも手に入るし、日本の秋葉原に行けば、高性能かつ、日本人が作ってくれて、ノーベル賞まで取ったリチウム電池が手に入る。これを使えば、遠距離飛行も可能というわけだ」

この時、香川はふと、未だに核兵器開発に余念がない北朝鮮の哀れな姿を思い浮かべていた。

「それで、ターゲットは何だ？」

「鉄道としか聞いていない」

「鉄道か……新幹線か？」

「そこまでしか聞いていない」

香川は愕然（がくぜん）としていた。仮に東海道新幹線の三島・熱海間にある新丹那トンネル内で爆破事件でも起これば、日本経済にどれだけの影響を及ぼすかわからない。

「羅よ、よく話してくれた。ただし、今日のことは全て忘れることだ。そして、人買いジゴロも止めておくことだな。お前がそんなチンピラじゃないことはよくわかっている。趣味と実益を兼ねたお遊びも、ほどほどにしておかなければ、お前の車にもドローンが正面衝突する時がくるぜ」

「わかった」

「二時間ほど寝ていてくれ」

そう言うと香川はバッグの中から茶色のガラス瓶を取り出し、中の液体を大きめの脱脂綿につけて羅の鼻と口に押し当てた。

「単なるクロロホルムだ。二時間で目が覚める」

羅は殺されでもするかのような奇声を上げたが、間もなく眠りに陥った。

香川はその足で仁川(インチヨン)国際空港に向かった。一刻も早く離国したかったのだ。その間、携帯電話の電源を切り、変装も改めていた。

仁川国際空港を離陸しても香川は安心していなかった。と言っても、機内では十分すぎるほどのアルコールを摂取していたのだが、成田空港に着陸してようやく香川は大きな欠伸(あくび)をした。手荷物は機内持ち込みの手提げバッグ一つだった。

成田空港から上野まではスカイライナー、上野からは東京メトロ日比谷線で霞ケ関から警視庁本部庁舎に向かった。

# 第四章　ベイルート

十四階のデスクに戻ると片野坂が笑顔で香川を迎えた。

「早かったですね。もう二、三泊して来られるとばかり思っていました」

「あんな国に余計な金を落とす必要はないんだよ。それよりも拉致情報は何か入っているのか？」

「ようやく外務省が官邸に報告しました。副大臣が現地に飛ぶようです」

「広報はしていないんだろう？」

「はい。秘匿のままです。ただし、女性が解放されました」

「えっ、いつ？」

「香川先輩が出国した日です。第一報はベルギーからでした」

片野坂が笑って答えた。

「ベルギーって、白澤の姉ちゃんが情報を取ったのか？」

「はい。しかも今度はＤＩＳからの情報でした」

「イギリスも甘ちゃんだな……それにしても、姉ちゃん、いいセンスしてるな」

「本人の前では姉ちゃんはやめた方がいいですよ。それよりも、こんなに早い帰国となると、何か、重要な情報でも？」

片野坂は香川の顔つきを見て、即座に判断していた。

「奴らはドローンで新幹線の破壊を狙っているようだな」

「えっ……」

片野坂が思わず絶句した。

「それをやられたら、日本経済にとっては九・一一どころの騒ぎじゃないぜ」

「数万円の費用で数兆円の損害が出てしまいますね。この情報は今後の捜査を進めるうえにおいても重要なことだと思います。警備局長に速報しておきましょう」

「敵の動きも継続的に見ておく必要がある。俺のタマはもちろん使うが、誰か信頼できる者を視察に回せないかな……なにぶんにも海外でのことだ。拠点設定を行うのは困難だと思う」

「そうですね……公安総務課調査七係から朝鮮語講習を終えた者を二、三人海外派遣させますか」

「外二ではなく……か？」

「逆にマル暴系に興味がある者の方が面白いかもしれません」

片野坂の言葉に香川が頷いて言った。

「片野坂、お前の頭脳は日々進化しているようだな」

片野坂は公安部長に報告をして人員派遣の要請を行うと、その足で中央合同庁舎第二号館二十階の警察庁警備局長室に向かった。

警備局長は笑顔で片野坂を迎え入れた。

「外務省事務次官が長官に泣きついてきたらしい。実態把握が遅れたのはイスタンブール総領事館の馬鹿が身内の拉致を隠蔽しようと独断で動いたためだそうだ。外務省事務次官と言っても、外務省の実質的トップじゃないからな。年次も長官より下なんだが、これまでにはない低姿勢だったようだ」

「外務大臣に相当厳しくやられたんじゃないですか？」

内山田と前薗の両名は職場内秩序を乱したとして、停職六か月の懲戒処分を受けた。

「おそらくそうだろう。まあ、こちらとしても、うちから外務省に引き取ってもらった前のアルジェリア大使がセクハラ、パワハラで首になっているので、プラスマイナスゼロ……というところなんだが、今回は上席副大臣をシリアに派遣しているからな。官邸にも頭が上がらない状況のようだ」

「ところで、泣きついてきた……というのはどういうことなのですか？」

「実は、シリアに行った外務副大臣の緒方良亮代議士が外務大臣に直接依頼したようなんだが……片野坂、お前を緒方副大臣の現地でのサブとして指名してきたんだ」

「私を……ですか？」

片野坂が呆れたような顔つきになって訊ねた。

「緒方副大臣としても、今回の案件をいち早く知らせてくれたお前さんには感謝しているようなんだが、副大臣はお前さんの大学のゼミの二年先輩にあたるらしいな」

「ゼミ当時は何の世話もしてもらった覚えはありませんよ」

「まあ、大学の先輩後輩というのはそんなもんだ。今後、巧く使ってやればいいんだ。霞が関で審議官クラスにもならずに国会議員を目指す奴なんていうのは、所詮、霞が関では生きていけない連中ばかりだからな」

「それで、長官はそれを了承してしまったのですか」

片野坂が憮然とした顔つきで言うと、警備局長も苦笑いをして答えた。

「実は、官房副長官も了承してしまったようなんだ。何と言っても内閣人事局長だからな。この前、一緒に官邸で会った時に、お前を随分と気に入られたそうだ」

「私が現在のポジションを去る頃には、いくら長期政権の官房副長官といえども、もう今のところにはいませんよ」

「そう言うな。副長官はそんなにいい加減な人じゃない。お前の人事も悪いようにはしないさ」

警備局長は相変わらずの苦笑いだった。

「それで、いつから現地に入ればよろしいのですか？」

「明日にでも行ってもらいたい。航空券とパスポートも準備している」

「いくら短期出張とはいえ、いつもながら急な話ですね」

「迅速な対応こそ公安警察の命だろう。何でも、現地にはお前を知っている男がいるそうだ」

「現地人で……ですか？」

「FBI当時の仲間だと言っている、アメリカ合衆国のエージェントらしい」

「FBI……ですか。NSB、国家公安部の時の仲間かもしれません」

「お前さんはそこにもいたのか？」

「ジョンズ・ホプキンズ大学の中東研究でしばらく勉強していた時の仲間でしょう」

「ジョンズ・ホプキンズ大学高等国際問題研究大学院か？　お前の人事記録にはそんな記載はなかったぞ」

「ジョージタウン大学でも短期間ながら国際関係学を勉強させてもらいました。その時の仲間はモサドのトップエージェントになっていますが……」

「モサドか……中東研究部門にも多いらしいな」

「彼らは研究をしている……というよりも、人脈を作りに来ているのです。彼らの方がはるかに多くの知識を持っていますから」

「そういうものか……ともかく、明日、飛んでくれ。新幹線の件は警察庁としても、チヨダを通じて内々に調査させておく」

片野坂は一礼をして局長室を出ると、航空券と旅費、公用パスポートの受領のため、長官官房総務課に行った。

「片野坂、とんでもない所に行かされるんだな。長官から直々に総務課長のところに電話が入ったそうだ」

同期生の住野十治が真顔で言った。

「お前はいいな。国内の美味しいところばかり回って……」

「何を言ってる。俺から見ればお前の方が自由気ままに動けて幸せだと思っている。今回の出張は別だけどな。それにしても、警視庁公安部付の肩書のまま海外出張というのも珍しいんじゃないのか？」

「警視正なんて、そんなものだ。あと四年は我慢の時代だからな。お前は長官房総務課理事官という筆頭のポジションだから わかると思うが、僕たちはまだ駒のひとつだからな」

「駒でいいじゃないか。王将だって駒だ。歩だって『と金』になれる。力を蓄える時期だと考えればいいさ」

「現場はなかなかそういうわけには行かないのさ。戦闘地帯にでも行ってくるさ」

「旅費は多めに入れておいた。帰りはドバイで三日間遊んで来いよ」

「ドバイか……金持ちにとっては楽しい街だが……」

すると住野が封筒ではなく風呂敷包みを片野坂に手渡した。紫色の風呂敷には桐の紋が入っていた。

「官房機密費か？」

「在レバノン日本国大使館には別枠で外務省機密費が届いているはずだ。シリア国内での各種活動は、そちらで賄ってもらえるだろう」

「なるほど……官邸も気を遣ってくれている……ということか？」

「それだけ重要な任務ということだ。外務副大臣といえども、所詮、一国会議員に過ぎない。型どおりの対応をされるのがオチだ。その点、お前は違う。各国のエージェントが『お手並み拝見』と思いながらも、友好国のエージェントは様々な形で支援してくれるだろう」

「エージェントの世界はそんなに甘いものじゃない。お前も在英国日本国大使館一等書記官の勤務経験があるのだから、それくらいのことはわかるだろう」

「イギリス政府は二〇〇一年九月のアメリカ同時多発テロ事件を受けて、その翌年に情報機関の連携強化を目指して安全保障・情報問題担当内閣常任秘書官（調整官）を置いた。情報担当一等書記官としてはこの調整官を押さえることが最大の任務だった」

「お前はそれをやり遂げたそうだな」

「たまたま気が合っただけだ。留学先のオックスフォード大学ベリオール・カレッジで知り合った友人がイートン校出身だったので、その縁で紹介してもらったんだ」

「オックスフォード大学ベリオール・カレッジで成績優秀だったから在英国日本国大使館勤務になったんだろう。たいしたもんだ」

イートン校の正式名称は「King's College of Our Lady of Eton beside Windsor」であり、一四四〇年に創設された、十三歳から十八歳までの男子生徒が学ぶ全寮制のパブリックスクールである。各界に多くの著名人を輩出しているが、とりわけ過去十九人の首相を送り出しており、英国一の名門校とされている。

ベリオール・カレッジは、一二六三年に設立された、オックスフォード大学を構成する三十九カレッジの中のひとつである。このカレッジの卒業生には三人の首相経験者、五人のノーベル賞受賞者がおり、中でも政治経済学者アダム・スミスがおそらく最も有名である。日本国内では皇后雅子が外務省職員時代に留学したことで知られている。

「お前だってイェールからＦＢＩじゃないか。大使館勤務よりＦＢＩの方がよほど実践的だ。しかもＦＢＩ勤務はお前が希望したんだろう」

「大使館勤務は上司が他省庁だからな。それも在アメリカ合衆国日本国大使館のトップは事務次官経験者で、国連大使に次ぐポジションときている。楽しい仕事はできないと考えたのさ。ところで、ＭＩ６に誰か信頼できる者はいないか？」

「一人いる。先方に伝えておくから連絡を取るといい」

住野は片野坂の頼みを快く引き受けてくれた。片野坂の同期二十四人の中で住野は国家公務員試験採用時からダントツの成績で有名だった。さらに住野の実家である住野家からは多くの政財界の重鎮を輩出しており、住野三兄弟は全員が東大法学部卒の秀才トリオで、兄は財務省、弟は若くして京都府議会議員になっていた。そのためか、性格も鷹揚で、あくせくしたところがなく、片野坂にとっても同期ながら、一目も二目も置く存在だった。

翌日、片野坂は成田空港からエミレーツ航空エアバスＡ三八〇−八〇〇型機のファーストクラスに乗り込んだ。ファーストクラスは通路と座席がパーティションで仕切られており、個室のような空間となっている「プライベートスイート」だった。

さらに、ファーストクラスには専用のラウンジバー、シャワースパが装備されていた。

「さすがに世界一とも言われる航空会社だな……。それにしても官房機密費か外務省機密費か知らないが、相当気にかけてくれていることは間違いないな」

片野坂は初めて搭乗したファーストクラスの豪華さを堪能しながら呟いていた。

片野坂はドバイでトランジットし、レバノンの首都ベイルートに飛んだ。

「ベイルート・ラフィク・ハリリ国際空港か……暗殺されたレバノン元首相のラフィーク・ハリーリーにちなんで改称されたというが、内戦の影をまだ引きずっているのだな」

世界中に故人の名前を冠した空港は多い。中でも暗殺された政治家の名ではニューヨークのジョン・F・ケネディ国際空港が有名だが、首都の空港に使われるのは珍しい。

空港には緒方良亮外務副大臣本人が出迎えに来てくれた。グリーンパスポートでVIP専用出口から出てきた片野坂を認めると駆け寄って言った。

「片野坂君、急な申し入れを受けてくれて感謝している。在レバノン日本国大使館も、今回の件は日本本国からの連絡で知ったようで、在シリア日本国大使館臨時事務所にも、何も情報が届いていなかったんだ」

片野坂は、緒方が「君」づけして自分を呼んだことで、緒方の苦しい心中を察していた。

「高田尚子さんの所在は確認が取れたのですね？」

「まだだ。シリア国内でも限られた者しか知らない様子で、関係者も在シリア日本国大使館臨時事務所からの申し入れに驚いていたようだ」

「高田尚子さんが救出された事実は認めたのですか？」

「それは事実だったが、八十人近い女性をいくつかの病院に分散収容したらしく、その後の確認が取れていないようだ。我々の情報収集があまりに早すぎた……というのが現地の反応のようで、すでに政府間交渉になっているため、解明は時間の問題だと思う」

「私が呼ばれた理由は何ですか？」

「片野坂君、君の情報収集と分析能力は警察庁でも極めて高い評価を受けている。特に今回は、君の直属の部下が入手した情報だったと官房副長官から聞いている」

「直属と言っても、私には一応部下と呼ばれる仲間は二人しかいませんよ」

「なに？　二人？」

「はい、三人だけのチームですし、分掌事務に関しては完全に秘匿です。しかも警察庁ではなく警視庁公安部長付ですから」

「警視庁公安部か……」

公安部の名前を聞いて緒方副大臣は言葉を失った様子だった。

「副大臣は公安部をご存じなんですか？」

「秘密警察だろう？」

緒方副大臣にしては珍しく、おどおどしたような態度で答えた。片野坂はこの態度を見て緒方に気づかれないようにフンと口を歪め、まるで部下を諭すかのように言った。

「それは、何か悪い小説かドラマの見過ぎですよ。公安というセクションは天下国家のために動いている究極の組織です」

「天下国家か……国民はどこにいるんだ？」

「国民が存在するから国家なんです。天下というのは世界……つまり公安は単純に言えば世のため人のために動いているだけなんです」

「世のため……か」

緒方副大臣が首を傾げながら復唱するのを見て片野坂は嫌味を含めた口調で訊ねた。

「霞が関の官僚でも、国会議員でも、結局は世のため人のために働いているのではないですか？」

「国家を動かす立場になると綺麗ごとだけでは仕事はできないものなんだよ。君も将来その立場になればわかる時が来るさ」

緒方副大臣が片野坂をたしなめるように言った。片野坂は数秒間沈黙を置いて応えた。

「あまりわかりたい気はしませんが、副大臣も将来、公安に睨まれないようにしてくださいよ。外務省のチャイナスクールやロシアンスクールといったチームの中には、勘違いして日本国を裏切るような国会議員に仕立て上げる連中もいますからね」

「それこそ無用の心配というものだ。俺は宗教から革命思想まで、理論武装だけは十分にできている」

緒方副大臣がことさら胸を張るような態度を見せて片野坂に言った。片野坂はその姿をジッと見ながら言った。

「国家の転覆を謀るような連中に対して、公安はリーガル、イリーガルを問わず、あらゆる手段を尽くしますから」

「いまさら革命なんて起こるわけがないだろう。公安は、まだ本気でその可能性を考えているのか？」

「はい。君主が替わればどうなるのかはわかりませんが、少なくとも国家が共産主義になったときには、公安は真っ先に抹殺される組織です」

「そうだろうな。だから共産主義だけは絶対に許さないんだったな」

「資本主義、共産主義というのは政治や経済分野での思想や理論、運動、政治体制のひとつにすぎません。共産主義社会実現のための方法論だけでなく、『共産主義』の定義そのものも多数存在しているのです」

「そういうものなのか？」

「マルクスとレーニンによる共産主義がベースにあることは間違いないですが、その政治、経済思想の誤りは、第二次世界大戦後の歴史が証明してくれています。今、世界に残っている共産主義というものは、単なる独裁主義に他なりません」

「北朝鮮の金（キム）王朝はともかく、中国も結果的にそうなってしまったからな……」

「ユートピア思想の限界ですね。これはEUにも言えることだと思いますけど」

「君はEUをユートピア思想の結果だとでもいうのかい？」

「EU加盟国の中で国境をなくした国は一つもありません。イギリスが抜けようとしている背景には、北アイルランド以外に隣接する国との国境線がないからだと思います。国境が存在する限り、国家間には格差ができる。それをいっしょくたにして平等を唱えること自体、欺瞞に満ちた行為だと思っています」

「なるほど……平等の原則か……確かにそれがギリシア、イタリアやスペインの経済破綻危機につながっているのかもしれないな」

「兄弟でも他人になるご時世なのに、出来の悪い他人とは縁を切りたくなるのが人情というものでしょう。出来の悪い方だって、いい子ちゃんぶっている相手を好きになるはずがないじゃないですか」

「兄弟とは朝鮮半島のことかい？」

「それはご想像にお任せします。外務副大臣に国家間のあれこれを言える立場ではありませんから」

「君は面白い男だな」

緒方副大臣が笑って言うと、笑顔のまま話を続けた。

「実は三日前にここに入ったんだが、君も知ってのとおり、レバノンとシリアの関係も極めて複雑だ。シリアに安全に入るには外務省だけでなく別ルートのアシストが欲しいと思ったんだ」

「それで私が呼ばれたわけですか？」

「君なら現場で切り抜ける術を知っていると思ったからな」

「警察より外務省が本来やるべき業務なのではないですか？」

「今回は解放された女性だけの問題ではないんだ」

緒方副大臣の言葉に片野坂が頷いて言った。

「外務省職員の身の安全が第一……ということは理解します。私たちもあらゆるルートを駆使して当人の現在の状況を探っています」

「実に頼もしい限りだ」

「そういう他人事のような言い方はやめてください。仲間たちは命がけで動いているんです。どこかの出来の悪い職員のために」

片野坂にしては珍しく厳しい口調で言った。緒方副大臣は背筋を伸ばして片野坂に訊ねた。

「申し訳ない。そういうつもりではなかったんだが、レバノン大使館、在シリア日本国大使館臨時事務所の職員でさえシリアの情報部門との連絡が取れないんだ」

「大使館職員が他国の情報部門と連絡を取る必要があるのですか？『そんな組織はな

い』と一蹴されるのがオチだと思いますけどね」

「では、どうやって行方不明になっている外務省職員の所在を確認すればいいんだ？」

「外務省国際情報統括官組織を最大限に活用することですね」

「現地にエージェントがいないのに、情報統括官も調べようがないだろう？」

「外務省の情報機関や外務省機密費の使途に関して、日頃から外務省が内閣府でそう言っているのではありませんか。内調次長や国際部門にも外務省から出向しているのですよ。無駄金を使っているわけじゃないでしょう」

「ここで、嫌味を言われても仕方がない。外務省には情報収集に関する教育機関がないことは知ってのとおりだ。外交官個々の能力に任せるしかないのが実情だ」

「ここの大使館にはそのような人材がいない……ということですか」

「戦闘地域における勝手な情報収集は認めていない。行方不明になっている国際テロ情報収集ユニットの職員も、どういう経緯でこのような状況に至ったのか皆目見当がつかないんだ」

「でしょうね。それもチャイニーズマフィアもしくは中国の情報機関の女に騙された可能性が高いわけですからね」

「えっ。それはどういうことなんだ？」

緒方副大臣が驚いた顔つきになって訊ねた。

「行方不明になっているもう一人の女、パスポート上では吉岡里美を騙っていますが、それが偽造されたパスポートで、当の吉岡里美さんは北海道でお元気にお暮らしでした。彼女のパスポートを盗んだのは元ＫＣＩＡのエージェントで、現在はチャイニーズマフィアの傘下にあるコリアンマフィアの幹部なのです」

「公安部はそこまで調べているのか……」

「それを知っていなければ、私がここに来ても仕方ないでしょう。しかも、そのチャイニーズマフィアは中東のいずれかのイスラム原理主義組織グループと連携を取っているのです」

「そんな……」

緒方副大臣は唖然とした顔つきで片野坂の顔を見つめていた。これを見た片野坂は落ち着いた口調で言った。

「現在、日本の情報収集衛星を動かして、シリア上空を写真分析しています。望月健介の所在をカメラが何とかとらえてくれればいいのですが、イミントだけでは限界があります」

「ヒューミントはできるかい？」

「それが公安部の仕事ですから」

「世界中、どこでもヒューミントは可能……ということか？」

「どこでも……というわけではありません。最低限度、日本が大使館を置いて、警察庁から書記官を派遣している国……ということになります」

「シリアは撤退しているが……」

「一次情報でなくても信頼できる二次情報を得ればいいのです。あとはその情報を分析して、その是非を確認するだけです」

「今回のシリア問題でも、すでに動いている……というのか？」

「だから私が来たんです。仲間を一人にすることはできませんから」

片野坂の言葉に緒方副大臣は思わず生唾を飲み込んだ。すると片野坂が思わぬことを口にした。

「副大臣、実は一点ご相談があるのです。今回の拉致情報をいち早く入手し、さらに高田尚子さんの解放情報を得た同僚を、派遣先のEU加盟国から呼び寄せたいのですが、いかがでしょうか？」

「それは片野坂君の判断にまかせるよ。旅費、滞在費、活動費はこちらで賄う」

片野坂はホテルに戻ると直ちに白澤香葉子に連絡を取った。

「部付、日本以外からの国際電話のようですが、どちらにいらっしゃるのですか？」

「今、ベイルートに来ています」

「ベイルート……ってレバノンのベイルートですか？」

「現在、シリアの日本国大使館が閉鎖されているのでベイルートの日本国大使館内に事務所を置いているんです」

「失踪女性解放の件で部付ご自身が来られたのですか？」

「外務副大臣と一緒です。ただし、私の任務は解放された女性よりも、もう一人の外務省職員の所在確認ということなんですが……」

「そちらからシリアに入ることはできるのですか？」

「なかなか困難な情勢です。そこで白澤さんに頼みがあるんですが」

「私にできることならなんでもいたします」

「ありがとう。実は、君が友達になっているエカテリーナ・クチンスカヤの力を借りたいのです」

「クチンスカヤ……ですか？　彼女はロシアのスパイですよ」

「そう。それを知ってて使うんです。白澤さんは東京都の職員。東京都民の身の安全の確保のために、東京都警察である警視庁の職員が事実確認をする手助けをしてもらえないか……という筋書きではいかがでしょうか？」

「警視庁の職員が部付……なのですか？」

「そうです。そして拉致という国際テロの観点から外務副大臣も同行している旨を伝えて下さい。トルコとシリアが絡んだ場所での案件に対してロシア政府がどう動くか……

その反応も確かめてみたいのです」

「わかりました。もし、彼女が一緒に動くということになった場合はどうしますか？」

「旅費は全てこちらで負担します。戦闘地域専門のボディーガードも付ける旨を伝えて下さい。ロシアも中東地域における日本の動向を気にしているはずです」

「わかりました。すぐに連絡を取ります」

翌日の午後、白澤から連絡が入った。

「クチンスカヤ個人としては協力をしたいようでしたが、本国の了解を取るのに丸一日かかるということでした」

「一日でも、二日でも待ちます。人一人の命がかかっているのです」

その間、片野坂はＦＢＩ時代の友人に連絡を取った。公安警察活動の関連部門を統合改編したNational Security Branch（ＮＳＢ）に研修に来ていたモサドの上席分析官スティーヴ・サミュエルだった。

「ハイ、アキラ。ベイルートで何をしているんだ？」

「もう知っているのか？」

「君がドバイ国際空港の第三ターミナルでトランジットした時に担当官がキャッチしたんだ」

「そうか……実は、トルコで日本人が何者かに拉致された事件があったんだ」

「アレッポ石鹸の事件だな」

「アレッポ石鹸？」

「女性二人と男性一人が連れ去られた件だろう？　アレッポ石鹸の工場を訪ねて行ったんだよ」

「モサドはそんなことまで知っているのか？」

「カッパドキア観光に来ている裕福な若い女性と、アラビア語に堪能な若い男性が常にターゲットにされている。これまでに数十人が同じ手口でシリアに連れ去られている」

「モサドは見て見ぬふりをしていたのか？」

「バックグラウンドを確認している最中だ。ＩＳＩＬ系の過激派組織であることはわかっている」

「参ったな……そういう場合、男はどうされるんだ？」

「戦闘員として洗脳されるか、大企業の社員なら身代金目当ての人質だな。アメリカやイギリス、ドイツの大企業も人質解放のための専門ネゴシエーターを雇って現在でも交渉している」

「そこまで摑んでいるのか？」

「ユダヤ人が捕まったとなれば、われわれも動くが、そうでない場合には処刑されない限り視察している」

「視察？　衛星を使っているのか？」

「それもあるが、奴らが使っているパソコンに侵入して動きを探知しているのさ」

「そういう手があったのか……」

「日本は遅れているからな……日本の警察庁から研修に来ている者がいるが、まだまだ基本ができていない」

「ハッキング講習も独自に行っているんだが、ＯＳＣＰを取得している者は限られている」

「ほう、ＯＳＣＰを終えている者がいるのか？」

ＯＳＣＰとはセキュリティ資格の一つ Offensive Security Certified Professional の略で、Kali Linux を提供している会社のベンダー資格（民間の認定資格）である。この資格はクラッキング技術に特化しており、その特徴は知識を問う筆記試験ではなく、完全な実技であることだ。

コンピューターやソフトウェアの仕組み等に関する知識を持たない者やメディアは、クラッキングとハッキングを同一視する傾向がある。コンピューターやソフトウェアの仕組みを研究、調査する行為をハッキングといい、ハッキングそのものは「高い技術レベルを必要とするコンピューター利用」という意味であり、善悪の要素を持たない。一方、破壊などを伴い他者に迷惑をかけるものや、秘匿されたデータに不正にアクセスすることなど、悪意・害意を伴うもののことをクラッキングと呼び、これには明確な否定的意味合いがある。

一般的に日本でセキュリティ資格といえば「情報処理安全確保支援士」だが、その難易度は決して高くはない。その点ＯＳＣＰは高難度なため、特に海外でペネトレーションテストを実施するのであれば必須要件となっている。

ペネトレーションテストとは、インターネットなどのネットワークに接続されているシステムに対し、特定の意図をもつ攻撃者が攻撃に成功するかどうかを検証するテストのことである。実際にさまざまな技術を駆使して侵入を試みることで、システムに存在するセキュリティ上の脆弱性を発見する手法になっている。

「うちのデスクでも一人取得させたけどな」

「専門家を外部から採用したのか？」

「いや、アメリカで研修を受けさせたんだ。基本的な知識は持っていたからな」

片野坂は白澤がコンピューターの知識が深かったため、アメリカでの研修でホワイトハッカー（健全なハッカー）としての研修を受けさせていたのだった。

「そうか……そう言えばアキラは警視庁に異動したんだったな。相変わらず現場が好きなんだな」

「僕は行政官には向いていないようだ」

「それなら官僚試験を受けるべきではなかったんじゃないか？」

「日本警察は階級社会だ。階級を上手く使うこともまた大事なことだと思ったまでだ」

「なるほど……ところで、今回のベイルートは連れ去られた観光客の引き渡しなのか？」

「女性は先日のISIL指導者アブ・バクル・アル・バグダディ容疑者の殺害時に救出されたようなんだ」

「なるほど……女性ばかり数十人がシリア軍に保護された……という中の一人だったわけか」

「何でもよく知っているな」

「アメリカ人女性も含まれていたようで、アメリカ大使館関係者も、昨日、現地入りしたそうだ」

「解放されたとはいえ、病院に送られた女性の中に日本人がいる……という情報だった」

「病院はわかっているのか？」

「それがわからないので、苦労している」

「それならうちのルートで調べてみよう。数分時間をくれ」

「数分でわかるのか？」

「その気になればな……アキラの仕事の手伝いだと思えば容易いことだ」

「恩にきる。ところでもう一つ、一緒に連れ去られた男の方はどこに収容されているのかわからないか？」

「その男は企業人じゃないのか？」

「実は政府の役人だ。ジョンズ・ホプキンズ大学を卒業している」

「中東研究部門か……そうすると、本名は使っていないだろうな。写真はあるのか？」

「手元にある」

「それならば、すぐにエルサレムのデスクに送ってくれ」

「エルサレム？　テルアビブじゃないのか？」

「そうか、アキラには知らせていなかったな。去年、組織の一部がエルサレムに移ったんだ。アキラの秘密アドレスにメールアドレスを送るから、そこに送ってくれ。それから、先ほどの女性だが、名前は『ナオコ　タカダ』でいいのか？」

「もうわかったのか？」

「イグザクトリー。彼女はダマスカスの軍病院に入っている。軽傷だが感染症チェックを受けているようだ」

「ダマスカスの軍病院か……近くて遠いな……」

「感染症検査で陰性が出れば、ドクターシャーミー病院に移されると思う。そのタイミングまで待った方がいいかもしれないな。どうせ一両日中だ」

「そうか……返還交渉を行うとして、一番いいやり方は何だと思う？」

「両面交渉だな。一つは外交ルート。もう一つは裏から金を摑ませるルート。これはそんなに高くない。人質交渉をすると思えば簡単だ」

「裏からのルートはどうすればいい？」

「そうだな……治療費の支払いと謝礼……という形で、リーラよりもアメリカドルで払う方が喜ばれるだろう」

「シリア・ポンドではなく、アメリカドル？」

「そう。シリア・ポンド、つまりリーラは通貨としての信用がないからな。どんな国でもアメリカドルは信頼されている」

「なるほど……それで、誰にアポイントメントを取ればいいんだ？」

「紹介してやろう。ところで、アキラ、君の部下に女性はいるか？」

「一人いる。実は、彼女にはロシアルートでのコンタクトポイントを探させているんだが……」

「ロシアルートか……決して間違いじゃないが、ロシアンルーレットにならないようにしなければな。下手をすると足元を見られるぞ」

「スティーヴ、ロシアの女スパイでエカテリーナ・クチンスカヤを知ってるかい？」

「ジジ殺しのクチンスカヤか……今、ブリュッセルでEUのジジ殺しをやっているという評判だが……」

「うちの部下がブリュッセルで付き合っている」

片野坂が言うと、スティーヴが大きな声を出した。

「おお、聞いている。もしかして、その子は優秀なバイリンガル音楽家なんじゃないか？」

「おそらく、同一人物だろう」

「うちのアントワープ担当者がご執心で、人物チェック依頼が届いていた。東京都職員だったと記憶しているが……」

「そう、確かに東京都職員だ。警視庁は東京都公安委員会の指揮下にあるからな」

「そうか……そういうことか。ロシアがどう出るか見ものだな」

「まさにそのとおりだ」

モサドの情報分析力と、それを自由に操るスティーヴの能力を見せつけられて、片野坂は受話器を持ちながら苦笑いするしかなかった。

「OK、ロシアの結果待ちとしよう。今、こちらのアドレスを送っておいた。男の画像を送ってくれ」

「了解だ」

電話を切ると、背中に一筋の汗が流れたのを片野坂も自覚していた。思わずポツリと呟いた。

「モサドか……怖いな」

片野坂は指定されたアドレスに国際テロ情報収集ユニット職員である望月健介の複数の画像を送った。

その時、片野坂のプライベート用のスマホが鳴った。発信者を確認するとFBI勤務時の同僚で日系三世のカズヤ・ロイ・ヨネムラだった。

「ハイ、アキラ。今度は中東で何をしているんだ?」

「ロイ、FBIまで僕の居所を知っているのかい?」

「ドバイで多くの諜報組織の者が確認しているぜ。エミレーツ航空のトランジット搭乗口は、諜報担当者だけでなく、国際テロリストに関しても要チェックポイントだからな」

片野坂はようやく合点がいった。

「そういうことだったのか……ドバイ国際空港の第三ターミナルを通過する時は、よほど注意しておかなければならないんだな。先ほどもモサドから連絡が入ったよ」

「アキラの動きを注目しているのは、うちとモサドとMI6くらいのものだ。ロシア、中国はまだアキラの存在を知らないだろうからな」

「米英にイスラエルなら仕方がないところだな」

「ところでアキラ、自らお出ましになるほどの案件がベイルートにあったのかな？」

「ベイルートはシリアに入るための準備段階だ」

「シリア？　日本と直結する問題か？」

「トルコで連れ去られた観光客が、貴国の攻撃のおかげで解放されたんだよ」

「おお、あの中に日本人もいたのか？」

「貴国の担当者も昨日、シリア入りしただろう？」

「さすがによく知っているな。あれは大物の娘だったんだ。裏で金銭交渉を行っていたさなかに、例の場所で解放されたんだ。うちの攻撃で犠牲にならなくてよかったと、軍関係者は胸をなでおろしていたようだ」

「すると、ＣＩＡも人質の居場所を確認していなかったのか？」

「知っていたのはモサドくらいのものだろう。イギリスは当事者に大英帝国関係者がいないことを知っていて、高みの見物を決め込んでいたようだからな」

「アメリカ人は何人いたんだ？」

「あと一人、ジャーナリストの男性が行方不明だ。連れ去られた時はお姫様と一緒だったんだが……」

「二人はカッパドキア観光をしていたのか？」

「そのとおりだ。そこで何者かに声を掛けられて、自らの意思で国境近くまで行ってしまったようだ」

「うちと同じパターンだな。こちらも男性が一人行方不明だ。そちらは男に関しては身代金の要求等はなかったのか？」

「ジャーナリストは戦場記者の経験があって、アフガニスタンをはじめとして、中東諸国にもさんざん行っていた奴だから、相手方に顔が売れていたのかもしれない」

「そういう場合には身代金の要求があるんじゃないのか？」

「情報ではＩＳＩＬにはすでに海外と交渉をする余力が残っていない……ということだ。おそらく、ＩＳＩＬ以外のイスラム原理主義勢力のところに送られているのではないか……という話だ」

「そうか……もうシリアにはいないのか……」

片野坂が声のトーンを下げると、ロイが慌てて答えた。

「いや、そうじゃない。ＩＳＩＬはムスリム同胞団とも接点を持っていたようだ」

ムスリム同胞団は中東におけるスンナ派のイスラム主義組織である。二〇一九年時点でムスリム同胞団はバーレーン、エジプト、ロシア、シリア、サウジアラビア、アラブ首長国連邦の各政府からテロ組織とみなされている。

「エルドアンはアサド政権打倒のために対シリア経済制裁を発動し、ＩＳＩＬと関連の深い組織が含まれたシリアのスンナ派反政府武装勢力を支援したんだ。だから、シリア内にはＩＳＩＬと深い関係を持つテロ組織がまだまだ残っていると思った方がいい」

「そういうことか……そうするとアサド政権は内戦が終了したとしても、自力で自国の立て直しをする余力は残っていない……ということか」

　片野坂の言葉にロイが応えた。

「今、シリアはアサド政権が勝利する形で八年間に及ぶ内戦の終結を迎えようとしている。アサド政権が内戦で荒廃したシリアの復興を進めていくには、友好国のロシアやイランの支援だけではおぼつかないのが実情なんだ。本格的な復興には、欧米諸国、もしくはアラブ諸国の支援が必要なんだ」

「日本もそれに入っている……ということか？」

「もちろんだ。さらに踏み込めば、シリアも中東における日本の動向に注目していると考えた方がよさそうだ」

「そうなると、アラブ諸国だけでなく、欧米諸国も含めて、シリアとの関係修復をテコにアサド政権に対し、国内の融和を進めるようどれだけ迫ることができるのかが、今後の鍵になるかもしれない……というわけだな」

「重要な鍵の一つであることは間違いないと思うよ。だから、今回のＩＳＩＬグループによる拉致被害者の解放に関して、シリアはアメリカに協力したのだと思う」

「日本はアメリカほどの力はないが、今後のことを考えると、シリアに貸しを作っておいた方がいい……ということになる」

「そこに何らかの形でロシアの口利きが入れば、早期の解決が可能になるだろうな」

片野坂は受話器をもったまま頷きながら、白澤が上手くやってくれることを心の底から願って電話を切った。

電話を切るのを待っていたかのように、モサドのスティーヴから電話が入った。

「ミスター・モチヅキは生きている。しかも、彼は現在シリア国内の戦闘地域でヒズボラ勢力と戦う戦士になっているようだ。これはISIL幹部が上層部に報告した機密文書の中に暗号として出てきたもので、政府軍は把握していないと思われる。彼のコードネームは『バドル』ということだ」

ヒズボラとはレバノンのシーア派イスラム主義の政治組織、武装組織で、一九八二年に結成された。意味はアラビア語で「神の党」、イランとシリアの政治支援を受けており、また軍事部門はアラブ・イスラム世界の大半で抵抗運動組織と見なされている。日本、EU、アメリカ、イギリス、イスラエル等の諸国は、ヒズボラの全体ないし一部をテロ組織に指定している。

「『バドル』か……アラビア語で直訳すれば満月、つまり『望月』の異称だ。望月氏はISILに洗脳されてしまった……というのか？」

「それはなんとも言えないが、情報では反政府勢力の参謀になっているようだ」

「情報というのはイミントなのかい？」

「モサドはイミントだけで物事を判断しない。これにシギント、コミントさらにはヒューミントを併せて情報を判断しているんだ」

「そうだったな。それにしても彼が、反政府勢力の参謀か……」

「彼が所属するチームは、他のチームに比べて、極めてチームプレーができている。しかも、戦略戦術に長けているため、ヒズボラも相当数やられているということだ。そして、その戦略を立てているのがモチヅキらしい」

「確かに彼は頭脳的にも戦略戦術を立案しても決しておかしくはない。それが、彼が捕虜として生き残る最後の手段だったのかもしれない」

「そんなに優秀な男だったのか？」

「彼もまたジョンズ・ホプキンズ大学の中東研究部門の研究生として中東を深く学んでいる者の一人だ」

「それならば話がわからないでもないな。なにせ、ヒズボラにしても反政府勢力の連中にしても、戦略というものを全く知らない宗教バカばかりだからな。一人の優れた参謀がいるだけで数十倍の力を発揮することだろう。しかも、ミスター・モチヅキは武器の取り扱いにも秀でていて、敵の優れた武器を奪取するや、すぐにそれを百戦錬磨の兵士のように使いこなしているらしい」

「いつの間にそのような才能を身に付けたのだろう……。敵の武器をすぐに使うところは、日本ならではの将棋の発想だろうな」

「どういうことだ？」

「日本にはチェスと似た将棋というゲームがあるんだが、その特徴は、相手から奪った駒を自分の駒として使うことができることなんだ」

「それは、旧日本軍が戦時国際法に基づかずに捕虜を虐待したことにつながっているのではないのか？」

「冗談じゃない。ほとんどの旧日本軍は、日露戦争以来、捕虜に対しては適正な保護を行ってきた。しかし、食文化の違いや言語の問題から、特に白人の捕虜には『木の根を食べさせられた……』などと言われたんだが、あれは『牛蒡（ごぼう）』という、立派な食材だったんだ」

「そうなのか……それは私の知識が足りなかった」

「それはいいとして、望月が敵のターゲットにされている……というようなことはないのか？」

「全くないわけではないが、ミスター・モチヅキは、まさに神出鬼没で、突然敵の前に現れて周到な計画の下に攻撃を加えるため、敵も投降が早いという噂（うわさ）だ。しかも彼の顔は政府軍には知られておらず、ある意味で、『彼に遭遇したら戦わない方がいい……』というくらいの神業を使っている。しかも彼はムスリムをよく理解しているらしい。彼の行動は戦闘地域ながらハラールの対象のようになっているそうだ」

ハラールはアラビア語の「ハラール：ハラル」が由来とされており、直訳すると「許可されたもの」ということになる。広義にはハラールは、イスラム法で許された健全な商品だけでなく、行動・言動・活動も意味する。

「人に対してハラールがあるとは知らなかったが、そうすると、人的ムスリムフレンドリーの対象になっているようなものだな」

片野坂が言うとスティーヴは笑って応えた。

「ムスリムフレンドリーかどうかは知らないが、『敵ながらあっぱれ』という存在になっているのだろう」

「神出鬼没となると、こちらとしても手を打つのが難しいな」

「そうでもない。彼らのコンピューターはすでにハッキングしている。何らかのメッセージを送れば、ミスター・モチヅキに届く可能性が高いと思う」

「なるほど……そう出たか……」

片野坂はスティーヴの戦略に舌を巻く思いだった。

片野坂は望月への当面のアクセスをスティーヴに依頼した。一方で、望月らの反政府勢力チームが使用しているパソコンのアクセスポイントも教えてもらうことに成功した。

翌日、白澤から連絡が入った。

「クチンスカヤが同行してくれることになりました。しかも高田尚子さんが入院している病院もわかりました」

「悪名高いダマスカスの軍病院ですね」

「もう調べられたのですか？」

白澤が驚いた声で訊ねたが、片野坂は情報ルートは知らせずに実情だけ伝えた。

「軽度の感染症に罹患しているようで、検査結果が良好であればドクターシャーミー病院に移される可能性が高いそうです。軍病院の方が政治的圧力は効くかもしれないのですが」

「確認してみましょうか？」

「できればそう願いたいですね。シリアに対して日本から外交ルートを使った方がよいのかどうかについても、彼女なりのアドバイスをもらってくれますか」

「了解です。ところで、ベイルートでは部付が彼女に会っていただけるのですか」

「もちろんです。彼女にはどう説明したのですか？」

「東京都の職員で、職場の上司……とだけ伝えています」

「それでいいと思います。話は合わせます」

「久しぶりのビジネスクラス、嬉しいです」

「エミレーツ航空は乗り心地がいいですよ」

片野坂は二日後にベイルート空港に迎えに行くことを伝えた。

二日後、片野坂はベイルート空港で白澤の紹介によりエカテリーナ・クチンスカヤに会った。すでに警察庁警備局から送られてきた個人データでクチンスカヤのことは知っていた片野坂だったが、データよりもはるかに若々しく、整った美貌に圧倒されそうになった。

「初めまして。白澤の同僚の片野坂です。お忙しい中、東京都民の安全にご協力を賜り、東京都知事に成り代わりまして御礼申し上げます。貴国の幹部の方々にも衷心より感謝申しげます」

片野坂が挨拶をすると、クチンスカヤは魅力的な笑顔を見せながら、一旦、白澤に視線を移した後、片野坂に正対して言った。

「カヨコが言ったとおり、彼女を部下ではなく同僚とおっしゃったあなたに敬意を表します。同じ女性として嬉しいです」

「小さなセクションです。上下関係で仕事ができるものではありません」

片野坂が白澤に笑顔を向けると、クチンスカヤはため息をついて言った。

「二人は素晴らしい同僚愛で結ばれているのね。羨ましいわ」

「お互いの能力で支え合っているだけなのです。彼女の尽力がなければ、あなたに会うこともできませんでしたし、ロシアという、日本とは微妙な距離感がある国家のご好意を受けることもできなかったのですから」

「そういうことをサラッといえるあなたの能力に敬意を表します。ところで、さっそく仕事の話ですが、成功報酬に関して文書を交わしたいのです」

「もちろんです。　金額を指定してください。支払方法はチェックでも現金でも構いません。　現金はご希望の通貨をご用意させていただきます」

「アメリカドルキャッシュでお願いします」

「承知しました」

「今ダマスカス軍病院に入院中の女性をベイルート空港に連れ戻すまでの経費に加えて、シリア関係者に謝礼を支払う必要があります」

「当然です。戦闘地域専門のボディーガード九名とシリア国内で必要な完全防弾の装甲車三台も準備しております」

「移送手段は？」

「現在、日本国外務省とシリア当局との間で交渉が行われており、シリア軍が準備する大型ヘリで、ここベイルート空港とダマスカス空港を往復することになると思われます。これも、ひとえにあなたがロシア本国に連絡してくださった結果だと外務副大臣から聞いております」

「もうそこまで話ができているのね」

「私は東京都の職員として今回の拉致被害者の救出に関する仕事をしていますが、国家間の問題に関しては、当然ながら日本国の外務省も関わっています。できれば、あなたに副大臣と会っていただきたいのですが」

「外務省の副大臣は何人いるのですか？」

「二人です。その上席の副大臣がベイルートに来ています」

「わかりました。私もロシア外務省の職員としてお会いしましょう」

この時、クチンスカヤの目の奥が輝いたのを片野坂は感じ取っていた。

片野坂はクチンスカヤと白澤を投宿しているホテルに案内し、クチンスカヤはスイートルームにチェックインした。

緒方良亮外務副大臣との面談は、同じホテル内の緒方が投宿しているセミスイートの応接室で行われた。

クチンスカヤは日本国の外務副大臣が自分よりランクが低い部屋に投宿していることをすぐに察知した様子で、緒方との最初の挨拶でそれを口にした。

「上席副大臣よりもいい部屋を取っていただいたお心遣いに、心から感謝します。今回の案件を解決するための副大臣の姿勢が伝わってきました」

「今回の案件を何としても無事に解決したいのは日本国、さらには、首都東京都の意思でもあります。そして、今後、このような国際テロリズムを防ぐ方策を模索することこそ、日本国外務省の課題であると重く受け止めたいと思っています」

緒方の真摯な態度にクチンスカヤは好意を持った様子で、魅力ある笑顔を浮かべながら緒方に握手の手を差し出した。緒方もクチンスカヤの美貌に惹きつけられるかのように顔を赤らめて手を伸ばした。

「今回の案件に関しては私の友達のカヨコ・シラサワからのたっての依頼だったので、当初は個人的にお受けしたものです。そして母国もこれを認めてくれたのです。カヨコには相応の配慮をお願いします」

「もちろんです。彼女がいなければ、私自身がここまで来ることはなかったでしょうし、彼女の上司である片野坂君がフォローしてくれなければ、東京都からの依頼に応えることもできなかったかもしれません」

「それを聞いて安心しました。先ほど、ホテルの部屋から母国に連絡をしたところ、解放された女性はダマスカス軍病院での検査を終えて、軽度の感染症治療が行われているとのことでした。二日後には退院できる様子で、そのタイミングでダマスカス軍病院に迎えに行きたい旨を伝えましたが、それでよろしいですか？」

「ありがとうございます。ご高配を賜り感謝いたします。ダマスカス空港と軍病院間の移動には九人のボディーガードと三台の防弾装甲車を用意しています」

「ＶＩＰ待遇ですのね」

クチンスカヤが笑って言うと、緒方副大臣は真顔で応えた。

「何よりもあなたの身の安全が第一ですから」

会談が終わるとクチンスカヤが白澤を自室に招いた。

「すごい部屋」

白澤が室内を見回して唖然とした口調で言った。

「私もニューヨークのリッツやプラザのスイートを見たことはあるけど、これほどの部屋に入ったことはないわ。ベッドルームが三つもあるのよ。バスルームも三つ。リビングに応接室。ちょっと馬鹿げたシチュエーションだけど、それだけ大事な仕事を請け負った……ということなのね」

「おそらく、緒方副大臣の誠意の表れだと思うわ。東京都の予算では、副大臣が使っているセミスイートだって取れたかどうか……」

「それにしてもカヨコの行動力にはビックリさせられたわ」

「あれは全て上司の片野坂さんの指示なのよ」

「カタノサカ……素敵な人ね。深い洞察力を持っているような眼差し（まなざし）だったわ」

クチンスカヤが右手の人差し指を自分のこめかみに当てながら、やや首を傾げたポーズで言った。それを見た白澤が言った。

「とてもセクシーなポーズね。同性の私でもうっとりしてしまう」

「あら、そう？　ミスター・カタノサカの目を思い出していたからかしら」

「そういう対象になるの？」

「素敵な男性は皆、その対象だわ。カヨコはあんな人が上司にいて、そんな気持ちにならないの？」

「だって、上司だもの……」

そう答えた白澤だったが、知らず知らずのうちに頬を染めていた。

「ほらごらんなさい。あなただって心のどこかで彼を男として意識しているのよ。彼、独身でしょう？」

「えっ、どうしてわかるの？」

「わかるわよ。あれで既婚者だったら犯罪者よ。オーラがすごいんだもの。それにひきかえ、あの外務副大臣は優秀なんだろうけど政治家らしいギラギラした目をしている。『ここまで来ることはなかった』なんて、余計な言葉を平気で使うところに甘さがあるわね。日頃から周囲の者にチヤホヤされてきた結果ね。彼はいつか、あの自信過剰な態度で失敗するわよ」

クチンスカヤが予言者のように言った。白澤が訊ねた。

「うちの部付はどう？」

「ブヅキ？」

「片野坂さんのこと。部長直属のポジションだから、部付と言うの」

「人に付いているのか、組織に付いているのかわからないけれど、彼は敵と味方がはっきりしそうな感じね。彼の上にどれくらいの人がいるのかは知らないけれど、彼の能力を羨む上司に当たると、下手をすれば左遷させられることもあるかと思う。でも、彼ならきっと這い上がってくると思うわ。それだけの資質を持っている人だもの」

「資質か……確かにそうね。都の職員とはいえ、トップは政治家だものね」

「ううん。政治家なら彼は見事に使いこなすし、政治家も、あの副大臣同様、彼に頼ると思うわ。困るのは役人よ。これは日本だけではないの。世界中、役人というのは、まず保身が第一。忖度という言葉が日本では流行っているようだけど、忖度こそ保身の手段以外の何物でもない行政手続きだと思うわ」

　クチンスカヤは情報部門の人間らしく、最近では日本行政の恥部ともいえそうな、上級役人の身勝手な判断を的確に突いてきた。

「忖度に保身か……そういう上司はいるわね……。最後に苦しむのは下級役人だもの。うちの部付は決して下級役人ではないけれど、トップとも堂々と渡り合っているところが、私にはちょっと怖い気がする時もあるの」

「でも、カヨコ、あなたはラッキーだわ。ああいう人が上にいるから、ブリュッセルでも思い切った仕事ができるし、任せてもらえているのだと思うわ」

「そうね……自分でもラッキーだと思うわ。何の経験もない私を引き上げて下さったんだもの」

白澤は感慨深げに語った。

白澤が自室に戻ると、それを待っていたかのように片野坂が電話を寄越した。

「白澤さん。ちょっと仕事のお願いがあります。日本大使館までご一緒願えますか？」

「もちろんです。何か持っていくものはありますか？」

「いえ、向こうにあるパソコンを動かすだけですから」

片野坂はロビーで白澤と待ち合わせ、徒歩十分ほどの場所にある在ベイルート日本国大使館に向かった。

片野坂の指示は歩きながらだった。

「ここのホテルには盗聴装置は仕掛けられていないようですが、どこで、どういう形で情報が漏れるかわからないので、こうして歩きながら話します」

「中東の地にいるのだという実感が湧いてきました」

「誰も信じることができない場所だと思ってくださいね。大使館に着いたら、白澤さんにはハッカーとして動いていただきたいんです」

「どこのコンピューターがターゲットなのですか？」

「シリア国内の反政府勢力チームが保有するパソコンです。すでにIPアドレスも入手できています。バックドアも仕掛けられているようですが、そこを使わずに侵入していただきたいのです」

「バックドアが仕込まれたパソコンと言うと、すでに誰かがハッキングしている……ということなのですね？」

「モサドが仕掛けています」

「反政府勢力チームは気付いていないのですか？」

「おそらく、そこまでのゆとりがないのが実情だと思います。そのチームの参謀に、外務省職員の望月氏が就いている……という情報なのです」

「えっ？　どういうことですか？」

白澤は啞然とした顔つきになって片野坂の顔を見た。片野坂は表情を変えることなく答えた。

「おそらく、望月氏は捕虜、もしくは人質として生き延びるために、その道を選んだのだろうと思います。彼はジョンズ・ホプキンズ大学高等国際問題研究大学院で様々な戦略戦術を学んでいたようです。それを実践で活かしているのだろうと思います」

「戦闘の実践を行っている……ということなのですね」

「すでに政府軍からは恐れられる存在になっているようですが、素顔は明かしていないらしい。彼のコードネームは『バドル』です」

「バドル……どういう意味なのでしょう？」

「アラビア語で満月、つまり望月は満月の異称です」

「すると、ハンドルネームというか、コードネームはご自分でお付けになったのでしょうか」

「そうでしょうね」

「そうすると、反政府勢力の中でも実力というよりも、存在が認められた……ということになりますよね」

「そうですね……白澤さんの発想は面白いですね……私もそこまでは考えていなかった……これは日本人にしかわからない発想ですからね。そうか……望月氏は自ら自分の地位を獲得したんだな……」

片野坂は外務省の個人データで見た、長身で青白い顔をした学者風の男が、どのように変貌しているのかを想像していた。

白澤が訊ねた。

「部付、ハッキングできたとして、その先、何をすればいいのですか？」

「望月氏にしかわからない文章を『バドル』宛に送って欲しいのです」

「差出人不明の文書を望月氏に伝えてもらえるでしょうか？」

「そこを、彼らの指示文書に沿った形で送ってもらいたいのです」

「内容は？」

「『救出チームがダマスカスにいる』ということ、そして『片野坂に連絡せよ』と伝えてもらいたいのです」

「どういう文章がいいのでしょう？」

「日本人にしかわからない、伝言ゲームです」

「伝言ゲーム……ですか？」

「無線電話通信で使用する『和文通話表』を略してやりましょう」

「和文通話表」とは通話表の和文の一覧であり、無線局運用規則（昭和二十五年十一月三十日電波監理委員会規則第十七号）第十四条第三項において、「海上移動業務又は航空移動業務の無線電話通信において固有の名称、略符号、数字、つづりの複雑な語辞等を一字ずつ区切って送信する場合及び航空移動業務の航空交通管制に関する無線電話通信において数字を送信する場合は、別表第五号に定める通話表を使用しなければならない」と定められている。

「警察無線でも使う、あの『あさひのあ』ですか？」

「そう。『きって　ゆみや　うえの　しんぶん　ゆみや　つるかめ　しんぶんだくてん

ゆみや　おしまい　ひこうきだくてん』という感じです」

「救出準備……ですね。わかってくれるかしら」

「『つるかめ』が出てくれれば気付くと思いますよ。滅多に使わない言葉ですから」

「確かに……」

二人は在ベイルート日本国大使館に入ると警察庁出身の一等書記官室に入り、予め指定していたパソコンの前に座った。白澤は警察庁から指定された海外の五か所のサーバーを経由するハッキング専用回線をものの数分でプログラムした。本来ならば五つのサーバーを攻略するには一サーバーあたり五時間が目安になるが、警察庁が指定したサーバーは見事なトンネル現象を見せ、次々にサーバーの権限を取得して、その中を通り抜けていった。

それを見た片野坂が言った。

「最後のアクセスポイントをこのサーバーにして下さい」

「これは？」

「チャイニーズマフィアの武器輸出チームの専用回線です。反政府勢力チームと深くつながっているのです」

「そこまで調べていたのですか？」

「僕も最低限度のハッキングはできます。ただし、今回のような仲間の生命がかかった事態にはミスは許されません」

「わかりました」

白澤は素早く最後のサーバーの root を取得すると攻略から十数分で反政府勢力チームのパソコンに侵入した。

「たいしたものだな」

「アメリカで、部付や香川さんが肉体労働に明け暮れている間、私はこれに専念していましたから」

反政府勢力チームのパソコンの中を一つ一つ確認しながら白澤が言った。

「ここに指示文書のようなフォルダがありますが、私はまだ、いまいちアラビア語に強くないのです。部付、一緒に確認していただけますか？」

片野坂は即座に答えた。

「この二つ上のフォルダを開いてもらえますか？」

白澤が指示に沿ってフォルダを開くと、そこには英文が書かれていた。

「この文書をアラビア語に翻訳しているのでしょうね」

「どうして、それがわかったのですか？」

「パソコンのデスクトップの最後が翻訳ソフトのショートカットでしたから、外国語の文書があると思ったのです」

「さすがだな……私はそこまで気づきませんでした」

「ハッキングしながら確認するのは大変でしょう。岡目八目と言いますが、傍から見ていた方がわかるものですよ。そこにローマ字文書を送ってみてください。相手がどのような反応をするのか確認したいと思います」

白澤は片野坂の言うとおりの文章を打った。

「さて、どう出るかな」

間もなく、パソコンに届いた文書を反政府勢力チームの担当者が翻訳ソフトに落とす動作が確認できた。これらの反政府勢力チームのパソコン動作の確認はリモートアシスタンス画面を見るように容易だった。リモートアシスタンスとは、Windows の遠隔操作機能の一つで、操作の補助やトラブルの解決のため、遠隔地のパソコンと画面を共有して操作してもらうことができる機能のことをいう。

「アラビア語にして意味が伝わるのかな……」

アラビア語に翻訳された文章を見ながら片野坂が呟いた。

「部付、原文のままプリントアウトしているようです」

「そのまま望月氏に届けてくれればいいんですが……」

約三時間、この指示文書に関しては何の反応もなかった。

すると、指示文書に対する回答文が和文通話表に沿ってメモ帳に打たれ始めた。

「せかいだくてん　おしまい　ふじさんだくてん　りんご　よしの　うえの　かわせ　いろは」

「全部了解か。やりましたね。このメモ帳にこちらから打ち込んでみましょう」

「和文通話表を使いますか？」

「もちろんです。傍で誰が見ているかわかりませんから」

「あさひ　さくら　つるかめ　てがみ　たばこだくてん　まっち　すずめ　かわせ　すずめ　いろは　りんご　くらぶ　うえの　こども　うえの　てがみだくてん　まっち　てがみ」

「しんぶんだくてん　かわせ　おしまい」

「こどもだくてん　こどもだくてん　さくら　おしまい　しんぶんだくてん」

「せかいだくてん　おしまい　ふじさんだくてん　りんご　よしの　うえの　かわせ　いろは」

「いろは　しんぶんだくてん　よしの　うえの」

間もなくメモ帳の文字が全て消去された。

白澤が心配そうな顔つきになって片野坂に訊ねた。

「大丈夫でしょうか？」

片野坂は厳しい顔つきのまま答えた。

「向こうの状況がわからないから何とも言えませんが、しばらく、このまま、この画面を見守るとしましょう。何か動きがあれば、このパソコンの通信手段を使ってくるはずです」

「彼らの指示文書はエンクリプションされている部分と、オブファスケーションされている部分に分かれています。どういう意味があるのでしょうか？」

「エンクリプションは暗号化、オブファスケーションは難読化ですから、外部に対して前者、内部では後者を使い分けているのではないかな」

暗号化（encryption）とは、正規の権限のない人がデータを読めないように、元の状態が簡単に推定できないよう一定の計算手順に基づいて変換することをいう。データを保存、あるいは伝送する際に、第三者に盗み見られたり改竄(かいざん)されたりしないために行われている。

一般的に暗号化と呼ばれる手法は、伝達・保存したいデータと、暗号鍵と呼ばれる秘密の符号を組み合わせて、一見すると意味が分からない暗号文に置き換える方式が多い。暗号文を元の文書に戻す処理を「復号」と呼ぶ。

他方、暗号鍵を用いずにデータを一定の手順で乱雑化する方式や、コンピュータープログラムのソースコードなどを第三者が容易に読み下せない形式に変換する「難読化」（obfuscation）という手法もあるが、こちらも慣用的に暗号化と呼ばれることがある。

「部付の知識は素人ではないですね」

「私も一応、ＦＢＩで修業していますからね。基本だけは学んでいるのですよ」

「全然、基本だけではありません」

白澤がため息をつきながら片野坂の顔を見ていた。

二時間後、難読化された文書がこのパソコンから発信された。

「部付、内部向けの文書が発信されました」

「過去の指示文書との比較を日本の警視庁にあるビッグデータで分析してみましょう。暗号化文書と直近の難読化文書も比較してみましょう」

いくつかの文書をピックアップすると、警視庁スタイルに暗号化したものを仮想ディスクに入れて警視庁総務部情報管理課開発企画に送信して電話を入れた。

「山根（やまね）さん、今、仮想ディスクに暗号化文書を入れています。英語とアラビア語の記載ですので、比較照合して、最後の文書を翻訳していただきたいのです」

「片野坂さんは今、どちらにいらっしゃるのですか？」

「今、中東レバノンのベイルートに来ています」

「ベイルート？　安全な場所なんですか？」

「一応、大使館にいますから、この文書は大丈夫です」

「安全というのは、文書ではなくて、片野坂さんの身体のことです」

「明後日にはシリアのダマスカスに入りますから、どうなることやら……です」

「止めて下さい。そんな危険なことは。娘が泣いてしまいます」

「千佳ちゃんを泣かせるようなことはしませんよ。レバノンの糸杉で作った人形をお土産に持って帰ります」

山根駿介管理官はハイテク犯罪捜査のために、一般人から警部補として採用した特別捜査官で、その後、昇任試験に合格して警視まで昇ってきたコンピューターのプロだった。

片野坂とは公安部内でFBIスタイルのシステム開発を一緒に進めた仲で、山根の自宅にも遊びに行くような関係だった。

二十分後、山根管理官からメールが届いた。

「明後日の午後三時、反政府勢力がダマスカス空港に入るようだ。望月氏が指示を出している」

片野坂の言葉に白澤が驚いた声で訊ねた。

「指示を出す立場になっているのですか？」

「シリア国内のISILが壊滅状態になった以上、反政府勢力は宗教的にも戦闘的にも強い指導力を持つ者をリーダーに選ぶしかない状態なんでしょう」

「ダマスカス空港で戦闘が起きてしまうと、私たちも身動きが取れなくなってしまうのではないですか？」

「おそらく陽動作戦を取って来るに違いありません。そのタイミングで彼を救出してベイルートまで脱出することになるでしょう」

「上手くいくでしょうか？」

「いくようにしなきゃならない。おそらく、断続的に望月氏から連絡が入るはずです。先ほどのメモ帳画面を常時チェックできるようにしておいてもらえますか？」

「メモ帳が開かれた段階でアラームを鳴らして、部付のスマホに転送するようにプログラムしておきましょうか？」

「私のスマホではなく、別のスマホを用意します。後々、追跡されてしまうことも考えておかなければなりません。一等書記官に準備させましょう」

「このパソコンは大丈夫なのですか？」

「これはドバイのエアポート近くにあるジャンクショップで買ってきたものですから、元の所有者は全くわかりません。向こうの金持ちは、新しいものが出るとすぐにハードディスクもそのままにして古いものを捨ててしまうんです。たまに、重要なデータが残ったパソコンも転がっているようですよ」

「初めから、こういうことも想定していたのですか？」

「日本国のものや、自分のパソコンをハッキングに使うほど馬鹿じゃありませんよ。このパソコンも、一応、内部にスパイチップが入っていないかどうかだけは確認しました」

「すごいなあ。部付は常に危機管理を考えていらっしゃるのですね」

「それは基本中の基本です。白澤さんも帰りにドバイ経由でいくつかパソコンを買って帰るといいかもしれませんよ。宝の山に当たるかもしれません」

「そうしてみます」

そう言いながら、白澤の手はプログラマーのように、ターミナルと呼ばれる黒い画面、DOSプロンプトの画面で操作を続けていた。

「よくそれだけの技術を身に付けたものですね」

片野坂が言うと、白澤は手を止めずに応えた。

「部付だって、よくやっていらっしゃるじゃないですか?」

「私は目が疲れた時に『左alt+左Shift+PrintScreen』の動作で白黒反転画面にしているだけですよ。ターミナルを使えるほど勉強はしていません」

「ご冗談ばっかり。部付が以前組んだシステムを情報管理課で見せていただいたことがあります。あれだけのリレーションシップを組むなんて、素人には無理な話です」

「ああ、あのシステムね……プロに教えてもらいながらやっただけですよ。私はこういうものを作りたい……と言っただけですからね」

「それにしても何事にも深く広くですね。部付は」

「そうでもないんですけどね……」

片野坂は言葉を濁すように答えた。

白澤を部屋に残して片野坂は一等書記官の常光真哉警視正と別室に入った。常光は年次では片野坂の二期下だった。

「片野坂さん。今回は国交問題もある中で外務副大臣にご同行とは大変な役回り、さすがだと思っています」

「緒方副大臣をネゴシエーターに推したのが僕だったから、仕方ないと言えば仕方ない役回りだな。ところで安いスマホを一台、調達してもらいたいんだ。できれば中国製のHuawei あたりがあればありがたいんだが」

「Huawei ならばすぐに手に入ると思いますよ。最近ではアメリカやEU主要諸国のHuawei 離れがひどいので、中東でもだぶついています」

「中東でもそういう状況になっているのか……」

「中国はどうするつもりなんでしょうね」

「一帯一路がフリーズしてしまっているからな。何と言ってもゴール地点がこのざまだ」

「一帯一路のゴール地点は古代シルクロード同様、アンティオキアなのですか？」

「それが習近平の理想だろうな。アンティオキア、現在はトルコのハタイ県の県庁所在地になっているが、元々はシリアの都市だからね。しかも古代シルクロードのスタート地点という歴史がある都市だ。第一次世界大戦後フランス委任統治領シリアに編入されたが、トルコ系住民がシリアからの分離運動を起こしてトルコ共和国に編入された経緯がある。トルコではアンタキヤと呼ばれる街だね。しかし、中国は現在のシリアを通らずにトルコへのルートを取らざるを得ない状況になっているから、シリアとの国境線を迂回(うかい)して地中海に出ることをためらっているのだろうな」

「一帯一路構想がフリーズしている最大の理由は、やはり米中経済問題ですか？」

「それが大きいのは事実だが、最近、ＥＵ主要諸国も指摘するようになった中国による『債務の罠(わな)』のせいではないかな」

債務の罠とは、国際援助などの多額の債務によって債務国の政策や外交等が債権国によってさまざまな形で拘束される状態をいう。その原因は債務国側の放漫な財政政策や政策投資など国家経営能力の乏しさであるが、債権国として過剰な債務を通じて債務国を実質的な支配下に置くのは中国が得意としている国家乗っ取りの一手法である。

「アフリカ諸国の多くがやられていますからね」

「その最大のターゲットとなったのがジブチだね。ジブチは、ゲレ大統領が独裁体制を敷く中継貿易国家だ。日本の自衛隊や中国人民解放軍にとって初の海外基地が存在している国だが、二〇一六年時点で対外債務の八十二パーセントが対中国になっている。アメリカのボルトン前国家安全保障問題担当大統領補佐官は『債務の罠』の象徴的な国の一つとしてジブチを挙げたほどだからね」

「ボルトン……ですか……。超過激な男ですよね。オバマ前大統領が現職の大統領として初めて、原子爆弾が投下された世界初の都市である広島を訪問して核兵器の廃絶を訴えた時に、『オバマ氏の恥ずべき謝罪ツアーが広島に到着した』と言ったくらいですから」

「ボルトンは僕が留学したイェール大学を最優等（summa cum laude）で卒業しているんだけど、イェール大学は学内に多くの排他的な秘密結社が存在することでも知られている。彼の原爆に関する発言で最も有名なのは、『ウィンストン・チャーチルは、日本本土に侵攻するとアメリカ人が流血することになると言っていました。そうならないようにするために、トルーマンは原爆投下を命じたのです。それは正しい判断でした。ロナルド・レーガンが広島に行っていたとしたら、そう主張したでしょう』というものかな。彼は国連も嫌いだからね。その点だけは僕とも一致するんだけど……」

片野坂が笑って言うと、常光が驚いた顔つきになって訊ねた。

「国連が嫌いなのですか？」

「いまだに、第二次世界大戦の影を引きずって、戦争当時に存在していなかった中華人民共和国やロシア共和国という途上国に拒否権を与えている組織を誰が信用するんだ？」

片野坂の強い口調に常光は黙るしかなかった。

常光がスマホを買いに大使館を出ると、片野坂は再び一等書記官室に入った。

「何か動きはありますか？」

「まだ、メモ帳には何も変化はありませんが、指示文書にはいくつかのやり取りが認められます。その中で一件だけ、中国から届いた英語の文面が気になります」

「どういう内容ですか？」

「これです」

白澤がプリントアウトしていた英文の指示文書を驚くべきスピードで読んだ片野坂が呟くように言った。

「すでに、ロシア経由で中国に今回の連れ去り被害者の件が伝わっている……」

「クチンスカヤに相談したことがいけなかったのでしょうか？」

「それはそれでいいのですが、内容があまりにストレートにチャイニーズマフィアの下に伝わってしまっているのが気に入らないんです。中国政府に伝わっているのか、それともマフィア同士の連絡網によるものなのか……」

「マフィア同士……ですか？」

「中国政府がチャイニーズマフィアに流す必要性は感じられないのです」

「言われてみればそうですよね。今回の拉致問題に中国政府が関わっているとは考えにくいですものね……」

白澤も首を傾げていた。すると片野坂が驚くべきことを言った。

「ちょっとトラップを掛けてみますか」

「トラップですか？」

「獅子身中の虫探しですね。国際テロリズムとつながっている組織に対して情報を流しているわけですから、情報担当としてはどこからの情報か明らかにしておきたいのです。しかも、事と次第によっては、明後日、望月氏がダマスカス空港に来ることができなくなる可能性もありますからね」

「確かにそうですね。どういうトラップを仕掛けますか？」

「『ダマスカス空港での銃撃戦は国際問題になりかねない。被害女性の救出にはアメリカ大統領の支援者であり、民間軍事会社の元アメリカ海軍特殊部隊ＳＥＡＬｓの幹部が同行する。彼は中国政府系の中国中信集団公司の警備・流通会社フロンティア・サービス・グループの役員を兼ねている』と流してみて下さい」

「これって、本当のことなんですか？」

「まんざら嘘ではないところが面白いんです。それで反応を見てみましょう。もし、この文書を望月氏が見ることができれば、次の一手を必ず打ってくるはずです」

「次の一手……ですか？」

「敵の装備品を確認しにくるでしょう。中東で最も活躍したのは正規の米軍ではなく、民間軍事会社の傭兵たちですからね」

「そうだったのですか……」

白澤の手は条件反射のようにタイピングを始めた。

# 第五章　日本国内のターゲット

その頃、香川は日本、韓国、中国を独自の判断で飛び回っていた。

「新幹線を狙うとはふてえ野郎だ」

香川は早くから日本の新幹線の安全神話を危惧する立場だった。特に東海道新幹線は完全な通勤電車となっており、セキュリティに関しては皆無といっていい状態が続いていたからだ。

上海に着いた香川は在日中国人ヤクザでありながら、香川の協力者として警察庁に本部登録している周浩宇（チョウハオユー）が運転する真っ赤なボルボのステーションワゴンで寧波市に向かった。

「俺も昔はボルボが好きで『ボルボがあれば免許もいらない』と言ってた時代があったよ」

「世界一安全な車……と言われていましたからね」

「確かにな、ところが今じゃ中国の吉利（ジーリー）汽車の親会社である浙江吉利控股（こうこ）集団が完全生産しているんだからな。年増のばあさんが整形したみたいで、全く魅力がなくなってしまったよ」

「単なる中国嫌いですか？」

「いや、ボルボがフォードに売られた時から気に入らなかった。スウェーデンも一緒に嫌いになった」

「もの凄い思い入れですね」

「あの当時の箱型の真っ赤なステーションワゴンは他にはなかったからな」

「今でもステーションワゴンは中国国内でも人気があるみたいですよ」

「中国国内のことなんてどうでもいい。それよりも、この国の運転マナーはなんとかならないのか。街中ではクラクションがうるさいし、高速に乗ればウインカーも付けずに直前で車線変更する」

「まだ文明国になっていない中、道具だけは最新になっていくわけで、技術に人間が追い付けないのです。四十年前の日本と同じですよ」

周が笑いながら言った。

「そう言われてしまうと何も言えなくなってしまうが、これが世界第二位のＧＤＰ国かと思うと情けないな」

「しかし、中国がなければ世界の先進国の今の発展はなかったと思いますよ。中国人の安い労働力を活用することで、企業が発展してきたのですから。そろそろ、中国人にもおいしい思いをさせてくれてもいい時期なんじゃないですか？」

「中国人……と言うなよ。中国共産党員の皆さん……だろう？」

「まあ、そうですね。共産主義国家というのは大多数の労働者のおかげで成り立っているのですから。十三億人もの労働者が食っていけるようにしなければならない共産党員も大変なんです」

「まあ、共産主義でなければこの国は統治できないのかもしれないが、いくら伸びしろが大きいと言っても、この繁栄がいつまで続くか……だな」

「中国人が全員裕福になってしまったら、世界中の食料が不足してしまいます。最近、日本の食卓から秋刀魚(さんま)やイカが消えてしまったでしょう」

「お前たちは、資源の保護ということを知らないからだ」

「それは日本人だって同じでしょう。特に漁業に関しては、日本人漁師だって乱獲を続けてきたじゃないですか？　カニやニシンなんてのもいい例でしょう？」

「まあな。一般の漁師というのはそういうものだからな……」

香川が言葉を濁しているうちに車は杭州湾にさしかかった。海上に水平線に消えてしまいそうなほど長い杭州湾海上大橋が見えてきた。

「なんちゅう長さだ。以前、アメリカのキーウエストに行った時に渡った橋には感動したし、ニューオーリンズにある何とか言う当時世界一の長さの橋を見た時にも感動はしたが、これはすごいなあ」

「杭州湾を横断して寧波と上海を結んでいる、この橋は海上橋としては世界第三位の長さを誇っているんです。中国の橋梁建設技術は世界でも群を抜いていますからね」

「全長三万五千六百七十三メートルか……」

「この橋の完成によって上海から寧波への路程が三百二十キロメートル短縮されたんです。寧波港はこの橋のおかげで年間貨物取扱量が世界一の港になりましたし、中国国内有数の工業都市に成長したんですよ」

「年間貨物取扱量が世界一？　そんなに大きな都市になっていたのか……かつて豊臣秀吉が中国征服の後は自らの居を寧波に構えようと考えていた……という話は有名ではあるが……」

「そんな話は初めて聞きました」

「寧波市は日本の島根県にある益田市と友好交流都市として提携しているんだが、この益田市は、画聖と神格化された雪舟の終焉の地とされている。雪舟は遣明船で明へ渡航して約二年間、寧波ほか各地を廻り、本格的な水墨画に触れた。中国大陸の自然に雪舟は深く影響された、と伝えられているんだ」

「何でもよくご存じで……」

「もう一つ、この益田市に空港があるんだが、ここで採れるはちみつが実に美味(うま)いんだ。日本唯一の空港蜂蜜だな」

「それだけ飛行機が飛んでいない……ということなんじゃないですか？」

「環境に配慮した空港……ということだ」

「そういう意味でしたか……」

周の呆れた顔を気にも留めず、香川は四方を見回して唸った。

「それにしても、でかい橋だな……時速百キロで十五分走っても、まだ橋の上だからな」

「中国にはこれよりも長い橋が、あと二つあるんです。一番長いのは去年できた港珠澳(こうじゅおう)大橋、広東省の珠海市と香港、マカオを結ぶ橋で、全長約五十五キロメートルの世界最長の海上橋なんですよ」

「そうか……中国は何もかもでかいな……日本には五十五キロもの橋を架ける場所がないからな……それも香港とマカオを結ぶ……という発想もすごい。橋は街と街、人と人をつなぐからな」

「香川さんにしてはいいことを言いますね」

『しては』……は余計なんだよ。ところで、寧波はどうしてそんなに急速に栄えたんだ？」

「石油化学製品でしょうね。寧波市の突端部分でスッポンの頭のような形をしたところが北侖区なんですが、ここには日本を始めとして多くの国のプラスチック機械メーカーが進出していますよ」

「そうなのか……」

寧波市は広東省東莞市と並んで中国最大の射出成形機生産地であり、関連の部品メーカーを含め多くの企業がこの地域に集まっている。プラスチック素材を熱で溶かし、金型に流し込んで成形する機械を射出成形機といい、素材を溶かし（溶融）、型に流し込み（射出・成形）、固める（冷却）、取り出すといった工程を一台で処理することができる工作機械である。さらに、ここで造られる射出成形機によって生産されるプラスチック製品の多くは、スマホやパソコンの本体等に用いられている。

車がようやく橋を渡りきり、寧波市内に入った。

「中国の海岸沿いは本当に進歩しているな……」

「海岸沿い……ですか……。ま、確かに四川省あたりと比べると格差は激しいですね」

「大気汚染の格差はもっと激しいんだろう？」

「向こうは空気が逃げませんから仕方ないですね」

「よくあんな天然の強制収容所のようなところで暮らしていけるものだと、驚き以前に感心してしまうよ」

香川が皮肉を込めて言っているのが周には全く通じていない様子だった。

「生まれながらにして、ああいう環境に育っていれば、それが普通だと思ってしまうのでしょう」

「その迷惑を日本が受けているなんて、四川の住民は思いもしないだろうな」

「PM2・5のことですか？」

「ああ。それが最近は黄砂と合体して余計タチの悪い物質に変化しているんだからな」

「タクラマカン砂漠の黄砂と煤煙の合体……しかし、東京はそうでもないでしょう？」

「東京は山に囲まれているからいいんだが、九州の福岡なんて、あれだけ中国人を受け入れていながら、大気汚染まで受け入れさせられているんだ。気の毒で仕方がない」

「香川さんは福岡にも行かれているんですか？」

「ああ。博多はいい街だ。福岡も……だけどな」

「福岡と博多はどう違うんですか？　空港は福岡でJRは博多。わかりにくいですよね。船が着くところも博多港の埠頭ですからね」

香川が笑いながら答えた。

「地理的に言えば福岡市の中に博多があるんだが、福岡市の中心を流れる川があってな、その西側がかつてのサムライの街の福岡、東側が町人の街の博多に分かれていたそうだ。そして、その川の河口付近に自然にできた中洲が、九州一の歓楽街になっている『中洲』……というわけだ」

「そういう歴史があったのですか……それにしては、空港は川の東側にあるのに博多ではなくて福岡ですね」

「あれは福岡市にあるからいいんだ。昔は米軍基地になっていたところだから、英語で通じる地名を使った名残なんだろう。ところで、なんでお前が福岡の地理まで知っているんだ？」

「仲間が多いんですよ。福岡は地理的にも近いじゃないですか。大昔にはフビライ・ハンが襲撃して二度も負けていますからね」

「元寇か……当時の朝鮮の王朝はそれに手を貸したのに、今じゃすっかりその時の犯罪行為を忘れていて、近代の日本による併合ばかりを問題にしやがるから、頭にきているんだ。その元凶は元のフビライだけどな」

「時代が違いますよ。当時のアジア人は野蛮人でしたからね。教育のキの字も受けていない連中ばかりでした」

周の言葉に香川は苦笑いをして言った。

「まあ、お前の国の連中も、昔は殺した敵の肉を切り刻んだうえに塩漬けにして、それをさらに噛みしめ、地面に吐き出して踏みつけるような国民性だったわけだからな。まだ、それが残っているんだろう」

「そんな話は聞いたことがないですよ」

「バカ。これは孔子のエピソードの中にも出てくる。孔子は塩漬け肉を喰うのが好きだったようだが、弟子で孔門十哲の一人である子路が塩漬けにされる醢の刑になった時、家にあった塩漬け肉を全て捨てさせた……という逸話が残っているほどだ」

「本当ですか？」

「なんなら調べてみろ。それよりも、ここに拠点を置くチャイニーズマフィアが中東の犯罪組織やイスラム原理主義者たちとつながっているということだが……」

「金の出所が明らかではないのですが、これまでの覚醒剤や麻薬等の売買による利益ではなく、様々な反アメリカ活動を行うことによって金を得ているようなのです」

「マフィアが国家戦略に加担している……ということなのか？　今までそんな話は聞いたことがないぞ」

「チャイニーズマフィアはこれまでアメリカや日本のような先進国に薬物等を売って稼いでいましたが、今は中国製武器と一緒に薬物も中東に送っているのです」

「中東に薬物か……」

「ＩＳＩＬがかつて多くの自爆テロを起こした背景には、自爆要員を覚醒剤を始めとした薬物漬けにして洗脳していたという事情がありました」

「日本でも、オウム真理教が同じようなことをイニシエーションと称してやっていたが……」

「過激な宗教というのは教義だけで信者を納得させることは難しいのです。それでも信者がついてくるには、理想の実現に向けて何らかのプラスアルファが必要なのです」

「それで薬……というのはあまりに短絡的ではないのか？」

「アフガニスタンでもそうなのですが、彼らは国内で仕事もなければ、食料さえ確保できないのです。女の子は売買の対象として五歳になるまでは大事に育てられますが、男の子が現金を稼ぐにはイスラム原理主義者としてテロ組織に入るしかないのです」

「まだ子どもの売買は行われているのか？」

「アフガニスタンの児童婚比率は三十三パーセントにものぼります。三人に一人が児童婚ですよ。五歳になれば児童婚の対象になるのです。五歳まで生き残る確率が五割ほどだそうですから、生命力があるとみなされるのでしょう」

「児童婚とはいえ、実質的には人身売買だろう？」

「はい。一人四十万円が現在の相場のようです。十歳の男の子がごみの中からアルミ缶等を探して一日中働いても百円にもならないのですから、四十万円という金額がどれほど大きいかがわかります」

「五歳児と結婚か……ほとんど病気だな」

「しかし、中東の中でも戦闘地域にある国や、アフリカ諸国ではまだまだ残されている風習です。教育というものができていないのですから仕方ありません。特に女性の多くは教育を受けていませんから、父親を戦争で亡くした母親が子どもを売るのは当たり前の生き方になってしまうのです」

「確かに、アフリカではそのような現実があることは知っていたが、中東でもそうなのか……それは法律や宗教上の違反にはならないのか？」

「規制する法も宗教上の教義もないようですね」

「どうしようもないな……」

香川が憮然とした顔つきで言った。周はそれを見て言った。

「そういう現実ですから、本来なら戦争はするべきではないのでしょうが、イスラム原理主義者には戦争しか生き残る手段がないのです。そして政府にもまた戦争を止めようとする動きがありません。そしてこれを大国がバックアップしているのですから、いつまで経っても中東やアフリカは戦闘地域のままなのです」

「しかし中国はそんな貧しい国家に対して必要以上の金を貸し付けて債務の罠にかけているんじゃないのか」

「借金というのは需要と供給のバランスの上に成り立っているんです。こちらがいくら貸そうと、選ぶのは借りる方ですから、『罠』という言葉を使うのは、借り手に失礼なのではないですか？　知慮浅薄な人を騙すような悪質な詐欺行為ではないのですから」

「知慮浅薄か……確かに一個人に対する金貸しではないが、中国は一帯一路構想を強引に進めていこうとする中で、インフラに投資を集中させる傾向が強いだろう。その結果として途上国を政治的影響力の下に置くようになっているじゃないか。これを『借金漬け外交』と呼ばずして何と呼ぶ？」

「それは債務国側の放漫な財政運営や政策投資などモラル・ハザードの問題でしょう。債権国がとやかく言われる問題ではないと思いますよ」

「その程度の国家であることを知って金を貸している……というのが『質の高いインフラ投資に関するG20原則』だ。いわゆるプリンシパル＝エージェント問題だな」

「何ですか？　それは……」

「使用者と被用者の関係の中で起きる問題のことだ。Aが自らの利益のための労務の実施を、Bに委任するとしよう。このとき、Aをプリンシパル（principal、依頼人、本人）、Bをエージェント（agent、代理人）と呼ぶ。Aを中国、Bを債務国とした場合、債務国が誠実に職務を遂行しているか否かを逐一監視するには、中国は多大な労力を払わねばならない。これはいわゆるエージェンシー・スラック（agency slack）というものだな。そうかと言って、これを放置しておくと債務国は中国の利益のための労務の実施を放棄してしまう虞（おそれ）がある。なぜなら、労働者はその原資がどこから出ているのか知らないからだ。借りた金を返さなければならないのは国家であって国民ではない……という、教育を受けていない国民の現状に行きついてしまう」

「しかし、債権国、債務国の関係というのは、金を相手国にくれてやるわけじゃなくて、貸してやるんだから、借り手としてもしっかりしてもらわなければならないんですよね」

「しかし、中国は大国だからな。周囲の目が厳しくても仕方がない」

「そういうものなんでしょうね。共産主義国家の悲しい性（さが）のようなものですね」

「まあ、仕方がないな。アメリカとタイマン張って勝負できる国は中国しかないんだから」

「アメリカと本気で戦う気なんて本当にあるんでしょうかね。国力の差は歴然としていると思うんですけどね」

「それは俺も学生時代から感じていたよ。初めてアメリカに行った時、こんな国と戦争をしようと考えた愚かな先達と、これに惑わされた当時のマスコミや日本国民を心の底から情けなく思ったものだ」

本音を話し合っているうちに二人は目的の場所に着いた。

「まるで要塞だな……」

寧波市の中心部にあるマフィアの本拠地だった。高さ三メートル、厚さ三十センチメートルの塀に五十メートル四方の土地が囲まれている。塀には十二台の監視カメラが取り付けられ、死角はなさそうだった。門は二か所で、ここにも監視カメラがある。建物は鉄筋コンクリート四階建てである。全ての窓には防弾ガラスが取り付けられているようだった。

「現在、この場所をうちらも二十四時間態勢で視察しているんです」

周が笑いながら言った。

「公安部の真似事でもしているつもりなのか？」

「公安部ほど厳重ではありません。公の出入り口は二か所しかないのですが、この地面の下に三か所のトンネルが掘ってあって、それぞれの出口に当たるビルも監視しています。ここのシンジケートで海外との窓口を担当している連中はトンネル経由で本部事務所に入っているんです」

「ほう。そこまで調べたのか？」

「この建物の工事を請け負った設計士と建設会社から建物の設計図面を入手したんですよ」

「確かに公安部と同じ手法だな」

香川が笑った。

「そのやり方を教えてくれたのは香川さんですよ。日本の反体制組織の拠点の設計図を入手した手口を使わせてもらいました」

「工事中にコンクリートの中に盗聴器を入れるところまではできなかったわけだな」

「もう少し情報を早く取って動いていればできたんですが、残念ながらそこまでは手が回りませんでした」

「中東担当は何人くらいいるんだ？」

「うちらが把握しているだけで五人はいます。そのうち四人は上海からドバイに行くのですが、一人だけ必ず香港経由でエミレーツ航空のファーストクラスを利用して行く野郎がいるんです」

「そいつは相当な幹部なんだろう」

「そのはずなんですが、そいつのはっきりした人定は取れていないんです」

「香港国際空港の出入国担当者に鼻薬をかがせてやればパスポート情報なんてすぐに入手できるだろう？」

「香川さん、香港国際空港の年間乗降者数は約七千万人で、ドバイ国際空港、ロンドンのヒースロー空港に次ぐ世界第三位、貨物取扱量に関しては世界第一位という、世界屈指の規模を誇っているんですよ。その中から一人を抽出するなんてとんでもない作業でしょう」

「何を言っているんだ。俺が上海浦東国際空港で入国審査を終わった段階で、すぐに公安の係員が尾行を始めたんだぜ。ＩＴを馬鹿にしちゃいかんぜよ」

「どうしてそこで坂本龍馬になるんですか？　確かにコンピューター端末を上手く使えばできるのかもしれませんが……。ところで、浦東で付いた公安の連中はどうしたんですか？」

「お前に会う前に消毒しておいたよ。二人組だが本格的な訓練を受けた連中じゃなかったな。ただし、監視カメラの目だけは避けなければならなかったから、変装して服と靴はトイレに捨ててきたんだ」

「中国の監視カメラと画像認証システムは優れているようですよ。大丈夫ですか？」

「大丈夫だろう。現に、ここまで誰も追ってこない。落とした二人組だって、自分の首がかかっているんだ。そうそうまともには上司に報告しないだろう」

「そうだといいんですが……」

「まあ、その時はその時だ。ところで、香港国際空港だけでなく、最終到着地の空港職員に小銭を渡すだけでパスポート情報なんてすぐに取れるはずだぜ。どうせドバイ国際空港でトランジットして目的地に入るんだろう？」

「それはそうですが、そこまでするほど、うちらにはメリットはありませんから……」

周の言葉を聞いて香川は「そうかもしれない……」と思ったのか、頷いて訊ねた。

「そいつの顔写真はあるのか？」

「数十枚あります」

「最終渡航地はどこなんだ？」

「ベイルートと聞いています」

「なんだ、そこまでわかっているのか？」

「上海から香港までは国内線を使いますから、写真をとることはできます。ただ、国内線に乗る時の名前は偽名でもなんでも構いませんから……」

「それはどこの国でも同じだな。外国人でない限りパスポートの提示義務はないからな。そいつの写真を何枚か貸してくれ。こちらで調べてみる」

「そんなことができるんですか？」

「やってみなきゃわからんだろう」

香川は周の頭を軽く四回ノックしながら「ハロー　ハロー　エニバディ　ホーム？」と言って笑った。「お前の頭は空っぽか？」という意味である。

周は苦笑いをしながらパソコンを取り出して男の写真を四、五枚抽出した。

香川はそれを自分のＵＳＢに落とすと、直ちに片野坂宛に送信した。

「ところで、中国でドローンの生産を行っているＤＪＩ（大疆創新科技有限公司）は深圳だったよな」

「今や世界のドローンの七割を生産している会社ですよ」

「そうだな。スウェーデンのカメラメーカー、ハッセルブラッドを買収したくらいだからな。俺の親父はハッセルブラッドのカメラで記念写真を撮るのが自慢だったが、今頃、草葉の陰で涙を流していることだろう」

「そんなに有名なカメラメーカーだったのですか?」

「『地球の出』や『ザ・ブルー・マーブル』といった世界的に有名なアポロ計画に関する写真はすべてハッセルブラッドで撮られているんだ。どちらも宇宙からの地球をとらえたもので、後者は地球環境問題でいまだによく使われる写真だ」

「相変わらずの博学ですね。しかも、ボルボに続いてハッセルブラッドまでスウェーデン製だったとは……香川さんはますますスウェーデン嫌いになってしまうのかもしれませんね」

「『ハクガク』は薄い学問の方か? スウェーデンにはもともとあまりいい印象は持ち合わせていなかったからな。俺が学生の頃は、スウェーデンと言えばフリーセックスの国……という印象だけだった。それよりも、DJIのドローンが中東のテロ組織ISILに利用されていることを受けて、イラクとシリアの紛争地帯をGPSで飛行禁止空域にする措置をとったことを知っているか?」

「DJIの民生用ドローンは安価で手に入ることから、中東では非正規武装勢力による爆発物の投下などに使われていることは報じられていますよ」

「もともと、ドローンは第二次世界大戦中にフランスで軍用ドローンとして開発されたものだが、いまや、先端技術を持つイスラエルでも正規軍の国防軍がＤＪＩ製品を大量に導入して、暴動鎮圧の目的で催涙弾の投下に使っている」

「サウジアラビアの石油施設を破壊したのもドローンでしたが、あれもＤＪＩの製品だったのですか？」

「そこまでは知らない。可能性は高いだろうがな」

「ドローンの操縦は子どもの方が巧いようですね。中東のＩＳＩＬやイスラム原理主義の連中も子どもに競わせながらドローンの操縦技術を高めている……という話を聞いたことがあります」

「ほう、よく知っているな。どこで聞いた話だ？」

「深圳のＤＪＩで担当者が顔をしかめながらも、内心は嬉しそうに言っていましたよ。中東の戦闘地域で男の子が役に立つのは、自爆テロかドローンの操縦だと言っていた男もいましたよ」

「どこで……だ」

「それも、深圳のＤＪＩに買い付けに来ていたアラブ人です」

「そうか……」

大きなため息をついた香川は、世界的な軍事用ドローン開発競争に歯止めがかからない現状を危惧しながらも、在日のヤクザでありながら上海マフィアの幹部を兼務している周の情報量に驚いて訊ねた。

「そのドローンを買い付けに来ていたアラブ人というのは、どんな風体だったんだ？」

「衣服は高級で、仲間の話によると、どこかの王族ではないか……ということでした」

「そうか……そういう時代になってしまったんだな……。ところで、なぜ上海マフィアのお前が深圳にまで足を運んだんだ？」

「深圳は今、チャイニーズマフィアの草刈り場の様相を呈してきているんです。なにしろ香港があのような状況ですからね。香港のチャイニーズマフィアはほとんどが親中派。共産党幹部の金を運用して、アメリカドルで蓄えさせるのが主な仕事です。香港での裏活動ができなくなって、直近の深圳に逃れて仕事をしている……というところでしょう」

「深圳には地元のチャイニーズマフィアがいたんじゃなかったか？　そこに王維新という男がいるのを知らないか？」

「王維新といえば新興チャイニーズマフィアのナンバーツーと呼ばれている奴ですが」

「新興チャイニーズマフィア？　なんだそれは」

「香港を見限ったチャイニーズマフィアの中から、新たに新天地を求めて、寧波に来たグループです」

「すると王維新は寧波にいるのか？」

「常駐しているわけではないようです。深圳と寧波を往復しながら、最近はドバイで新しい商売をやっているようですね」

「中東ビジネスか……そいつの顔をお前は知っているのか？」

「新興とはいえ、チャイニーズマフィアの中では歴史ある香港マフィアの大物だった奴ですからね。顔を知らないととんでもないことになってしまいます」

「事件に巻き込まれる……ということなのか？」

「巻き込まれるのではなく、抹殺されてしまう可能性があるんです。中国共産党幹部とも強いパイプを持っています。深圳の連中とは違うんです。深圳の連中は歴史が浅く、専ら電気通信業界から金を引っ張っているのですが、あの業界はオーナーが若くて、いくら強面（こわもて）のチャイニーズマフィアといえども、相手にしてもらえないことが多いようなんです」

「お前たちはどうなんだ？」

「うちらにも共産党幹部というバックボーンが付いています。海亀連中が生き馬の目を抜くような激しい勢力争いをしていても、所詮、それにスポンサーがついてくれなければ宝の持ち腐れになってしまうんです」

海亀というのは、アメリカを中心としたＩＴ先進国で学習をして、それなりの技術、能力を身に付け母国に戻って起業する若者の呼称である。能力はあるものの、共産党幹部とのパイプがなければ、せっかく身に付けた能力を発揮する場がないのだ。

「しかし、海亀になるにはそれなりの資産家の子弟でなければ、そもそも留学などできないだろう？」

「中国の富裕層は少なく見積もっても三千万人はいるんですよ。留学する若者だけでも年間数十万人はいます。海亀になるのは、その中で勝ち残った者だけなんです。しかも、スーパークラスの能力はなくても、それなりに優秀な者でなければ、親や親族のコネで大企業、もしくは投資家が目を付けた企業に入ることはできません。もちろん、起業をするにしても、同様の人脈は必要なんです」

「そうだろうな。能力と人脈を持たなければ生き延びていくことはできない世界なんだろう。それを考えると日本の若者の将来が心配でたまらないな。最近は留学を志す者も減っているようだからな」

「現在、中国では物理学と化学、医学部門でノーベル賞を取ることが最重要課題になっています。今や、化学分野で、新素材はＡＩを使って実験する時代に入った。ＡＩを使いこなすことが最低限度の要件になっているのです」

「この前、スタンフォード大学やシリコンバレーに行ってきたが、中国の若者の姿を多く見たよ。日本人は五指にも満たなかったな」

「日本の大学生は大学に入るまでに力を使い果たしてしまうのでしょうね。だから、学生時代に勉強をせず、遊び惚けている……傍から見ていてもそんな気がしますよ」

「仰せのとおりだ。嘆かわしい限りだよ」

「日本の若者には愛国心を持つ者が少ないですよね。国歌さえ歌わない。中国の若者は国を愛する教育を徹底的に受けています。まず、国のために何ができるか……を考えているんです」

「アメリカだってそうだ。日本では国家という言葉を使うことさえナショナリズムだと思われてしまう。アメリカはベースボールでも、試合開始前には選手全員がベンチの前に立って国歌を歌う。観客だってそうだ。それにひきかえ、日本はいつの間にか始まってしまうからな」

「それも戦後教育の影響でしょう。俺たち在日は未だに家では中国語を話しますが、日本人が海外移住して二世、三世になるとほとんど日本語を話しませんからね。俺も年に二度はハワイに行きますが、向こうの日系人で日本語がわかる人はほとんどいません。まあ、アメリカは人種差別もひどいし、戦争をした相手ですからね。仕方ないのかもしれませんが」

「人種差別といえば、過去の日本でも在日の中国、朝鮮の人に対する差別があったのは知っている」

「俺たちよりも可哀想なのは日本人でありながら差別されている被差別部落出身者の方ですよ。俺たちからみても差別がひどいな」

香川は何も言えなかった。

その時、香川の携帯が鳴った。片野坂からだった。

「香川さん。今、中国なんですか？」

「ああ、連絡できなくて悪かった。公安部長の了解はもらっている」

「旅費は大丈夫ですか？」

「それくらいの金は持っている」

「そうですよね。先輩は不動産収入がありましたからね」

「それよりも、画像解析はできたのか？」

「はい。とんでもない男をゲットしたものだと、モサドが驚いていました」

「モサド？　やはり中東関連で動いている奴なのか？」

「元香港系チャイニーズマフィアのナンバーツーで、現在、イスラム原理主義のＩＳＩＬ、タリバーン、アルカイーダ等の国際テロ組織に対して覚醒剤や薬物を売り込んでいる中心人物と目されているということです」

「国際手配はされていないのか？」

「まだ容疑が固まっていないようです。ただ、モサドも何度かパターンを変えて追尾したようなのですが、必ず香港国際空港で消えてしまうそうなんです。ところで今、中国のどちらにいらっしゃるんですか？」

「寧波だ」

「寧波……ですか……確かに見落としていましたね。どうですかご自分の目で見て、寧波という街は……」

「成長著しい……という感じだな。と言っても昔の街を知らないから何とも言えないんだが、マフィアが拠点の地下に三か所のトンネルを掘って逃げ道を作っているくらいだ。それなりの敵を意識しているからだろう。しかも、寧波の港は年間貨物取扱量が世界一だということだ。全ての積み荷をチェックすることなど、不可能だよな」

「確かに……海路で背取りをされてしまえば、現行犯で押さえるしかないですからね。チャイニーズマフィアがそこまで進出しているとは思いませんでした」

「それで、男の人定は？」

「メモできますか？　パスポート情報では、王維新、一九七五年十月五日生、四十四歳、前科は外為法違反だけです。しかし経済ヤクザだけで香港マフィアのナンバーツーになれるわけがありません。しかも、奴は軍部と深いつながりがあるようです。おそらく、党幹部のマネーロンダリングもやっていると思われます」

「相当な大物だったわけか」

「香川さん、気を付けてくださいよ。奴らは公安当局ともつながっているかもしれません」

「だろうな。上海浦東国際空港であっさりと公安を巻いたからな。ま、俺のプロ意識に火を点けてくれたわけだ。面白いじゃないか」

「危険なことはやめて下さいよ」

「寧波で忍法を使ってやるさ」

香川は笑って電話を切った。

「周、王維新が寧波に来ているとすれば、何をやっていると思う？」

「えっ。奴が……ですか？」

「それだけ顔を知られていないんだな……」

「まさか……あの画像の男が王なんですか？」

「そうだとさ。それから、この後、車を一台手配してくれないか？　中国で最もポピュラーなステーションワゴンがいいんだが……」

「まさか、香川さん、単独行動をしようとしているわけじゃないですよね」

香川はニヤリと笑って答えた。

「上海の公安の実力を試してやるのさ」

「そんなことをして大丈夫ですか？」

「帰りは上海の日本国総領事館でグリーンパスポートをもらって裏から逃げ出してやる。日本警察をなめられてたまるか……だな」

「上海は監視カメラが多いですから気を付けてください。それから、寧波は港にカメラが集中しています」

「わかった。大樹島（ダーシュダオ）には直接行かないつもりだが、ガソリンを盗みに行ってみるかな」

大樹島は寧波市の東部にある島で、寧波港の三大コンテナ港の一つと石油の備蓄基地がある。

「ホテルはどうされるんですか？」

「車で寝ればいいだろう」

「何日間、車内泊をするつもりなんですか？」

「三、四日だな。ホテルには泊まらない。幸いなことに寧波には橋でつながった島が多いし、いい公園がたくさんあるからな。十日くらいは十分に潜伏できるだろう。飯も朝から屋台がたくさん出ているようだ。誰も不思議がらないさ」

香川は不敵に笑った。

周が用意してくれたのは黒色のフォルクスワーゲン、パサートヴァリアント二〇〇〇ccのステーションワゴンだった。

「新古車みたいだが……走行距離が一万二千キロメートルか……これをこちらで買えばいくらくらいなんだ？」

「買えば日本円で四十五万円くらいですね。今回は代車扱いですので、無料です」

「悪いな。使わせてもらうよ」

「香川さん、何をするつもりなんですか？」

「ちょっと気になるところがあってな。覗いてみたいんだ」

香川は車を受け取ると荷物を載せ換え、まるで知り尽くした地元を走るように車を発進させて、この日のねぐらを探した。

香川が日本から持ってきたバックパッカー用のような大型リュックの中には変装用具一式が入っていた。中でも、監視カメラ対策として有効なのが特殊な偏光レンズを取り付けた眼鏡とサングラスだった。この眼鏡セットは監視カメラ等で撮影された場合に左右の瞳の位置がずれるように設計されていた。このため、高度な画像解析を行った場合に虹彩判定ができない仕掛けになっていた。さらに、使い捨ての極薄プラスチック手袋には人工の指紋が凹凸を付けて施されており、入国時に照合した指紋とも一致しないようになっている。このため、公安当局に職務質問されて眼鏡と手袋を外さない限りは入国時の香川とは別人になるのだった。これは、中国の公安の中でも外勤の制服警察官に職務質問という活動規定がないことを調査した結果の措置だった。

翌朝、香川は周に用意させていたスマホをナビゲーションモードにして、運転をしながら呟いていた。

「たいした頭脳もないくせに、フォトミント（写真撮影による情報収集）やイミントに頼っているからダメなんだよ」

中国人の一般人の運転は極めて下手くそだった。このため、もらい事故と当たり屋にだけは十分注意を払わなければならなかった。さらに、大気汚染によるスモッグで二十メートル先が視界不良になることも多かった。

香川は予め得ていた情報に基づいて目的地に向かった。目的地は寧波市の東沖にある舟山島だった。中小三つの島を通る橋を、片道三車線の甬舟高速道路を使って渡り、東西五十キロメートルほどの舟山島に入る。この島は舟山群島の主な島で、浙江省では最大、中国沿海の島としても三番目に大きい。東港周辺に広がる遠浅の海の開発で干拓工事が進んだため現在の舟山島の面積は五百平方キロメートルほどに拡大しているはずだった。

歴史的には、遣隋使、遣唐使の経由地であり、一九四九年に国共内戦に敗北した蔣介石ら国民党の一団は、この舟山島から海路で台湾に逃れている。

この島の周囲には無人島を含めると千三百を超える島が点在している。その中に目的の場所があった。

「Don't think. Feel」

香川はブルース・リー主演の名画「燃えよドラゴン」の名セリフを口にしながら、風光明媚な海岸線の道をゆっくりと右回りに走った。島を三分の一ほど回って舟山港客運碼頭（まとう）に着くと、寧波では珍しい新車の黒いメルセデスが三台、駐車場に停まっていた。さらにその横にコンテナ搬送用の中型のトラックがあり、周りに四人の労働者風の男が手持無沙汰なのかタバコを吸いながら沖を眺めていた。

「沖仲仕（おきなかし）か」

香川には子ども時代に地元の神戸港でよく見ていた労働者の姿と重なって見えた。

「メルセデスの所有者と共犯関係なら面白いな……」

周囲を気にしながら、香川はメルセデスとトラックを見渡すことができ、しかも、相手側から目立たない位置に車を停めてスマホの地図を再確認した。そして今度は海を見ると、ふと目の前にある島が気になった。大五奎山（ダーウークイシャン）という名前だった。

小さな島にもかかわらず、小型ではあるがコンテナ用のクレーン施設が設置されている。香川はスマホを検索したが舟山港客運碼頭から大五奎山への渡し船はなかった。

再びスマホ画面をマップに移し、航空写真を確認した。島には定海港という港があるものの、荒れ果てた、過去の遺物のような島に見えた。

香川は首を傾げながら航空写真でさらに広い範囲を確認すると、思わず背筋に汗が流れた。香川は車を降りて堤防の縁に急ぎ足で向かった。目の前の海を左側から百八十度見回した。大五奎山との狭い海峡には無数の小船が動いていた。そしてその奥には、かつて横須賀の海上自衛隊基地で見たことがある大型のフリゲート艦によく似た形の船が十隻近く横たわっていた。

「航空写真を見てよかった。ここは中国人民解放軍海軍三大艦隊の一つ、東海艦隊の主力基地か……」

万が一、東海艦隊の憲兵隊に身柄を拘束されてスパイの疑いをかけられれば、香川の身分から考えて死刑は間違いなかった。

「想定外だったな……Feelどころじゃなかった」

香川はゴクリと生唾を飲み込んだ。そして静かに深呼吸を二回して気を静め、ゆっくりとした足取りで車に向かった。周囲をもう一度確認したが誰も気づいている様子はなかった。香川は周囲の景色が写らないように慎重に三台のメルセデスと中型トラックの写真だけ撮って、静かにその場を離れた。

寧波市内に戻ると香川は周に連絡を取った。

「奴らはまさに忍法『隠れ身の術』を使っている」

「何ですかそれは」

「寧波マフィアの覚醒剤、薬物生産拠点は大五奎山というところで、中国人民解放軍海軍東海艦隊基地のまん前だ」

「中国人民解放軍海軍東海艦隊基地って、まさか舟山島に行ったのですか？」

周が呆れた顔つきで言った。

「俺もそれなりの情報を持っていたんだよ。しかし、まさかそこに基地があるとは思わなかった。地図には全く載っていないからな」

「基地を地図に載せるわけがないじゃないですか。地図と連動する航空写真の掲載は本来掟（おきて）破りなんですから。あんなところで写真なんか撮っていないでしょうね」

「写真は撮ったが、基地は全く写っていない」

「カメラを構えただけで銃殺されても仕方ない場所なんですよ」

「まあ、画像だけでも見てくれ。最新型のメルセデスが三台並んでいる。所有者もしくは使用者がわかればいいんだ」

香川が言うと周はスマホの画像を見て言った。

「確かに忍法でも使わないと、この画像は撮れませんね」

そう言って周は香川のスマホ画像を自分のスマホで撮った。それを見て香川が言った。

「ついでに、このトラックの横に写っている沖仲仕の人定も取れるとありがたいんだが」

「沖仲仕……大昔の日本語をよく使いますね」

「バカ、神戸じゃ未だに使われる標準語だ」

「本当ですか？　まあ、トラックの所有者から当たれば何とかわかるかもしれませんが」

周は呆れるしかない……というような言い方をした。

「俺はもう一か所確認しておきたい場所があるんだが……」

「車は替えた方がよさそうですね。港の周りは監視カメラだらけだと言ったでしょう。しかも基地への道となると、どれだけのカメラに写っていることやら……ですよ」

「そうだったな。これからは、まず航空写真を見てから動くことにしよう」

「ところで香川さん、舟山島に薬関係の工場があることをどこで聞いて来たんですか？」

「舟山島という名前は聞いていなかったんだが、石油備蓄基地の近くにある島にシャブの村がある……という話をして死んでいった奴がいたんだ」

「日本で……ですか？」

「ああ。大連出身のチャイニーズマフィアで、上海の近くでもシャブを作っていた奴だ」

「それで突然、寧波に行きたい……という話になったわけですか？」

「そうだ。寧波という地名は高校時代の世界史の授業で聞いただけだったが、こんなに発展しているとは全く知らなかった」

香川がため息をついて答えると、周は香川の顔を覗き込むようにして訊ねた。

「その男、新宿にいた郭(クオ)じゃないですか？」

香川はふと顔を上げて聞き返した。

「郭を知ってるのか？」

「彼の母親が残留孤児で日本に帰って行ったのですが、その時、郭本人は大連に残された。郭と一緒に残った親父というのが大連の裏社会では有名な男だったんです」

「裏社会？　マフィアではなかったのか？」

「当時はまだマフィア化はしていなかったようです。その親父の仕事が嫌で、母親は父親が可愛がっていた長男を残して日本に逃げた……というのが本当のところでしょう」

「そういうことだったのか……確かに郭は弟と妹は母親が日本に連れ帰ったと言っていた」

「しかし、血は争えない……というか、弟は足立方面で暴走族に入って大暴れした挙句、江戸川で殺されたんですよね」

「ああ。マル走同士の抗争が起きて、釘が刺さったバットで滅多打ちにされたようだな。まだ被害者、加害者とも少年だったので、警視庁では少年事件課が捜査に当たって、数十名を逮捕していた」

「やった野郎は出てきたんでしょう？」

「少年は殺しをやっても五年で出てくる場合が多いからな。そいつをヤルために郭は日本にやってきたんだ」

「仇討ちは成功したようですね」

「もう少し巧くやればよかったものを、日本警察をなめていたんだな。俺が知り合って数か月後に指名手配を食った結果、敵対勢力に身元を知られて銃で撃たれたんだ」

香川が悔しそうに言うと周が訊ねた。

「その時、香川さんはどうして郭と知り合ったんですか？」

「ある国会議員を追っていた。麻布地域を根城にしている半グレグループが、芸能プロダクションと組んで裏でやっていた、児童買春の客だった野郎だ」

「その売春組織は今でも残っているんじゃないですか」

「仕方ないな。売春は人類史上最も早くから行われていた犯罪の一つだからな。需要と供給のバランスが最も取れた商売だ」

「それで、郭は半グレに薬を流していたんですか？」

「情報を取るための撒き餌としてシャブを持ち込んでいた。営利目的ではなかったが、純度が高かったようで、売春をやっていたガキどもだけじゃなく、多くの著名人にも流れるようになったんだ」

「それはシャブなんですか？」

「ＬＳＤ、ＭＤＭＡ、コカイン、何でもアリだった。郭は商売をするつもりではなかったが、その仲間が闇で他のルートに流すようになってしまった」

「日本のヤクザはよく黙っていましたね」

「決して見逃していたわけではなかったようだったが、半グレのバックに何があるのかがわからなかったんだな」

「攻め手がなかった……ということですか……」

周が悔しそうに口を曲げて呟いたので、香川が言った。

「日本のヤクザの世界も日本の政治と一緒で、一強多弱になりかけていた時だったからな。旧麻布警察の裏手あたりの地域は多弱の本拠地のようなところだった」

「あっちの方ですか……芸能人が多く出入りしているところですね」

「そうだ。未だに芸能人の麻薬汚染地域とも言われている。クラブやバーが十数軒入っている代表的なビルだけでも、よくテレビや舞台で見かける数十人の芸能人が出入りしている」

「ですよね。半島系の芸能人が多いですからね、あの地域は。香川さんは郭を俺のように協力者にしようとしていたんですか？」

「俺は、現に犯罪を行っている者を協力者にはしない。確かにお前は反社会的勢力の構成員ではあったが、前もなければ犯罪を行っている証拠もなかったからな。初めてお前の存在を知った時には、なんて狡賢い野郎だ……と思ったものだ」

「うちらは、切った張ったのヤクザとは違いますからね。人がやらない真っ当な仕事を商売に変えただけのことです」

「どれ位の寺を食いつぶしたんだ？」

「食いつぶしたわけじゃありませんよ。ポルシェやランボルギーニを乗り回して、傘下の尼寺の尼を抱き、伊豆でイタリアンレストランを経営するような不届きな坊主に天誅を下してやっただけのことです」

「それは一人だけだろう」

「その他にも墓苑詐欺や宝くじ詐欺をやって私腹を肥やしている坊主にも懺悔させてやりましたけどね」

「霊園詐欺のことか……確かに多かったな。宗教法人がやっていた学校を潰したこともあったしな」

「あれは野郎らが悪質だったんですよ。どれだけの女生徒が泣かされていたことか……しかし、香川さんはそんなことまでよく知っていますね」

「俺は公安部の三代目宗教担当だ。当時は日本中の宗教団体を徹底的に調べていた」

「そこで俺たちのことを知った……というわけだったんですか？」

「昔から、毒を以て毒を制す……というからな」

香川が言うと周は「へへっ」と舌を出して笑った。それを見た香川が言った。

「なあ、周よ、お前は義賊のようなことをやっているつもりでも、結果的には極めて犯罪に近いことなんだよな。だが、そのボーダーラインの商売が一番儲かるんだろう?」

「なんでも一線を越えてしまったら、もう後には戻れないんでさあ。そうすると後はライクアローリングストーン……ですよ」

「アフターフィールドマウンテンってやつだな」

「何ですか? それは」

「あとは野となれ山となれってやつだ」

「そのフレーズ、もうつかわない方がいいとおもいますよ」

「うるせえな、自分で言ってそう思っているんだよ。ところで周、中国製のドローンを使って日本国内で何らかのテロ行為を行うような話を聞いていないか?」

「米中、米朝、米韓、米露、米イランそれぞれの二国間問題が大きく影響を及ぼしていますから、アメリカと最も強い関係を持つ日本が、様々な国家や反国家勢力から狙われる可能性が高いのは事実でしょう」

「日本を取り囲む国が全て敵に回っている感じだからな」

「それに加えて、中東のイスラム原理主義者が反米の立場から日本を最強の同盟国と看做していることは知っています」

「それは俺も理解している」

「日本での国際テロリズムにそんなに過敏になる必要があるのですか？」

「ある情報では、日本の新幹線をドローンを使って爆破しようとする計画がある……というんだ」

「えっ。中国に新幹線ができた際に、『日本の新幹線は時間にも正確で素晴らしいが、セキュリティ強化に関しては最低だ』という話が出ていたのは事実です。ですから中国はセキュリティ強化した新幹線をパッケージで海外に輸出しようとした。『あんな棺桶電車に世界の要人を乗せるわけにはいかない』というキャッチフレーズが、海外向けの営業担当者にあったくらいです」

「そうした危惧が、大きな国際会議が日本で開かれるたびに出席国のＶＩＰから表明されていたのは確かだ。しかし、新幹線というのはあくまでも利便性を追求したもので、治安の要素は全く意識していないのが東海道新幹線開通時からのポリシーだから仕方がない」

「やはりそうだったのですね。ここまで日本の新幹線網が無事でいられたのは、恐るべき敵とは看做されていなかった結果なんでしょうね」

「俺もそう思う。新丹那トンネルを爆破されれば、日本経済はガタガタになるだろうし、日本に対する信用もガタ落ちになる。南海トラフや首都直下の地震が来るよりも影響は大きいかもしれない」

「それはよくわかります。かつて日本の国土を不沈空母と言った政治家がいましたが、日本という国土ができてきた経緯を見れば、それが根拠のない妄言であることは明らかですからね」

「大勲位のことだな。それはそれとして、その計画が本当のことなのか……を確認してほしいんだが……」

「やるとすれば、ここの連中、もしくは、彼らと手を組んでいるイスラム原理主義者しかいないでしょうね」

「それが王維新か……奴の腹心はいるだろう」

「シンジケートの幹部で腹心を持たない奴なんかいません」

「とにかく、早急に探し出してくれ」

「承知いたしました。ところで香川さんは寧波でまだやることがあるんですか？」

「寧波はもうやばそうだから、ちょっと深圳に行ってみたいんだ」

「深圳に？　どんな目的があるんですか？」

「ドローンの工場を見てみたい。どれだけ汎用性のあるものが造られているのかを確認しておきたいんだ」

「ドローンの汎用性は際限がないですよ。ドローンの製造を行っているのは、ＤＪＩですけど、ほとんどはネットで見ることができますよ」

「どうして知っているんだ？」

「息子がクリスマスプレゼントに欲しがっているので確認したんです。サイバーセキュリティ上の懸念に対しても、アメリカの大手企業の第三者機関から安全性の保証を得ているそうですよ」

「ドローンにサイバーセキュリティの嫌疑をかけるのも、嫌味のようでいやらしい話だが、そうか……行く必要はないか……」

「ただ、深圳にあるドローンの競技場は面白いらしいですよ。いろいろな操縦技術の大会が行われているそうです」

「操縦技術か……子どもは上手いんだろうな……」

「それもネットにたくさん出ていますよ。中でも『下降＋チルトアップ』『上昇＋チルトダウン』の技を応用すれば、だいたいのことはできるそうです」

「突然現れて、攻撃できる……というような感じだな」

「特に後者の方は鉄橋の下から一気にトンネルに入ることも可能ですから、ドローン独特のブーンという音は聞こえませんよね」

「そうだな……わかった。お前の調査結果が出るまで、なるべくおとなしくしておこう。

ここで公安にパクられでもしたら目も当てられないからな」

「中国人はパクるのが得意ですから」

周が笑いながら言ったので、香川は周の頭を軽くはたいた。

翌朝、ジッとしていることが最も不得意な香川は寧波マフィアの要塞近くに新しく借りたBMWのステーションワゴンを停め、出てくる高級車を確認しながら動きを探っていた。ただし、マフィアが使用している車には三百六十度を確認することができるドライブレコーダーが取り付けられているらしく、同じ車が十五分以上近くにいると、アラームが鳴るシステムであることを周から告げられていた。

「大した国だよ、中国は……」

皮肉交じりに周に言った香川だったが、中国に来てから乗った三台の車には全て、三百六十度を録画する機能がついたドライブレコーダーが装備されていた。

視察を始めて小一時間が過ぎた頃、正面の門から出てきた黒いメルセデスを見て香川の心臓が激しく動いた。ナンバーを確認するまでもなく、舟山港客運碼頭で見た黒いメルセデスだった。改めてナンバーを確認したがあの時の三台のうちの一台だった。香川はゆっくりと車を発進させた。

車両利用の追尾はこれまで何度も経験してきた香川だったが、ドライブレコーダーの存在が余計慎重さを与えていた。片道三車線の道を一車線ずらし、間に三台の車を入れて追尾を続けた。幸い、動き始めて十分後にメルセデスは路地に入って路上パーキングに車を停めた。車内から出てきた男は一見して仕立てのいいスーツ姿の二人連れだった。香川はＢＭＷのドライブレコーダーが二人を録画しているのを確認したが、一応、スマホでも動画撮影をしていた。

追尾の場合は連続した画像よりも録画の方が慌てる必要がないばかりか、対象の動作の癖等を確認することができる。このため、香川は拠点等からの二十四時間態勢の視察をする場合にもカメラではなくビデオを用いることが多かった。

二人連れの男は路上パーキングをしたすぐ近くのビルの中に入った。

香川はメルセデスの三台前に路上駐車すると、男たちが入ったビルをまず遠景から写真撮影したのち、監視カメラ等の設置状況を確認した。さらに車の中の大型リュックの中から小型バッグを取り出して、当該ビルに近づいた。ビルの外観は古かった。しかし、扉に近づくと、これがフェイクであることに気付いた。重そうな扉は最新のレーザースタイルのセンサーが設置されていた。香川は隣のビルに入り、エレベーターで最上階に昇ると、そこから屋上に出て二人連れが入ったビルを詳細に確認した。ビルは十二階建てでエアコンの外部装置の形状から見て、日本の空調機器メーカー大手の最新のものが設置されていた。さらに屋上にはパラボラアンテナが二基設置され、二つのパラボラは異なる方向を向いていた。

「通信用だな……しかもこのビルは建設当初から、風致地区でもないのに五、六十年前の様相を呈するような設計だ。敢えて目立たない工夫をしているということか……」

香川は携帯用の小型バッグの中から競技用スリングショットセットを取り出した。本体は折り畳み式でコンパクトな形状である。スリングショットとは、俗に言うパチンコの本格的なもので、腕と手首を固定するリストロックやゴムの跳ね返りを防ぐリストカバーが付いている。飛距離は七十メートルを超える。弾は屋外での使用後は生分解で一、二か月程で完全に溶ける素材の、スプラットマスター用十二ミリメートルサイズの競技仕様のものだった。

香川はパラボラアンテナの背後にあるコード部分を狙って三発放った。三発目が命中し、パラボラアンテナが傾いた。十分後、二人のスーツ姿の男が屋上に現れた。香川はスマホの動画モードで秘匿撮影しながら陰から様子を眺めていた。男はスマホを取り出して電話を入れるとパラボラアンテナの損壊箇所を撮影した。間もなく三人の作業着姿の男が工具を持って現れたが、その場に座り込んで損壊部分を詳細に眺めている。

そして首を振ってスーツ姿の男に何やら話しかけた。

スーツ姿の男は再びスマホを取り出して話し始めた。

香川はスマホの動画を止めて屋内に入ると再びエレベーターで一階に降り、何食わぬ顔つきでBMWに戻った。

十五分後、メルセデスに二人のスーツ姿の男が現れた。正面から顔を確認すると先ほど屋上に現れたスーツ姿の男だった。

「どこかに連絡をしようとして失敗した……というところか……」

香川はメルセデスが横を通り過ぎる時には身体を伏せてメルセデスのドライブレコーダーに映らないようにし、車のエンジンを掛けた。

メルセデスは再び要塞に戻る様子だった。車が要塞の正面から入るのを確認すると香川は寧波駅近くにある月湖公園の駐車場に車を停めて周に電話を入れた。

周は三十分後にやってきた。

「香川さん、何か悪さをしたでしょう？」

「別に……どうしてだ？」

「寧波マフィアの動きがあわただしいんですよ。しかも白色BMWのステーションワゴンを探しているようなんです」

呆れた顔つきで周が報告をした。

「舟山港客運碼頭で見た黒いメルセデスを少し追いかけてみただけだ。要塞から出てきたぜ」

「やっぱりそうでしたか……顔は撮られていませんか？」

「この車のナンバーも撮られていないはずだ」

「どうしてですか？」

「ほれ」

香川はどこで調達してきたのか、他のナンバープレートを二枚手にしていた。

「本当にどうしようもないな。これ、窃盗でしょう？」

「使用窃盗は不可罰だからな。犯罪に使用したわけじゃない」

「日本ではそうかもしれませんが、中国では立派な犯罪なんです。この車の車種は？」

「同じタイプの車が中古車展示場に置いてあったので借りてきた」

「本当に警察官ですか？　というよりも本物の日本の公安ですね。寧波はそろそろ離れた方がいいかもしれませんよ」

「なんだ？　何か動きでもあったのか？」

「おそらくシャブの荷積みがあるのではないかと思われます。動きが急なのと、周辺都市に散らばっていた連中が寧波市内に戻ってきています」

「そうか……君子危うきに近寄らずだからな」

香川の言葉に周が呆れた顔つきで答えた。

「君子危うきに近寄らずというのは、『教養があり徳がある者は、自分の行動を慎むものだから、危険なところには近づかない』という意味だと聞いています。確かに香川さ

ん に教養があることは認めますが、徳があるとはこれっぽっちも思いません。おまけに危険なところに近づきすぎです」

「馬鹿野郎。俺ほど徳がある者はそんじょそこらにはいないだろう」

「精神の修養によってその身に得たすぐれた品性のことですよ……品性」

「うるさい。今回はお前の忠告を聞くことにしよう。なんとなく嫌な予感がしてきたところだったんだ」

「善は急げ。車はここに置いて俺の車で上海に戻りましょう。ナンバープレートは俺が預かりますから」

「悪いな、お前に迷惑をかけるつもりはなかったんだが」

「まだ迷惑はかかっていませんが、香川さんが中国の監視カメラシステムを舐めすぎているのが気になります」

「なんだ。お面でもして動け……というのか？」

そう言って香川は運転中や屋外で使っている眼鏡を周の前でかけて見せた。

「な、なんですか？　この眼鏡は……」

「瞳の位置をずらした偏光レンズが入った眼鏡だ」

「こんなのをかけて、ちゃんと前が見えるんですか？」

「お前もかけてみろ。記念写真を撮ってやる」

周は香川の眼鏡をかけて驚いた顔をしていた。その顔を香川がすかさず周から預かっていたスマホで撮影した。

「こんなもの、初めてみました。これじゃあ監視カメラではわからないですね」

「画像認証システムの最大のチェックポイントは瞳の位置と口の中心との三角形だ。入国した際に撮られた俺の虹彩や顔写真は、この眼鏡をかければ全く役に立たないんだよ。それと、お前には面白いおもちゃをやろう」

香川はバッグの中からビニール袋を出して周に差し出しながら言った。

「今回は長居するつもりだったから余計に持ってきたんだが、余ったからやるよ」

ビニール袋の中は指紋付きの極薄プラスチック手袋だった。

「使い終わったら必ず燃やすことだ。手袋の内側にはくっきりお前の指紋が残るからな」

香川は笑いながら言うと「善は急げ。すぐに出るぞ」と周を急かした。

赤いボルボのステーションワゴンは来た道を上海に向かい、在上海日本国総領事館正門前の通用口の直近で香川は車を降りた。

「詳細がわかったらすぐに連絡をくれ。俺は明後日まで総領事館の中に籠っているからな」

「承知しました。お気を付けて」

「ありがとう」

握手をして二人は別れた。香川は胸ポケットから警視庁の警察手帳を出して警備官に示した。警備官は挙手注目の敬礼をして香川を領事館敷地内に入れた。

香川は周囲を確認し、人目をはばかるように領事館内に入った。すでに片野坂を通して警察庁出身の一等書記官に連絡がついていた。香川は領事館内にある当直室のベッドを一つあてがってもらった。さらに公用旅券用の写真撮影を行い、ようやく荷物をほどいた。

周から電話が入ったのは翌日の午後だった。

「香川さん。新幹線の話はわかりました。東海道新幹線ではありませんでした」

「なに？　そうするとインパクトがあるのはＪＲ東日本だが……どこの新幹線だ？」

「それが、まだ完成していないんです」

「完成していない？　北陸か、長崎……インパクトがないな……」

「いえ、リニア新幹線です」

「なに」

香川の顔色が変わった。片野坂に電話を入れたが、片野坂の現在地は圏外だった。

# 第六章　救出

片野坂は緒方良亮外務副大臣を伴い、白澤、エカテリーナ・クチンスカヤの二人とボディーガード、通訳を同行して日本国がチャーターしたエミレーツ航空の小型機でベイルート・ラフィク・ハリリ国際空港からシリアのダマスカス国際空港に向かった。ベイルートとダマスカスとの間は百キロメートルほどしか離れていない。所要時間はわずか数十分である。

ダマスカス空港では管制塔に一番近い最も西側にあるスポットをＶＩＰ専用スポットとしていた。特別機はここに駐機し、シリア政府の要人の出迎えを受けた。

「ご要請により空港での歓迎行事は一切行いませんが、大統領府から、無事にベイルートまでお戻りになることを願っている旨の伝言を受けております」

「お心遣い感謝致します」

シリアの政府高官に対して緒方外務副大臣が応えた。

ダマスカス空港のＶＩＰ専用出入り口には日本国が要請した三台の装甲車がボディーガードによって車列にセットされていた。装甲車の前後にはそれぞれ二台の白バイと二台の先行車、後押さえが配置されていた。

装甲車の先頭車両に片野坂、二台目に緒方副大臣、三台目に白澤とクチンスカヤが乗車した。車列は静かに動き出した。

空港周辺は空から見ても砂漠の真ん中……という感じだったが、車窓から見ると、目標物が何もない、まさに戦闘地域の空港という雰囲気が漂っていた。

大きな中央分離帯を設けた片道二車線のアスファルトの道が約二十キロメートル続きダマスカス市内に入る。アル・ミダンと呼ばれる城壁で囲まれた古代から続く都市の中をぶち破るように高速道路を通って新市街が広がる地域に入る。

大使館が手配した通訳が片野坂に言った。

「先導車は綺麗な場所だけを通っています。もう少し東側の地域は空爆による瓦礫(がれき)地域です」

「そうなんだろうな……」

市の中心地近くにダマスカス軍病院はあった。すでに護衛用と思われる軍関係者が配備されていた。

病院内に入ると副院長が対応した。病状と治療内容の報告を受け、緒方が引き渡しの手続き書にサインをして病室に向かった。

病室は特別室が用意されているようだった。病室の前には警備の兵士が立っていた。緒方副大臣が警備兵に敬礼をして病室のドアをノックした。「どうぞ」という日本語の返事が中から聞こえた。緒方が片野坂を見て頷くとドアを開けた。ドアからベッドは見えず、「失礼します」と言って緒方が先に病室に入った。

応接セットの奥にベッドがあり、そこに私服に着替えた高田尚子が目に涙を浮かべてベッド脇に立っていた。

「外務副大臣の緒方です。本当にご迷惑をおかけいたしました」

「高田尚子です。お迎えに参りました」

「無事で何よりです。こちらは東京都の片野坂部長と白澤さん。そしてご尽力を頂いたロシア外務省のエカテリーナ・クチンスカヤさんです」

緒方が紹介すると、高田尚子は深く頭を下げると声を出して泣き始めた。白澤が高田尚子の横で肩を抱くと、高田尚子は白澤にしがみついて嗚咽を漏らした。片野坂は高田尚子の思いを察し、敢えて言葉をかけなかった。それをクチンスカヤがジッと見ていた。

緒方が口を開いた。

「全ての手続きは終わっています。さあ、一緒に日本に帰りましょう」

高田尚子はまだ声が出ない様子で頷くだけだった。

病室を出るとボディーガードが五人を完全にガードして移動し始めた。

病院内で医師や看護師に深々と頭を下げた高田尚子はボディーガードに囲まれて装甲車に乗り込んだ。ボディーガードの動きには全く無駄がなかった。一人が車に乗り込むと、もう一人は四人の前に戻り、他のボディーガードと共にクチンスカヤと白澤を高田尚子と同じ車に乗せた。そして緒方、片野坂の順に装甲車に乗車したのを確認するや先導車にサインを送った。

静かに車列が動き出した。高速道路は時速百二十キロメートルで走行した。インターチェンジを経てランプを降りると、空港までの一般道を時速八十キロメートルで走った。病院を出てから空港ターミナルの特別口までの所要時間は、わずか十五分だった流れるような動作でボディーガードが先導して五人をターミナル内に誘導した。

全員が搭乗口まで来て政府関係者の見送りを受けている時、三人の政府軍士官が現れた。しかも一人は将官の階級章を付けていた。将官の将校が政府関係者に何やら話しかけた。政府関係者は直立不動の姿勢だった。不審に思った片野坂が通訳を通して訊ねた。

「我々の行動に何か問題があるのですか？」

「政府軍としてあなた方を無事にベイルートまで届けるのが私の任務です。ベイルートまで同行します」

「そんな話は聞いていません」

「私が同乗しない限り、この飛行機は離陸できません」

将校の語気は荒かった。にわかに緊張が走るなか、片野坂が緒方に訊ねた。

「一刻も早くここを飛び立つのが先決です。受け入れましょう」

片野坂がこの旨を政府関係者に告げると、政府関係者もこれを認めた。

二人の下士官を残し、将校だけが小さなバッグを持って特別機に搭乗すると飛行機の扉が閉まった。男性パーサーが機長の命令に基づき将校が携行している武器を預かることを告げると、将校は逆らうことなく拳銃をパーサーに手渡した。

将校は一番後ろの席に座った。ボーディングブリッジが特別機から離れ、特別機はトーイングカーによるプッシュバックでエプロンから離れて誘導路に向かった。

管制塔は厄介者を早く追い出すかのように、特別機を最優先で離陸させたかったようで、誘導路に入った特別機は一気にスピードを上げて離陸地点の信号灯まで進み、大きくターンをして離陸用の滑走路に入った。特別機はここでもスピードを落とすことなく、エンジンを全開にすると、一気に加速して離陸した。

十分後、特別機はシリアからレバノン国境を越えた旨のアナウンスが機長から流された。

これを聞いた片野坂が最後部に座っていた将校に日本語で言った。

「望月さん。ようこそレバノンへ」

将校の服装をした望月が笑いながら席を立って片野坂に近づくと、立ち上がった片野坂に手を差し伸べて言った。

「ありがとうございました。もう殺人はしたくありません」

「ご苦労様でした。こちらが外務副大臣の緒方良亮衆議院議員です」

何も聞かされていなかった緒方は手にしていたシャンパングラスをテーブルに置き、唖然とした顔つきで片野坂に訊ねた。

「いつ、連絡が取れたのですか？」

片野坂がクチンスカヤに聞こえないように小声で答えた。

「うちの白澤さんが反政府勢力チームのパソコンをハッキングしてサインを送り続けていたのです」

「そうだったのですか……」

緒方は憮然とした顔つきだったが、これで全ての任務を全うしたことを悟ったのか、笑みを浮かべて片野坂に握手の手を差し伸べ、言った。

「やはり、君を呼んでよかったと思っているよ。これからもよろしく頼む」

「政治とは一線を引くのが私の役目です。副大臣にも様々な裏交渉を行っていただき、その事務能力の高さに驚きを禁じえませんでした」

片野坂が言うと、ようやく緒方も満足げに片野坂の手を強く握って言った。

「君のことは忘れない」

白澤とクチンスカヤはその時、皆とやや離れた窓際の席に前後に一席空けて座っていた。

片野坂と緒方の会話が漏れ聞こえた白澤は、彼らの横に立っている軍服姿の男が望月であることに気付いて、ようやく事態を理解した様子だった。片野坂と目が合うと、白澤は思いきり片野坂を睨んだ後で、「べーッ」と舌を出した。そして満面に笑みを浮かべ、それから穏やかに微笑んだ。

望月は片野坂に「着替えてきます」と言ってトイレに入ると、着陸を知らせる合図が入って、トイレから出てきたときには一般旅行者のようなラフな格好になっていた。

これを見ていたパーサーは何が起こったのか全くわからない様子だった。

片野坂にとってさらに面白かったのは、高田尚子がまだ望月に気付いていないことだった。

レバノン大使館内にある在シリア日本国大使館臨時事務所に全員が入ると、ようやく片野坂の顔に本来の笑顔が戻った。これを見た白澤が爽やかな笑顔を見せて言った

「部付でも緊張することがあるんですね」

「二人の命がかかっていたのです。しかも、周囲のみんなを騙していたわけですからね。

心苦しさもあった。そのうえ、望月君があんな格好で登場してくるとは想像もしていませんでしたから。今となっては本当に笑い話のようなシチュエーションでしたが」

「望月さんだと、いつ気が付かれたのですか？」

「飛行機に彼が乗り込んで、私の横を通り過ぎた時かな。彼の横顔に笑いをこらえるような雰囲気があったのです」

「シリア政府の人は大丈夫だったのでしょうか？」

「あとは知らぬ存ぜぬ……を貫くしかありません。それから、クチンスカヤに対する報酬を支払わなければなりません。アメリカドルで用意させているので、別室で緒方副大臣から手渡して貰いましょう。白澤さんも立ち会って下さい」

「報酬が三万ドル……って本当なんですか？」

「ロシア政府の口利きがなければシリア政府だって、あそこまでは動かなかったでしょう。先方にも五万ドルを支払っています」

「五万ドルですか……私、アサド政権は好きじゃないんですけど……」

「二人の人命を救助できたと思えば八万ドルは安いものだ。これを海外の専門のネゴシエーターに依頼したら、手付金にもならない金額だと思います。しかも、日本国外務省の面子を潰さずに済んだんです。外務省機密費もたまには有効利用してあげなければね」

間もなく別室でクチンスカヤに緒方副大臣から三万ドルがキャッシュで支払われた。クチンスカヤは三百枚の百ドル紙幣を数えると、これを茶封筒に入れ、無造作に自分のバッグに押し込んだ。緒方が白澤に立ち会いの礼を言うと、白澤は一礼をして席を外した。すると緒方がクチンスカヤに言った。

「もし、今夜、お時間があるようでしたら食事でも一緒にいかがですか？」

「美味しいお店をご存じなんですか？」

「ベイルートの東部、アシュラフィエにあるEm Sherif Restaurantという、レバノン料理、地中海料理、中近東料理店です。シリア大使も行くだけの価値がある店だと太鼓判を押しています」

クチンスカヤは上目遣いで緒方を見て、やや首を傾げて応えた。

「ホテルの部屋にお迎えに来て下さる？」

「では十九時にノックします」

緒方は満足げに言うと、クチンスカヤのために大使館の公用車を手配してホテルまで送らせた。

片野坂と白澤は高田尚子と望月を大使館内の食堂に誘い、久しぶりの日本食を振る舞った。もちろん、外務省の予算だったが、大使館の料理人の腕を一等書記官から聞いていたからだった。

八寸の中に鰻のかば焼きを見つけた高田尚子が目に涙を浮かべて言った。

「もう二度と鰻のかば焼きを食べることはできないものだと思っていました」

片野坂は高田尚子の消息を確認するため、香川に彼女の母親と接触させた時に、彼女の好物が鰻のかば焼きであることを聞いていたのだった。このかば焼きは、日本から白焼きを片野坂自身が持ち込み、大使館の料理人に頼んだものだった。

片野坂が笑顔で高田尚子に言った。

「〆にうな丼を用意してくれているみたいですよ」

高田尚子の目から涙が溢れた。白澤は片野坂の心配りに感心したのか、ボッとした顔つきで片野坂の顔を眺めていた。一連の流れを見ていた望月が言った。

「先ほどの高田さんとは随分違いますね」

「えっ、どうして？　私、大使館に入ってしばらく時間が経つまで望月さんだと思わなかったんだもの。目は厳しいし、軍服着てたし、髭はモジャモジャだし……」

「その後ですよ。『バカッ』と言うや、思いきり私の頰をぶったじゃないですか」

「あれはぶったんじゃなくて、心配していたの。毎日、殺されたんじゃないかと思って心配していたんだから」

「それを言ってくれないと、なんでぶたれるんだろう……と思ってしまいましたよ」

「でも、吉岡里美。絶対に許さない」

それを聞いた望月が高田尚子に訊ねた。

「思い出したくないことかもしれないんだけど、アレッポ石鹸工場で僕が倒された後、どんなことが起こったのですか？」

この問いかけに高田は数秒間目を瞑っていたが、意を決したかのように顔を上げて答え始めた。

「望月さんが後頭部をライフル銃で殴られて倒れると、吉岡里美が突然、奴らと話を始めたのです」

「言葉は英語でしたか？」

「いえ、よくわからないけど現地の言葉だったと思います。私は、吉岡里美に『何、どういうこと？』と訊ねたんです。すると吉岡里美は『悪かったわね。あなたにイスタンブールで声を掛けたのは、最初からあなたを獲得するためだったの』と答えたの」

「獲得？　確かにそう言ったのですね」

「そう。最初はスパイにしたかったようです。でも、私が頑強に拒絶すると、彼女は薄笑いを浮かべて言ったわ『それなら別の使い道がある』って」

そう言った途端に高田の目から涙が溢れ、やがて嗚咽に変わった。

望月の肩を片野坂が叩くと、高田の肩を白澤が抱きかかえた。三人はその後、高田が口には出せない屈辱を受けたのだろうと、同時に思ったことを相互の目配せで感じ取った。

　片野坂が落ち着いた口調で高田に言った。

「彼女は吉岡里美さんじゃありません。彼女のパスポートを偽造した中国人スパイです」

「中国人スパイ？　あんなに流暢な日本語を話していたのに……」

「今、中国では百万人が日本語を勉強しています。やがて、日本を統治する時を想定している国家戦略の一つとしてね」

「えっ。そんなことを本気で考えているのですか？」

「あの国は長い歴史の中で、そうやって国土を広げていったんです」

「酷い国ですね」

「共産主義とはそういうものです。資本主義の否定から始まる政治思想ですからね」

「でも、平気で人買いのようなことまでするのですか？」

「北朝鮮による拉致事件を見ればわかるでしょう」

「それはそうですが……ところで、私を騙した中国人スパイはどうなったのですか？」

「今、捜査中です。今回、望月さんと交信した際の反政府勢力チームのパソコンからそれらしい人物の動向がわかってきました。近いうちに何らかの形で法の裁きを受けさせることもできるかと思います」

「そうですか。捕まって欲しいです」

「そんなことよりもお母さん、安心されていたでしょう？」

「電話の向こうで泣いていました。私は一人暮らしで、日ごろからあまり連絡を取っていなかったこともあって、つい最近まで私が日本にいないことを知らなかったんです。警察からの連絡でようやく私の状況を知ったようなんです」

「ご苦労をおかけしたのですから、外務省がいくらかの予算は組んでくれることでしょう」

片野坂が言うと、望月が頷きながら後を続けた。

「高田さんは立派な国際テロリズムの犠牲者です。国家から賠償金に近い見舞金が出ることは間違いありませんよ」

すると怪訝な顔つきになって高田が望月に訊ねた。

「望月さんって、いったい何者なんですか？　ダマスカスでは政府軍の軍服を着ていましたけど……」

これに片野坂が代わって答えた。

「望月さんは外務省と内閣府に勤務するスペシャル外交官です。トルコ国内では捕虜になってしまったのですが、彼は生き延びるために意に反して反政府勢力の兵士となって命を懸けて戦いながら、日本への帰国のチャンスを待っていたのです」

「反政府勢力の兵士？　でも、あの時は政府軍の軍服でしたよね」

片野坂の答えに高田は再び望月に向かって訊ねた。望月が頭を掻きながら答えた。

「ああ、あれは戦死した政府軍の中将の制服です。政府軍のモノは武器や金、貴金属、時計、制服まで分捕るのが反政府勢力の兵士の日常だったのです。私は戦利品の中から身を守る武器と制服だけもらいましたけどね」

「本当に戦闘をしたのですか？」

「意に反したものでしたが、生き残らなければならなかったんです」

望月が悔しそうな顔つきをしたのに気付いた高田が「ごめんなさい」と謝って、その話題を終えた。すると白澤が場の雰囲気を変えようと思ったのか、明るい声で言った。

「このかば焼き美味しい。他のお料理も日本の秋から冬を感じる、本物の懐石料理ですね」

ようやく高田が念願の鰻を口にして、再び涙ぐんで言った。

「美味しい。皆さん、本当にありがとうございました」

その夜、緒方からは何の連絡もなかった。

翌朝、クチンスカヤがホテルの白澤の部屋をノックした。

「昨日はお出かけだったの？」

「緒方と朝まで一緒だったわ」

「そんな子どもじゃないわよ。何の魅力もない男。二級品ね」

白澤は首まで真っ赤にして訊ねた。

「人として二級品……ってこと？」

「男として……よ。私、片野坂の方がいい」

「えっ。部付を知っているの？」

「何を言ってるの？　それはまだだけど……片野坂の男としての素養はハイレベルね」

「男としての素養？　どういうこと？」

「男も女も惚れる……ってこと。カヨコは片野坂のことをどう思っているの？」

「どうって……尊敬できる上司……かな」

「あんたも、まだまだ子どもね。それよりも、ブリュッセルにはいつ帰るの？」

「部付がドバイで二、三日ゆっくりして帰るように勧めてくれているわ」

「ドバイか……お金がある人には楽園だけど……」

「私だって、今回は特別手当が出るらしいから、みんな使っちゃうんだ」

クチンスカヤがようやく笑みを見せて言った。

「私もみんな使っちゃおうかな」

白澤は金額を知っているだけに呆れた顔つきでクチンスカヤを眺めていた。

二日後の朝、クチンスカヤと白澤はドバイに向けてエミレーツ航空のビジネスクラスでベイルート空港から飛び立った。

同日の午後、緒方と片野坂、望月、高田の四人もドバイ国際空港トランジットで日本に向かった。望月と高田尚子のパスポート作成に時間がかかったためだった。

香川もまた在上海日本国総領事館から公用車で一等書記官と警備官と共に上海浦東国際空港に向かった。通称グリーンパスポートと呼ばれる真新しい公用旅券を出国手続きの際に一等書記官から受け取って彼と別れ、出国手続きを終えて、空港のＶＩＰ専用ラウンジで時間調整を行い、離陸時間に合わせて総領事館の警備官に付き添われ搭乗機に向かった。一般乗客はほとんど搭乗を終えかけていた。香川が航空会社のスタッフに案内されて搭乗ゲートを過ぎようとした時、搭乗ロビーに二発の銃声が響いた。

香川は条件反射のように搭乗ゲートの狭い通路に身を伏せた。

幸い、香川の前を歩いていた航空会社職員が持ってくれていた香川のバッグに銃弾が当たり、負傷者は出なかった。

大使館警備官がホルスターから拳銃を抜いて身構えた。数人の空港関係者が警笛を吹いて一般客に危険を知らせた。銃を撃った男はその場で自分の口に拳銃を突っ込み、引き金を引いた。

それを確認した香川は何事もなかったかのように立ち上がってスーツのしわを伸ばすと、航空会社職員に言った。

「他のお客さんに迷惑をかけては申し訳ない。搭乗しましょう」

数時間後、香川は羽田空港の国際線到着ロビーにいた。手荷物は全てノーチェックで最優先で運び出され、スーツ姿には似合わない大型リュックが入った安物のビニール製のバッグをカートに載せてタクシー乗り場から霞が関に向かった。

警視庁本部十四階のデスクに帰り着くと、香川は片野坂の携帯に電話を入れたが圏外だった。

片野坂が帰国したのは、その翌日の夜だった。

「すいません。帰りはビジネスクラスだったので電話にでることができませんでした」

「帰りこそファーストクラスに乗るべきだったんじゃないのか？」

「緒方副大臣はファーストでしたが、二人の客人が一緒でしたから、ビジネスで帰ってきました。それよりも、香川さんは大変だったみたいですね。上海の一等書記官からメールが届きましたよ」

「ああ。最後の最後にやられたよ」

「現場で自殺した相手はチャイニーズマフィアだったんですか」

「いや、表向きは不詳となっているが、向こうの奴にきいたところ、公安担当者だったようだ。上海に着いた時、俺を失尾した責任を感じていたんだろう……ということだった。向こうの公安の中には裏社会としっかりつながっている奴がいるからな」

香川は表情を変えずにため息をつきながら答えていた。

「それで、寧波でも大暴れしたのでしょう？」

「何もしていない。ちょっとドライブをして、パチンコをしただけだ」

「パチンコ？」

「ゴム銃の方だよ」

「また何か壊しましたか？」

「ちょっとだけな」

香川が憮然とした顔つきで答えた。

# 第七章　告白

公安部長に報告を終えた片野坂に、警察庁警備局警備企画課長から電話が入った。

警察庁各局の筆頭課は刑事企画課や警備企画課といった各局名がついた企画課であり、それぞれのトップの企画課長の階級は警視監もしくは警視長の筆頭年次の者が就くのが慣例だった。その中でも、警備企画課長と刑事企画課長は将来の長官、総監への最右翼的立場である。

「片野坂、ちょっと来い」

「承知しました」

警備企画課長の篠原浩次(しのはらこうじ)警視監は片野坂が部屋に入ると、しばらく誰も部屋に入れないように秘書官役の担当理事官に伝えた。

「片野坂、お前の今回のシリア案件だが、どうやって外務省の国際テロ情報収集ユニットの野郎とコンタクトを取ったんだ？」

「彼らのパソコンにハッキングしました」

「ハッキング？」

「どこのパソコンを使ったんだ？」

「ドバイのジャンクショップで購入した中国製の新中古です」

「身元は相手方には割れていないのだな」

「その可能性はまずないかと思います」

「そうか……」

「何かありましたか？」

「いや、最近、外事情報部の国際テロリズム対策課から妙な情報が入ったようなんだ。警備局長が心配をしていてな……」

「どのような内容なのですか？」

「シリア国内の反政府勢力のコンピューター連絡網が全く動かなくなった……というんだ。しかも、一時期『神業を使う男』と呼ばれたリーダーが、内部抗争で抹殺されたのではないか……ということだ」

片野坂が頷いて言った。

「その神業を使う男こそ、国際テロ情報収集ユニットの望月だったのです。反政府勢力の連中の間ではまさに『神隠し』にあったような感覚なのだと思います」
「なんだと？　外務省職員が拉致された上に反政府勢力の幹部になっていた……という
のか？」
「はい。望月との交信はWindowsのメモ帳を使いましたし、内容は全て暗号化したの
ちにＮＡＳＡスタイルの消去を相互に行っていましたからバックアップは不可能です」
「なるほど……そういう背景があったのか……」
篠原警備企画課長が腕組みをして目をつむった。これを見た片野坂が言った。
「反政府勢力の連中が使用している別の指示命令系統を、国テロが使っている担当者は
確認しているのでしょうか？」
「どこの県警を使っているのかは外事情報部長しか知らないからな」
「反政府勢力が使用しているシステムの内情を一番よく知っているのは望月です。彼に
協力要請をすれば、ある程度の動きはわかるのではないかと思います」
「外務省ではなく、内閣府を動かす……ということか」
「私自身は望月と貸し借りの関係は作りたくありません。ここは、外事情報部と国際テ
ロ情報収集ユニットの連携の問題だと思います」
「なるほどな。しかし、お前のところにハッキングなんてできる者はいたか？」
「ベルギーにおります白澤ができます」

「ああ、彼女か……しかし、彼女は音大出じゃなかったか？」

「はい。しかも彼女はオルガンだけでなく、写譜を学んでいたのです」

「車夫？　車引きか？」

「いえ、『楽譜を写す』の写譜です。作曲家が書き下ろした楽譜を清書したり、楽器のパート毎にパート譜を書き起こす作業です。その際、手書きの楽譜を楽譜作成ソフトを使用して入力し直すこともあったようで、彼女はソルフェージュという楽譜を中心とした音楽理論を実際の音に結びつける訓練を徹底して行ってきたそうです。これらの訓練を通じて得られる能力、特に読譜能力はソルフェージュ能力と呼ばれて、今ではヨーロッパの音楽界では必須になっているのだとか」

「なんだかよくわからんが、いろいろな才能を持った子だったんだな」

「四か国語はネイティブ並みですし、能力の幅は今でも徐々に広がっているようです。その中にコンピューターも含まれておりまして、アメリカで研修を行った際にも教官が驚くほど技能があがり、ＯＳＣＰというクラッキング技術に特化した資格も取得してしまいました。現在、警視庁には彼女一人しかその資格を持った者はおりません」

「警視庁に一人か……」

「彼女の資格取得に影響を受けたのか、現在は情報管理課やサイバー犯罪対策課でも研修を受けさせているようですが、その基本となる語学力で、皆、苦戦しています」

「そうだったのか……しかし、その国際テロ情報収集ユニットの何とかという男に一番近いのは、片野坂、お前だろう？」

「近い……というわけではありませんが、シリアから救出したのは私になります」

「そうか……わかった。私も考えてみよう。あ、それから、上海空港で起こった拳銃発砲事件もお前のところが絡んでいるのか？」

「よくわかりません。現場にうちの香川がいたのは事実ですが……それが何か？」

「在上海日本国総領事館に中国外交部から問い合わせがあったらしい」

「香川に関して……ですか？」

「入国時は個人のパスポートで出国時に公用のパスポートを使用した理由を聞いてきたようだ」

「どちらを使おうが、本人の自由です。他国にとやかく言われる筋合いのものではありません。在上海日本国総領事館は何と回答したのでしょうか？」

「そこまでは聞いていない。一等書記官から連絡が入っただけのことだ。彼は出国手続きのところまでしか行っておらず、現場には警備官が一緒だったようだが、彼が、香川が狙われたのではないか……と一等書記官に伝えたそうだ。香川は何と言っている？」

「『まかれた悔しさが爆発したのかな……』と笑っていました」

「相変わらず大物だな。日本国内でも身辺に気を付けるよう伝えてくれ」

片野坂がデスクに戻ると香川が浮かない顔つきで片野坂の帰りを待っていた。

「香川さん、どうしたんですか？」

「実は中国のタマから嫌なニュースが入った」

「嫌なニュース？」

「どうやら俺はとんでもないことをやってしまったらしい」

「パチンコの他に何をやったんですか？」

「そのパチンコだ。寧波マフィアの生命線をぶっ壊したらしい」

「何を壊したんですか？」

「寧波マフィアとイスラム原理主義者との連絡手段であるパラボラアンテナをぶっ壊した」

「パラボラアンテナ……衛星通信をやっていたのですね」

「そうだったらしい。寧波マフィアは血眼になって犯人を捜しているらしい」

「香川さんにつながるものはあるのですか？」

「上海の公安が俺を見失ったことに注目が集まっている……ということだが、どこにも俺の足取りがないのを不審がっている……らしい」

「ずっと在上海日本国総領事館にいたことにすればいいのではないのですか？」

「それも一つのやり方かもしれない。そうなると上海の公安当局が俺の存在をどう考えていたか……が問題だ。上海の出入国管理でどうして俺がマークされたのか……その理由がわからない」

「日本のチャイニーズマフィアにも何らかの通達がきているかもしれませんね。そのルートから情報を取ってみてはいかがでしょう」

「俺のタマはまだ寧波でマフィアの動向を探っているからな」

「私のルートを使ってみましょうか。日本警察、しかも警視庁公安部を敵に回すようなことは、日本のチャイニーズマフィアはやらないと思うのですが……」

「警視庁公安部を敵に回す……か……確かにチャイニーズマフィアの存在を消すだけの力は持っているが……外事二課だけでは弱いな」

「実はチャイニーズマフィアの下部団体を少年育成課と少年事件課が追っているのです」

「チャイニーズジュニアか……確かに日本のチャイニーズマフィアの実権を握っているのは、元残留孤児の二世、三世たちだったからな……池袋、新宿では未だに強い勢力を誇っている」

法律では「中国残留邦人」とも表現されている「中国残留日本人」は、第二次世界大戦末期のソ連軍侵攻と関東軍撤退により日本へ帰国できず、中国大陸に残留した日本人のことである。その二世、三世は近年、大陸のチャイニーズマフィアを日本に手引きしたり、不良日本人や中国人留学生を手下とするなど、特に東京都内で勢力を広げている。

「最近、警察署の少年係の中には、いわゆる公安的な協力者を作っている……という話を所属長会議で聞いています」

「少年法をクリアできているのか？」

「非行少年予備軍の子どもたちを悪に引き込むのではなく、非悪に連れ戻す役割に協力してもらっているようなんです。少年を単に利用しているのではないところが公安とは違う……という意見でした。まあ、公安を知らない所属長だったのですけどね」

「まだそんな署長連中が多いんだ。そんな署の公安係は可哀想なもんだよ」

「少年データを確認してみますか？」

「少年データは少年担当以外は閲覧できないだろう？」

「はい、少年育成課に足を運ぶしかないです」

片野坂はあっさりと言った。

香川は気乗りしない様子だったが、片野坂とともに警視庁本部九階にある少年育成課に向かった。少年育成課長はたたき上げの警視正だった。

「片野坂部付、わざわざお運びいただき申し訳ありません」

「現在、組対四課、外事二課とともにチャイニーズマフィアの分析を行っています。下部組織の実態も知っておきたいと思ったのです」

「そういう時代になってきましたね。担当管理官を呼びましょう」

少年育成課長は将来的に参事官にまで昇る可能性のあるポストだけに極めて協力的だった。

「これが現在のチャイニーズドラゴンのメンバーです。現時点で八百五十人を把握していますが、日々増加傾向にあります」

担当管理官がスタンドアローンの検索専用端末のパソコンを開いて説明を始めた。

スタンドアローンとは、コンピューターや情報機器が、ネットワークや他の機器に接続しないで単独で動作している環境にあることである。

「この中でリーダー格は何人くらいですか？」

「ヒエラルキーがはっきりした組織なので、実質的なリーダー格は十五人というところでしょうか」

「出身地別ではどうでしょうか？」

「もともと、親や祖父母が旧満洲にいた者が多かったので、七割は大連や黒竜江省を中心とした地域です」

「残りの三割は？」

「次に多いのは福建省、そして上海ですね」

「香港は？」

「香港から日本に来るものはほとんどいません。香港は裕福なところですから」

「上海出身者を見せていただけますか？」

「八十人ですね。ただ、ここには人員の割にリーダー格が多いのが特徴です。これは新興勢力が多く、上海のチャイニーズマフィアとの関係が強いからだと思われます」

「都内の地域は何処が多いのですか？」

「もっぱら渋谷と六本木です」

「六本木？　半グレの最大拠点だったと思いますが……」

「六本木は芸能系が多いので、半グレともバッティングしているようですが、最近はチャイニーズドラゴンが韓国系マフィアをも傘下に入れる傾向があり、半グレとは韓国系が戦っているようです」

「チャイニーズドラゴンがコリアンマフィアを支配下に置いている……ということなのですか？」

「六本木は在日本中国大使館が近いため、チャイニーズマフィアも多いのです」

「そうなると、六本木のチャイニーズマフィアは上海系が多いというわけですか？」

「そうですね。以前、力を持っていた香港系は九州の福岡に拠点を移した……と聞いています」

「福岡ですか……なるほど……チャイニーズドラゴン幹部の人定を教えていただけます

か？」

「片野坂部付のご用命ですのでプリントアウトしておきましょう。ついでに相関図もお付けしておきます」

「それはありがたい」

独自に構築したという相関図ソフトによる、少年と大人が入り混じった相関図を見て、片野坂は少年育成課のデータ管理システムの完成度の高さに驚いた。

「このシステムを組んだのはどなたですか？」

「これは、元公安部のサイバー犯罪捜査官だった佐藤さんです。今は辞めて大手民間のエグゼクティブプロデューサーになっているようです」

「公安部のサイバー犯罪捜査官ですか……一時期は相当優秀な方をヘッドハンティングしていたようですからね」

「はい。極めて優秀な方でしたよ。惜しい人材を失ったと思っています」

管理官が言うと、香川がようやく口を開いた。

「佐藤君は公安部というよりも警視庁サイバー犯罪のエースだったんだよ。それが公安部内のくだらない内部抗争に嫌気がさして辞めて行ったんだ。公安部の闇の時代のことだけどな」

「影の公安部長……という人がいた頃の話ですね」

片野坂がＦＢＩに行く頃、警察庁警備局でも問題になっていた案件の一つだった。片野坂は気を取り直すようにシステム担当管理官に言った。

「この相関図だけでも、上海系のチャイニーズマフィアとチャイニーズドラゴンの関係をよくつかむことができます。ありがとうございました。また、いろいろとご教授願うこともあるかと思いますが、今後ともよろしくお願いします」

片野坂の言葉にシステム担当管理官は緊張した面持ちで答えた。

「いつでもご用命下さい」

少年育成課を出た片野坂に香川が言った。

「さすがにデータでくれ……とは言えなかったな」

「データでもらっても、相関図はソフトがなければ動きません。とりあえずスキャナーで取り込んでＯＣＲで独自のデータにしてしまえば、それなりの使い勝手はあると思います」

「白澤の姉ちゃんに相関図ソフトを作ってもらうか。リレーションシップを考えればいいだけのことだろう？」

「そうですね。上海系チャイニーズマフィアのデータまであるとは思いませんでしたが、これとチャイニーズドラゴンのデータを突き合わせれば、面白い結果が出てくるかもしれません。少年犯罪の抑制も大事な問題なんですね」

「少年を舐めていたが、彼らの危機感はひしひしと感じることができたよ。まず、大人をぶっ潰すことが最優先だな」

「ようやく元気が出てきましたね。思いきりぶっ潰しましょう」

デスクに戻ると片野坂はプリントアウトしてもらったデータをすぐにスキャナーにかけた。

それを見ながら香川が思い出したように言った。

「それにしても新幹線がリニアだったとはな……」

「ところで周はどこでリニアの情報を取ってきたのですか？」

「王維新の直属の部下と連絡を取ったようだな。俺がぶっ壊してしまったパラボラアンテナはスパイ衛星通信専用の特殊なものだったらしく、修復に二か月以上かかったらしいんだ。その間、王維新の部下がドバイまで行って情報交換をしていたそうだ」

「いいものを壊してくれたのですね」

「あのパラボラアンテナだけが他の衛星放送用のパラボラアンテナとは向いている方角が違っていたんでな。後から聞いてみたら、パラボラアンテナの最も重要な部分だったらしい」

「怪我の功名だったとしても、それが結果的に重要情報の取得につながったわけですからね」

「王維新の部下に新幹線の話をしたら、そいつは日本に来たことがなくて、日本の新幹線がどれだけ重要なものかも知らなかったらしい。中国の新幹線は営業距離が二〇〇七年の開業からわずか三年で世界最長にまで急成長し、二〇一九年には営業距離が三万キロメートルを超えている。これは日本の新幹線の営業距離のおよそ十倍にあたるんだとさ」

「価格的にも、距離で言えば東京から鹿児島までの新幹線指定席料金が一万円を切る安さだそうですよ」

「なるほど……だから新幹線と言ってもさほど驚かないんだな……」

「おまけに中国には新幹線の路線にトンネルを掘るという発想もないでしょう」

「だから相手方もペラペラしゃべったのかもしれないな。日本がリニア新幹線にどれだけの時間と予算をつぎ込んでいるのか……という実感が下々の者にはわからなかったんだろうな。周はトンネル工事……と聞いてピンと来たらしいんだが、相手は工事中の新幹線を狙うことを不思議に思っていたようだからな」

「そうでしょうね。それも完成までにまだ七年以上あるんですからね。日本がリニアモーターカーにどうしてあそこまで固執するのか私にも理解できないのが実情なんですけどね」

「第二東海道新幹線を造る土地がないからだろうな……昔のＣＭじゃないが、そんなに急いでどこへ行く……の心境だけどな」

「九兆円がふっとぶ……ということですね……」

「そういうことだ。八割以上がトンネルだが」

「もちろん、一か所だけを狙うわけではなさそうですね」

「九・一一でも四か所をほぼ同時に狙ったわけだからな。死者は約三千人、負傷者は六千人を超えていた。ただし、インフラ等への物理的損害は一兆円くらいのものだ。日本のリニア新幹線の場合、八年後の営業開始でさえほとんど不可能だろうから、爆破されても死者、負傷者はほとんど出ないだろうが、日本の経済損失は想像を絶するものになると思う」

「超電導リニアは日の目を見ることなく消えてしまうわけですか……」

超電導リニアは、ニオブチタン合金を液体ヘリウムで摂氏マイナス二百六十九度まで冷やすことによって電気抵抗がゼロになる「超電導現象」を活用する。超電導体を用いた超電導磁石を利用して、車体を磁石の力で十センチメートル浮かせ、時速五百キロメートルで走るようにする。このため、半永久的に電流を流すことができるうえ、発熱によるエネルギーロスがなく安定した超電導状態を保つことで、より強力な磁石の力を発揮することになる。

「超電導の試験運転を行う時が、奴らにとって狙い目になるんだろうが……」

「爆弾なんていらないわけですね……超電導システムを破壊することで、車両が自爆する可能性がある……その防止策はあるのでしょうか？」

「トンネルの入り口を塞ぐことはできないからな……トンネルの近くに出動拠点があるはずだ。そこを発見するのが先決だが……こちらもドローンを使ってみるのも面白いかもしれないな」

「日本が狭くてよかったです」

「確かに、これが中国国内だったらまさにお手上げだな」

「中国はトンネルは少ないでしょうけどね」

「いや、そんなことはない。海底トンネルも多いぜ」

「そうなると、日本で成功したら、今度は中国を含む世界中にいつでも脅迫状を送りつけることができる状態になるわけですね」

「そんな実験台にされてたまるか……だな」

「警察庁も本気で頭を悩ませているようですよ」

「身体を使わないんだから、せめて頭だけでも使ってもらわなければな。それが行政官の仕事だろう」

香川がすました顔で言った。その間も片野坂の手は動いていた。

「ＯＣＲにかけてみますね」

「データはExcelか？」

「応用可能ですからね。とりあえずExcelデータをAccessに移して簡易な相関関係を見てみましょう」

「Accessか……懐かしいな、使い方を忘れてしまったよ」

「これはこれで、案外と役に立つんですよ」

片野坂はあっという間に検索画面を作成した。

「上海系チャイニーズマフィアの実態がこれです」

香川は片野坂のデスク上に三連で並ぶラップトップ画面を眺めて唸った。

「確かに有力者が多いな。横浜中華街のドンと呼ばれる男も入っている」

「これじゃあ、六本木の半グレはそうそう手を出せない状況でしょうね」

「こいつに近いチャイニーズドラゴンは誰になるんだ？」

片野坂が検索すると思わぬ名前が出てきた。

「こいつがチャイニーズドラゴン幹部なのか？」

少年育成課のデータの中には写真台帳が含まれていた。Accessのリレーションシップで出てきた写真を見て香川が驚いた声を出した。片野坂は首を傾げながら訊ねた。

「何となく見たことがある顔ですが、誰でしたっけ？」

「今、売り出し中のマルチタレントだ。歌も歌えばドラマの主役もする……こいつの前歴を見せてくれ」

「傷害、恐喝、外為法違反の三件ですね。いずれも麻布警察で捕まっています」

「やることもマルチだな……恐喝の相手は誰になっている？」

「公共放送局の記者ですね。内容が……沖縄反基地運動に伴う利権問題……なんでしょうか……」

すかさず香川が片野坂のデスク上のパソコンを勝手に操作して警察庁の犯罪歴データベースにアクセスした。片野坂のパソコンだからこそできる、職務権限を要する照会だった。

「こいつら辺野古の基地問題で金儲けしてやがったのか……」

「現地に行くと、日本語だけでなくハングルや、簡体字の表示も多いですからね。この被害者の公共放送の記者も照会してみますか」

香川が慣れた手つきでキーボードを操ると、そこには『警視庁公安第四課に資料アリ』という表示だった。

「公安対象者か……公共放送局には多いからな」

「半分公務員のようなところですから、左バネが多いのは仕方ありませんね」

香川は卓上の電話から公安第四課の仲間に電話を入れた。

「はい四課、照会です」

「児玉（こだま）？　俺だよ」

「なんで部付の卓上から電話をしているんだよ」

「今、一緒にデータ検索をしているんだよ。一件調べてくれ」

「部付が一緒なら仕方ない。最近はこちらに足を運んで決裁をとらないと検索できないシステムになっていることくらい知っているだろう」

「原理原則を言うんじゃない。出張時は別だろうが」

「十四階のどこが出張なんだよ」

「頼むよ。本当に急いでいるんだ。俺が銃で狙われたんだぜ」

「それはわからんことではないな」

「ふざけるな。壮絶なる殉職なんて、俺には向いていないんだよ」

「まあな。お前の母ちゃんを喜ばせても仕方ないからな」

「うるさい。メモできるか」

「もう、メモなんてやってる時代じゃないんだよ。早く言えよ」

「二〇一七年九月二十三日の沖縄の辺野古に関連する恐喝事件だ。マル害の名は伊東（いとう）賢（けん）介（すけ）、公共放送局の記者だ」

「ああ、出てきたな。額が大きいな。二億円を要求されている。なんだ、マル被は少年か……おッと、こいつ芸能人じゃん。おうおう、とんでもない野郎だな。母親も芸能人だったのか」

「何を一人でブツブツ言ってるんだ。教えろ」

「今、片野坂部付のデスクにいるんだろう。部付のパソにも開示してやるよ」

「そんなことができるのか？」

「部付だぜ。できるに決まっているじゃないか」

間もなく片野坂の「けいしＷＡＮ」が装備されたパソコンモニターに個人データが映し出された。

「なんだ、こいつか……」

香川が唸るように言った。

「知っている顔か？」

「苗字が変わっていたのでわからなかったんだ。かつてオウム事件があった時、教団幹部と反社会的勢力との土地買収の仲介をして、奴らの文書やビデオまで保管していた男だよ。くそ、首になったものだとばかり思っていた」

「局にとってはスクープだったんじゃないか？」

「放送倫理というものがあるだろう。こいつは反社会的勢力に極めて近い存在だ。こいつを脅したとなれば、いくらチャイニーズドラゴンの幹部とはいえ、本来ならば表舞台に出てくることはできないはずだ。もっと大きな裏がある……ということか……」

「辺野古には利権がある……ということですか？」

「かつての極左連中の中には、革命をあきらめて金儲け集団となった組織がいくらでもある。奴らは経営者の弱点を探るのが仕事だったわけだからな」

「なるほど……」

「反対運動には必ず利権が生まれる。特に基地関係は海外の反日勢力から莫大な金が流入するんだ」

「沖縄の基地問題にそのような話があるとは初耳です」

「片野坂、お前、何年警備警察に携わっているんだ。沖縄だけじゃなく多くの反基地闘争を行っている市民団体の中には、必ずといっていいほど極左の連中が入り込んでいることは知っているだろう」

「それは常識として知っていますが……」

「奴らの活動費がただのカンパだけだと思っているのか？」

「カンパというよりも、極左系労組が支援している場合が多いですよね、中には潤沢な資金を持っている労組もありますから」

「最近の極左系労組も組織率が下がってきているんだよ。あのＪＲ労組をもってしても同様なんだ」

「その話は聞いてはいますが……まだまだ勢力は落ちていないでしょう。トンネル会社から、マネーロンダリング会社まで作っているんですから」

「確かに駅のトイレの便器を造る会社まで自前になってきているからな。しかし、それだけでは市民運動なんてできない。純粋に市民が民主主義を基礎として権利意識を自覚し階層の違いを超えた連帯を求める、なんていうのは極めて限られた活動しかないだろう？」

「確かに市民運動というか市民活動は、政治的または社会的な問題の解決を目指して行われるものですが、活動を支える資金力は欧米などと比べると極めて小さいですからね。これはＮＰＯが日本で上手くいっていないのと同じです」

「そうじゃない。アメリカ等において非課税である個人・団体の市民活動への寄付が、日本では課税されるという点で市民活動が発展しないことは知っている。だが、こと反基地問題に関しては海外、特に中国、ロシア、北朝鮮そして最近では韓国からの資金が流入しているんだ」

「確かに日本の基地、中でも米軍基地の存在は対米感情がよくない国家にとっては邪魔な存在ですからね」

「それと地権者との兼ね合いもあるだろう」

「世界一危険な基地と言われている普天間にも地権者はいますしね。軍用地は国が市町村を含む地主と賃貸契約を結び、米軍と自衛隊に提供するんだそうです。地主に支払われる賃貸料は自衛隊基地を含み年間一千億円。ですが、個人で年間五百万円以上の賃貸料を得ているのは三千三百人程で、総地主の中の八パーセントにすぎず、七十五パーセントは二百万円に満たないようですよ」

「それでも、今では軍用地は投資の対象になっていて、地元沖縄県民だけではなく本土の購入希望者も結構いるそうだな。軍用地の売買価格はどうやって決まるんだ？」

「軍用地の売買価格は、年間借地料×倍率ですね」

「なんだ、その倍率というのは？」

「軍用地の取引基準となるもので、施設や立地等条件によって変動します。軍用地の倍率は株式市場の変動に似ていますね。買い注文が多い物件は倍率が高くなる。ここ数年、沖縄軍用地の購入者の増加とともに、倍率も上昇しているようですよ」

「なるほど……そこに外国人もいるのか？」

「そこまでは調べていませんが、代理人を使えばどうにでもなるでしょう」

「そうだよな。中でも沖縄本島の中部地域にある基地なんかは九十三パーセント以上が民公有地だというから、入り込むのはむずかしくはないな」

民公有地とは国が所有する建物の敷地などとして、国や地方公共団体が民間の個人・法人から借り受けている土地のことをいう。

「年間二千万円以上の賃貸料を得ている者はどれくらいいるんだろうな」

「地主会もその点は明らかにしていませんが、都内の億ションに住んでいる者は何人かいるようですね」

「地主会か……なるほど……」

香川の頭に何かが閃いたようだった。

「片野坂、そういえば、福岡空港でなぜ巨額の赤字が出るのか……という話のときに、実は福岡空港の用地の三十五パーセントは民有地。しかも、この民有地を所有している八百人以上の地主に、国は毎年、借地料を払い続けなければならないと言っていたよな」

「その額は年間八十四億円。空港の歳出の三分の一を占め、赤字を出す原因となっているわけです」

「その地主の中で最大級の土地所有者が、かつて『人権運動の父』と呼ばれた衆議院議員で、空港拡張計画の情報を事前に入手していたと指摘されている。その支持をしていた連中が、今でも沖縄で反基地闘争の中心的存在になっているわけだな」

「しかも固定資産税の課税は免除されてきたのですからね」

「反社会的勢力とも関係があった奴だったからな。死者に鞭打つことは言いたくないが、そういう人物を国会に送っていた選挙民にも、その責任があるということだ」

「基地だけでなく、民公有地利権というのは、なかなか表に出てきません。福岡空港の問題は未だに民公有地用に周辺の土地を買収している企業が多いといいますからね」

「福岡というところは不思議な街だな」

「いい所なんですけどね」

片野坂がため息交じりに応えると香川が話を戻した。

「ところで、沖縄の反基地闘争にはどれくらいの外国人が混ざっているのか、知っているか？」

「反対運動に参加していた韓国人が警察官を蹴ったとして公務執行妨害容疑で逮捕されたこともありましたしね」

「奴らとつながっているチャイニーズマフィアを見つければ金、人の流れがわかるかもしれないな」

「金の流れを追うとして……使うなら仮想通貨でしょうか？　貴金属でしょうか？　貴金属はレートに流されるし、地金はそろそろ高値限界かもしれません……間違っても現金ではないでしょうから。案外、覚醒剤等の薬物で決済するかもしれませんね」

「奴らが使っているパソコンでもわかればな……白澤の姉ちゃんに探らせてみてもいいな」

「ターゲットをどう絞り込むか……ですね」

「公共放送局の記者の携帯から始めてみるか……奴は今、社会部か？」

「経済部のようですね」

「なるほど……全国を飛び回ることができる立場か……」

香川はふと首を傾げると、スマホを取り出して電話をした。

「沼端(ぬまばた)、元気か？」

「おお、これは香川大先輩殿、ご無沙汰しております」

「何を舐めたこと言ってるんだ。息子は元気に講習を受けているようだな」

「ありがとうございます。先輩のお陰で埼玉県警に入り、今また管区学校で警備専科を受講しております。しかし、よく管区学校のことまでご存じで……」

「情報というのはそういうもんだよ。ところで、お前に一つやってもらいたい仕事があるんだ」

「また厳しい業務なんでしょうね」

「たいしたことじゃない。ちょっとだけ使用窃盗をしてもらいたいだけだ」

「やっぱりな。先輩、私は泥棒じゃないんですから、もう少しいい役をやらせてくださいよ」

「お前しかできないから頼んでるんじゃないか」

「頼んでる？　命令じゃないんですか？」

「やってもらいたい……と言っているじゃないか。立派な仕事の依頼だろう」

「使用窃盗が立派な仕事……部下が聞いたら嘆きますよ」

「公安警察のイロハだろうが。チャチャッとやってくるんだよ」

「どこで何をやればいいんですか」

「いいなあ、そのノリが大事なんだ。実は公共放送局の記者の携帯をお借りしてくれればいいんだ」

「何だか悪そうな奴のようですね」

「その代わり、全国どこにでも出張してきていいからな。予算の心配はいらない」

「おっ、それは大盤振舞いですね。わかりました。それでそいつは今、どこにいるんですか？」

「これから調べる。いつでも出かけられる準備をしておいてくれ」

「大先輩殿のいうことには逆らえません。管理官には何と……」

「片野坂部付から連絡を入れて貰う」

「片野坂部付？　えっ、香川大先輩殿は今、片野坂部付のところにいらっしゃるのですか……どうりで、最近、全然お姿をお見かけしないなと思っていました。と言っても、私も公機隊から総務課に戻ってきたばかりですけど……」

「お前も一応、指導担当の警部なんだから、しっかりしてくれよ」

「はい。警視庁先輩後輩規程を忠実に遵守いたします」

「よし」

香川は笑いながら電話を切った。会話を聞いていた片野坂が笑顔で訊ねた。

「得意技が炸裂（さくれつ）ですね」

「俺の命もかかっているんだ。何でもやっちゃうぜ」

「指導担当の沼端係長は後輩だったんですね」

「あいつには仕事は教えたんだが、酒の飲み方を教えそこなったからな。未だにあいつとだけはあまり酒を飲みたくないんだ」

そう言うと香川は再びスマホで電話を架けた。

「おう、梅（うめ）ちゃん、久しぶり。元気？」

「香川さん、ご無沙汰しております。最近、あまり永田町にはいらっしゃらないんですね」

「長期政権というのは緊張感がなくてよくない。大臣も副大臣も在庫一掃セールが続き過ぎだ。だからいつまで経っても不祥事が絶えない。霞が関は損得ばかりだしな」

「忖度ですね？」

「あんなのは忖度とは言わないんだ。みんなてめえの出世ばかり考えてるから、損得というんだよ」

「なるほど、言い得て妙ですね。ところで今日は何か？」

「昔、社会部にいて、今、経済部のキャップクラスになっている伊東という記者がいるだろう?」

「香川さんは極左担当になったんですか?」

「やっぱり社内でも有名なんだな」

「奴は何をやるにしても確信犯ですから、組織としても経済部に置いているようです」

「奴の連絡先を知ってるか?」

「キャップですから、一応知っていますが……もしかして取材ですか?」

「俺があいつから話を聞くわけがないだろう。奴の携帯の番号と今の居場所が知りたいんだ」

「奴は今、大阪で電力会社の不正を扱っていますよ。昨夜の番組にも出ていましたから」

「大阪か……わかった。電話番号を教えてくれ」

香川は電話番号を聞き取ると礼を言って電話を切り、すぐに沼端係長に再び電話をかけた。

「沼端、明日、大阪に行ってくれ。電話番号を伝えるので携帯電話事業者を調べて位置情報を取ってから、下命の課題を実施してくれ」

「了解。下命の課題を実施します」

沼端は元気に返答した。「下命の課題を実施します」は昇任試験で警備実施指揮の実技試験を行う際に、問題を与えられた試験官に対して返す挨拶である。

翌日の午後、沼端警部は大阪市内で携帯電話事業者に対して、秘匿で伊東記者の位置情報提供依頼を行い、香川から送られてきた伊東記者の画像データを確認した。今日、携帯電話の位置情報サービスでも携帯電話所持者の半径五十メートル以内で提供されているが、詳細データの場合には半径五メートルまで絞り込むことができる。

沼端は三十分ごとに送られてくるデータを確認しながらターゲットに近づいた。しかし、ターゲットが車等で移動している場合にはなかなか近づくことができない。この時もターゲットは地下鉄に乗っていた。沼端は一度目と二度目の移動データを確認すると大阪市内の地図を見た。「車じゃないな……」直ちに沼端は予測した方向にタクシーで向かった。三十分後、ターゲットは半径五百メートル以内にいた。しかし沼端はその場を動かなかった。さらに三十分後、ターゲットは偶然にも沼端の三十メートル以内にいた。

沼端は「内調」こと内閣官房内閣情報調査室の国内部門での勤務経験があった。そして、国政通常選挙が行われると大阪、京都、奈良を担当していたため、特に大阪には地の利があった。

沼端は迷うことなく大阪駅の東側のガード下にある新梅田食道街に向かった。

梅田は大阪のキタを代表する地名で、地下鉄・阪急・阪神の駅名にもなっているが、一口に「梅田」といってもかなり広い地域である。その中で大阪駅の高架下に昭和二十五年（一九五〇年）、未だ戦後の混乱が残る時期にできたのが新梅田食道街である。現在は約百店舗の飲食店が迷路のような通路に縦横に並び、大阪の食文化の息づかいを感じることができる場所である。

たんなる食堂街ではなく、いろいろなものを食べさせ、飲ませる店が、狭い通路にひしめいているところから「道」という命名になったのだそうである。

食道街の奥に進んだ時、位置情報によってターゲットが十メートル以内にいることがわかった。

「串かつ屋だな」

ニヤリと笑って呟くと、沼端は数分後に、「これぞ大阪！」といえる串かつの名店「松葉総本店」の前に立った。間口が広く、のれんをくぐると、たくさんの人がカウンターを囲み、立ち食いスタイルで串かつを楽しんでいた。「大阪人は串かつを食べない」と言われるが、この店の客は周囲のサラリーマンのほか家族連れも多かった。カウンターに届かない小さな子ども用にはビールケースをひっくり返して台にしている。

沼端が店内を見回すと、奥のカウンターの端に伊東記者が一人でジョッキを傾けながら串かつを頬張っていた。

沼端は一人分のスペースを空け、伊東の隣に立ってオーダーをした。

「タコハイと豚、牛、鶏手羽」

注文と同時にキャベツとソース皿がカウンター越しに揚げ手から渡される。

沼端がタコハイを頼んだことに伊東は興味を示したのか、ちらりと沼端を見た。

タコハイ、かつてテレビコマーシャルで「タコなのよ、タコ。タコが言うの」で一世を風靡したウォッカベースのハイボールだが、現在は製造中止および販売終了となっている。しかし現在でも、製造元のサントリーの本拠地である大阪を中心とする居酒屋や立ち飲み、串かつ、スナックなどの飲食店でだけは「タコハイ」を飲むことができる。

大ジョッキになみなみと注がれたタコハイが届くと、沼端は一気に咽喉に流し込むようにあおり、「ふえ〜」と奇声をあげて息をついた。横で伊東がニヤニヤしながら沼端を眺めているのがわかった。串かつが立て続けにカウンターの上の皿に置かれる。

「うめえなあ」

沼端は実に嬉しそうに、且つ美味そうに串を口に運んだ。明らかに関西弁ではない沼端の言葉にカウンター越しに揚げ手の親父が訊ねた。

「お客さんは東京からですか？」

「ん？　流暢な標準語は耳障りだった？」

沼端が笑って答えると親父も笑って言った。

「流暢かどうかはわからへんけど、美味そうに食べて飲んだはりますさかい」

「これだけ美味いんだから仕方ないべ。かつも美味いが、このタコハイはこっちでしか飲めないからね」

「そうらしいですね。大阪やったら当たり前なんやけどな」

親父と話しながら、沼端は伊東の携帯電話の場所を確認するため、ポケットの中にいれていたレンタル携帯を非通知に設定して伊東の携帯に電話を架けた。するとカウンターの向こうでJRA、GIレースの関西スタイルのファンファーレの着信音が響いた。伊東がスマホを覗いて非通知であることを確認すると、電話に出ることなく切って、今度は沼端側のカウンター上に置いた。

沼端はニヤリと笑って呟くように言った。

「そうか、今週は阪神三歳牝馬ステークスか……」

するとカウンターの向こうの親父が笑って言った。

「お客さん、結構古いなあ。阪神三歳牝馬ステークスは、もうかれこれ二十年前の呼び方でっせ」

「知ってるよ。ただ『ジュベナイルフィリーズ』なんて、阪神競馬場には似つかわしくないってえの」

「まあ、そりゃそうやな。二歳牝馬の子どもちゃんやからな」

「ウオッカはすごかったよな。ダイワスカーレットと何回一騎打ちを続けたことか。当時、牝馬として六十四年ぶりに日本ダービーで勝利したし、『史上最強牝馬』だったからな」

するとと、黙っていられなくなったのか、伊東が口を挟んだ。

「二〇〇八年秋の天皇賞を取った時もダイワスカーレットとハナ差の一、二着でしたね」

「あの時のウオッカはレコードタイムだったしな。武豊も全盛期だったし。それにしても、おたく、着信音にファンファーレ入れるなんて、相当好きなんだ？」

「馬は裏切りませんからね。好きです」

「おたくも東京？」

「はい。そうです」

沼端はタコハイを空けると、次に赤玉パンチを注文した。これも都内で出す店は数えるほどしかない。

現在は赤玉スイートワインとなったが、かつては赤玉ポートワインの名で知られ、百年の時を超えて今も愛され続ける甘味果実酒である。この甘いワインを炭酸水等で割って飲むのが赤玉パンチであり、ほんのり甘くて、パンチがあって、レモンと炭酸のキレがいい。

「馴染んでますね」

伊東の方から沼端の隣にやってきて言った。沼端は「まあね」とだけ応えて、次の串をいくつか注文した。伊東がさらに沼端に声を掛けた。

「タコハイの後に赤玉パンチを注文する東京人は少ないですよ」

「酒は好み。しかもここは、こじゃれた串揚げ専門店ではなくて、立ち飲みの串かつ屋だからな」

「それにしても昼から飲めるなんて、お互いにいい立場ですよね。ご出張ですか？」

「出張か……懐かしい響きだな」

「お仕事ではないのですか？」

「仕事っちゃ、仕事だが、金になるかどうかわからん、博打のようなもんだな。あんたは出張なんかい？」

「まあ、私も仕事かどうかはっきりしないんですが、一応、会社から経費は出ますね」

「いい会社だな。大手なんだろうな。頭よさそうな顔つきをしている」

「そんなことはないです。お互い、金になる仕事になればいいですね」

「そうだな」

伊東がスマホを足元のバッグの中に入れたのを見て、沼端は赤玉パンチがまだ半分ほど残っているのに生ビールを注文した。

「チェイサーですか？」

「甘いものが続くと咽喉が渇くからな。こうしてやると、かつも美味くなる」

「なるほど……なかなか理にかなった飲み方、食べ方かもしれません」

沼端はビールをジョッキの四分の一ほど一気に咽喉に流すと、フッーと息を吐いて、

「このガード下はこんなに広いのにトイレが一か所というのが難点なんだよな」

と言って、「ちょっと執行猶予」と、足元に鍵付きのリュックを残したまま席を外した。

これを見た伊東が呆れた顔つきで言った。

「東京人は危機管理ができていないな。これを持ち去られたらどうするつもりなんだろう」

それを聞いたカウンターの向こうの親父が頷きながら応えた。

「大阪はもうひったくりの街やのうなってますが、置き引きは多いんですわ」

数分後に何食わぬ顔で沼端が戻ってきた。伊東が沼端に言った。

「失礼だけど、荷物の置きっぱなしは危ないですよ」

「ああ、すまん、すまん。着替えくらいしか入っていなかったから。しかし、余計な犯罪者を作ってしまってもいかん」

沼端が真顔で謝罪したので伊東も、やや慌てた様子で言った。

「私もちょっと手洗いに行きたくなってしまいました。申し訳ありませんが、荷物、見ていてもらっていいですか？」

「これでフィフティーフィフティーだな」

沼端の言葉が終わらないうちに伊東は手洗いに急ぎ足で向かった。

カウンターの向こうの親父が笑って言った。

「けったいな人やなあ」

沼端も笑って応えた。

「それにしてもいい革のカバンだ。俺が持って帰ったらどうするつもりなんだろう」

「旦さんが悪い人には見えへんから、安心したんとちゃうやろか」

「それはちゃうちゃう。食用犬」

「旦さん、おもろいな。確かにチャウチャウは食用犬やったな」

チャウチャウは中国華北原産の犬種である。チャウチャウが飼育された最大の目的は、肉を取るための食用や、コートを作るための毛皮用家畜としてだった。番犬兼食用として改良を重ねてチャウチャウが作られたことを示唆する美術品や絵画も残されている。

「中国では今でも犬を食ってるからね」

「ほんまかいな？　朝鮮で犬を食うんは知ってるけどな」

中国は二〇一八年時点で、世界で最も犬肉の消費量が多い国であり、世界で食用とされる年間二千万頭のうち、半数は中国で食べられている。

「アジアで犬食文化が残っているおかげで日本では三味線がひける」

「旦さん、三味線は猫の皮やで」

「津軽三味線、義太夫三味線等の太棹種の三味線は犬の皮が張られているんよ。音質面・耐久性ともに犬の皮が適しているらしい」

「旦さんはそっちの方のお仕事でっか？」

「いや、ついでの話。ちなみに食用犬で美味いのは黒犬だそうだ」

「赤犬とちゃうの？」

「韓国の犬食の中心は赤毛の中型犬と言われてるね」

「なるほど……赤犬言うたら『モンタナの赤犬』ちゅう博打があるらしいんやけど、知ってはる？」

「あれは『Night of the Red Dog』という番組名を翻訳者が『モンタナの赤犬』としてしまったようだね」

「何でもよう知ってはるな……それにしても、お隣さん大丈夫かいな」

「金払ってないよね。ちょっとカバンの中を見てみようか？」

「頼んます。食い逃げには見えんけど……」

沼端はその場にかがんでバッグの中を見ると、多くのクリアファイルやバインダーの中に書類が入っていた。咄嗟に周囲を確認すると沼端の位置は完全に死角になっていた。沼端は素早く一番手前にあったスマホを抜き取ると、バッグをカウンターに載せて親父に言った。

「大丈夫そうだね。ほら、書類みたいなのが入っているから」

「そやろか……手洗いで倒れてるんとちゃうやろか……」

「奴さん、そんなに飲んでるの？」

「濃い目の焼酎の水割りをジョッキで三杯は飲んではりますな」

「案外、腰に来ているのかもしれないね。親父さん、俺、もう会計するから、ついでに手洗いを覗いてくるわ」

「そうでっか……申し訳ないなあ」

「カバンは預けておこう。会計を頼む」

沼端は支払いを終えると、食道街に唯一の手洗いに向かった。手洗いは十メートルほどしか離れていない。しかし、そこに伊東の姿はなかった。沼端は一応、手洗いには誰もいなかった旨を店の親父に告げ、自分の携帯の番号を伝えてその場を離れた。

沼端はすぐにホテルに戻った。ホテルに置いていたパソコンを開くと伊東のスマホを接続して香川に電話を入れた。

「先輩、下命の課題を終わりました」

「手元にあるのか？」

「iPhone でしたので、今、パソコンに接続しています」

「わかった。すぐにリモートアシスタンスするから電源を入れて準備してくれ」

香川がリモートアシスタンスを開始した。すぐにパソコンに接続している iPhone のパスワードが解析され始めた。約二分でスマホが開いた。「信頼できる接続」のサインが出る。直ちに iPhone データのコピーが始まる。写真データも多かった。それでも約二十分でコピーが終わった。

「香川先輩。スマホはどうしましょうか？　スマホがこちらにあるので奴の行方がわかりません」

「伊東はあれで記者としての能力は高いようだな。カレンダーアプリに詳細に動きを記載している。奴は今朝まで大阪駅近くにある新阪急ホテルに投宿していた。それから、伊東はもう一つ携帯電話を持っているようだ」

「もう一つ……ですか？」

「これから、その携帯で位置探査をする。お前は iPhone をホテルにこっそり戻しておいてくれ」

「了解。他に何かやることはありませんか？」

「下命の課題は以上だ。キタに『香川』というカレーうどん屋がある。店の名前もいいが、一度は行ってみた方がいいぞ」

「カレーうどん……ですか……いいですね。その前にちょっと飲みたいんですが……」

「そこのおでんも美味いんだ」

「関西風おでんですか……いいですね。それでは、お預かりしたスマホを返納して、そのいいお名前の店に行って参ります」

沼端は電話を切ると大阪駅の斜め向かいにあり、地下鉄御堂筋線の梅田駅と直結している大阪新阪急ホテルに赴き、ホテルロビーのソファーに座って防犯カメラの位置を確認した。伊東がスマホの紛失に気付いていることを考慮し、時間をかけずに返還する策を取ることにした。

沼端はベルキャプテンを見つけると、ソファーの隙間に挟まるように落ちていたスマホを拾得した旨を告げて手渡し、

「落とした人は困っているはず。近くの交番に早く通報してあげてください」

と、言い残してその場を離れた。

二時間後、香川は再び新梅田食道街の串かつ屋に立ち寄った。バッグの所有者のことを訊ねると、

「ああ、旦さん。親父が出てきて言った。あのお方は二階の手洗いに行ってたそうや。そこで、なんやら、急ぎ

の電話が入ったゆうてはりました。あんさんにも迷惑をかけたってあやまってはりました で」

「それならよかった。また、顔を出すよ」

「おおきに」

沼端は店内でトラブルがなかったことに安心して店を後にした。


一方、香川は早速iPhoneデータの解析にとりかかった。アドレス帳には三百件の個人データが入っており、電話番号、アドレスの他に勤務先、自宅住所、誕生日等まで残されていた。

香川の解析状況を横で見ていた片野坂が言った。

「これは宝の山ですね。中国人や朝鮮人ぽい名前までありますから。そうなると伊東のもう一つの携帯の内容も早く知りたいですね。携帯の番号から携帯電話の事業者の特定をして、令状請求しておきましょう」

「そうだな……それにしても生年月日があるのはありがたい。全員、総合照会をやってみよう。おっと、これが伊東のパソコンアドレスだな。白澤の姉ちゃんには、まずここに侵入してもらうかな」

「白澤さんに個人情報のすべてをデータ送信しておきましょう」

片野坂はチーム内で発生する令状請求等の事務手続きを全て、公安総務課公安管理係の係員にしてもらうことにしていた。請求要旨をパソコンに打ち込むと、管理担当管理官にメールで送った。数時間以内には裁判所から令状が交付され、令状は携帯電話事業者に届けられて、直ちに回答が届くようになっている。

さらに片野坂は白澤に対して伊東のパソコンのメールアドレスをメールで送った。

白澤は時差を考えて伊東に対し、沖縄基地の地権者による不正疑惑に関するスクープの偽装メールを送付した。この偽装メールには秘匿でマルウェアが添付されている。

このマルウェアは、いわゆる「トロイの木馬」と呼ばれるプログラムの一種だった。しかも、白澤はこれにアメリカ合衆国政府がＣＡＬＥＡ（Communications Assistance for Law Enforcement Act：法執行のための通信援助法）をインターネットアクセスにも拡大適用した手法を活用していた。それは、アメリカ国内で使用されているほとんどの通信機器に、あらかじめ政府機関からのバックドアが設けられているというものである。

白澤が伊東に送った「スキャンダル・スクープ」のメールには「開封通知機能」が設定されていた。伊東はメールの内容はもちろんだったが、開封通知機能の文言を重要文書と受け止めたらしく、白澤のパソコンにはすぐに「開封済」の知らせが届いた。

三十秒後、白澤のパソコンには、伊東のパソコンから発信されたメールが一括して送信されてきた。

白澤はあまりに容易に入手できた内容を一つ一つ確認しながら、伊東の危機管理能力の欠如に笑いをこらえきれず口にした。

「部付が欲しいのはこれかな？」

伊東に届いたいくつかのメールの中には指示命令文書が添付されたものも多かった。白澤は、これらのメールを送った者を芋づる式に解析し、それぞれが使用したパソコンにも次々にバックドアを仕掛けながら呟いていた。

「これって、犯罪？」

「頭、悪」

そう言ってはみるものの、白澤にとって片野坂からの指示は全て「ＹＥＳ」だった。

本来ならば、このバックドアを使用した傍受には法的手続きを必要としている。しかし、白澤はこの情報収集手法が、アメリカ国家安全保障局のＰＲＩＳＭによって行われていることをよく知っていた。

一方でアメリカ合衆国下院の情報常設特別委員会は中国通信大手の機器の危険性を訴えている。これは中国製のルーターやスイッチングハブ等の通信機器に、アメリカ合衆国連邦政府の内部情報を盗むバックドアが、政治的な動機によって組み込まれているというものである。これを受け、連邦政府は、インターネットセキュリティに関与するネットワーク機器から、中国製品を撤去するよう勧告した。

白澤自身も納得している「国家の諜報活動によるバックドア」に他ならなかった。

「これが犯罪組織というものなのか……」

白澤はたった一人で、次々と日本、中国、シリア、ソマリアにつながる悪の連絡網を解析していった。さらに白澤は恒常的なバックドアの設置によってバックドアのアクセス元の調査がされないように、数時間ごとにハッキングに使用する中継用のサーバーを変更し、調査する世界中のセキュリティ会社の情報も調べていた。アメリカ合衆国連邦政府が調査を依頼したセキュリティ会社の情報によれば、バックドアのアクセス元はIPアドレスで明らかになり、その施設のある建物が中国人民解放軍が所有する物であったことを確認したという例もあった。

白澤は三日にわたる解析結果を直ちに片野坂に送った。

「立派なものですね。たいした機材も与えていないのに、わずか数日でこれだけの情報を集めることができるんですから」

「姉ちゃんは本物のハッカーになってしまったんだな。才能というものは怖いものだ。そして、それを発掘した片野坂、お前もたいしたものだ」

「それよりもこれらの資料をどう巧く料理するか……ですよ」

「しかし、ここにはまだリニア新幹線のターゲットポイントが出てきていないな」

「そこまではまだ彼女に指示を出していません。彼女自身がパニックになってもいけませんから。これらの膨大な資料の中からキーワードを見つけ出すことが大事です」

「ビッグデータに登録するしかないだろう？」

「それはもちろんですが、最終的にどこまで捜査を広げて、どこを潰すのが最も効果的であるかを考える必要があります」

「そうだな。手を広げ過ぎても限界があるからな……」

香川が腕を組んで頭を巡らせている時、片野坂はすでにビッグデータ登録後の検索キーワードを考え始めていた。

片野坂が警察庁のビッグデータに持ち込んだ膨大なデータの登録だけでも数時間を要した。さらに、その間、各データがどこのフォルダに登載されるのかを確認していると、半数以上が国際テロリズム部門だった。

「外事情報部が真っ青になるんじゃないのか？」

「そうですね。国テロ対策課だけじゃないですからね」

「外事課がどう判断するか……だな」

「チャイニーズマフィア、コリアンマフィアも絡んでいますし、これと国際テロリズムがつながっているとなれば、組織改編の必要性も出てきますから、警備局長も頭を抱えてしまうかもしれませんね」

片野坂が笑って言った。

データ登録が終わるとほぼ同時に警察庁の国際テロリズム対策課理事官から片野坂に電話が入った。ディスプレーの番号を見て片野坂が「ほら来ましたよ」と言って電話に出た。

「沖田君どうしました？」

「片野坂さん。どうしました……じゃないですよ。なんですかこの情報は。どこからの情報で、真贋はどうなのですか？」

「彼らのメールアドレスとIPアドレスも書いてるだろう。それを確かめれば真贋はわかるはずだよ」

「それにしても、この金の流れですが、中国の寧波から中東に送金されているというのはどういうことですか？」

「それは外事課に確かめてみることだね」

「寧波なんて、歴史では習ったことがありますが、小さな都市でしょう？　おまけに外事課がそこまで知っているとは思えないのですが……」

年次二期後輩のあまりの無知に片野坂はムッとしていた。

「寧波の港は二〇〇九年以降、年間貨物取扱量が世界一なんだよ。国際テロを担当しているのなら、最低限度の世界情勢は知っておくべきだな。それから身内の外事課を信用できないのならば、警視庁の外事第二課に確認した方がいいと思うよ。もしかしたら、刑事局の組織犯罪対策部でもいいかもしれないな」

「国際テロが中国と絡むとは想定外だったものですから……」

「国際テロリズムに想定できることが何かあるのか？　日本がターゲットになる可能性について、何か想定して、その対策は練っているとでもいうのか？」

片野坂にしては珍しく先輩風を吹かしている、とでも思ったのか、沖田理事官が憮然とした口調で答えた。

「お言葉ですが、片野坂さんが現在、警視庁で何を捜査なさっているのか存じませんけれど、捜査情報ならばチヨダを経由して、こちらに関連データが届くのが筋だと思います」

「沖田、お前、いつからそんな事務屋の口調になったんだ。最新の信頼できるデータは一番先にビッグデータ化しておくのが常識だ。全ての真贋はＡＩだけでなく、これを捜査するセクションが判断することだろう」

「しかし、一旦ビックデータに入ってしまいますと、それが真実と思ってしまうのが普通じゃないですか？」

「あのなあ、どんな確定判決を得た裁判記録でも、そこに事件の全てが記載されているわけではないだろう。『真実は闇』なんてことは日常茶飯事なんだ。仮に、僕が登録したデータに誤りがあったとしても、『そういう話がある……』ということも一つの判断材料になるんだ」

「確かに片野坂さんが長年現場の人であることはわかりますが、今回のような唐突な情報は、しっかり裏付けをとってからデータ化するべきではないかと思います」

「じゃあ、お前が取れ」

「私は現場の人間ではありません」

「それならば来週にでも現場に出してやる。日本国内で重大な国際テロが起きようとしている時に、悠長なことを言ってるんじゃない」

そこまで言って片野坂は電話を切った。

横で通話を聞いていた香川が言った。

「本当に飛ばすつもり？」

「もちろん」

片野坂は平然と答えた。

「しかし、ビッグデータに登録するのは、本来は先方の言うとおりじゃないの？」

「私は本登録はしていません。このデータを入れることによって、新たな演算ができる可能性があると思ったのです。それは、人間が考えるよりもはるかに多くの情報を即座に演算できるコンピューターの力を借りるだけの話なんです」

そこまで言って片野坂は、ビッグデータ検索用のパソコンのキーボードを驚くようなスピードで打ち始めた。その姿を見て思わず香川が言った。

「お前、いつからそんなプログラマーのようになったんだ？」

「パソコンは小学校の頃から使っていましたから。大学の授業はほとんど指で覚えたようなものです。今から、気になるところを検索してみます」

片野坂が自分のことを語る時の特徴とも言える、相変わらずのポーカーフェイスで答えると、検索条件の絞り込みを始めた。

次々に出てくるデータに素早く目を通しながら、片野坂は約二時間、データを確認しては必要な部分のデータ名を別のパソコンに記録していた。片野坂の目が通話記録のデータを確認しているときに止まった。片野坂は別の通話記録と照合した。

「そうか……」

そして片野坂は再びビッグデータの検索を始めた。数十分後、片野坂はどこかにメールを打ち始めた。

その間、香川は香川なりに片野坂のデスクに自分のパソコンを置いてビッグデータと格闘を始めていた。香川はチャイニーズマフィアの金の流れを白澤から送られたデータの中から選び出し解析していた。

ふと片野坂が呟いた。

「ヒズボラか……」

「ちょっと気になる点が出てきました」

「ヒズボラがどうした？」

片野坂はスマホに手を伸ばして電話を架けた。

「どうも、お久しぶりです。お元気ですか？」

「元気はないですね……あれ以来、組織内ではすっかり干されてしまいまして、飼い殺し状態です。先日はついに『ジャイカに出向するか』とまで言われてしまいました」

「とんでもない話ですね。あそこも最近は人材不足で、月収三百万円の専門家とされている中には、現地の言葉も話せず、給料泥棒と言われている人も多いようですから」

ジャイカは独立行政法人国際協力機構（Japan International Cooperation Agency：ＪＩＣＡ）のことだ。外務省所管の独立行政法人で、政府開発援助（ＯＤＡ）の実施機関の一つであり、開発途上地域等に対する国際協力の促進に資することを目的としている。

常勤職員数の定員が一千九百十九人にもかかわらず、資本金は八兆九百九十八億円という金額である。一方、運営費交付金債務残高は三百十三億円と独立行政法人の中では最高だ。ちなみにトヨタ自動車株式会社の資本金は三千九百七十億円強である。

関係省庁の推薦、一般からの公募、専門家登録制度に登録している人から選ばれ、派遣されたＪＩＣＡの専門家は、その国の行政官や技術者と共に、当地の実情に即した技術や制度の開発、普及を行う。

ＪＩＣＡの在外職員の平均年収は一千三百四十四万円と公表されている。派遣先はアジアやアフリカなどがメインとなり、不便なだけでなく危険も伴う見返りとして「国際緊急援助手当」が支給され、派遣先の国の危険度によって手当の金額が変動する仕組みになっている。これに加えて、衣食の経費を負担する「在勤手当」や職員の家族への配慮として「家族手当」も支給されるため、派遣地域によっては月収三百万円という馬鹿げた給与になるのである。

「はい。専門家よりも言葉も仕事もできるボランティア派遣の方が現地での評価が高いという地域もあるようです」

「ところで望月さん、ちょっとお会いしてお伺いしたいことがあるのですが」

「私は暇ですから、永田町界隈ならばいつでも結構ですよ」

片野坂は午後三時に首相官邸前にある国会記者会館一階の喫茶室で再会した。

「その節は本当にお世話になりました。今、ここで生きていられるのも全て片野坂さんのご尽力のおかげです」

望月健介は片野坂に深々と頭を下げて続けた。

「本来ならば真っ先に御礼のご挨拶に伺わなければならないところでしたのに、省内で様々な尋問が続き、内閣府からも謹慎を申し渡されておりますので、自由に出歩くことも、こちらから連絡を取ることもできない状態でした」

「なんとなく警察庁から噂話は届いておりましたが、私も少し望月さんの行動に腑に落ちないところがあって、こうして話を伺いに参りました」

「そうですよね。馬鹿な奴だと思われていらっしゃいますよね」

「いえ、私の思いは他の人とは少し違っていて、望月さんがわざと彼らに捕まったのではないか……というふうに感じてしまったのです」

この時、望月の目が一瞬、宙を泳いで、顔色も少し変わった。

「ど、どうしてそんなことを思われたのですか？　彼らに捕まる……ということは、殺される可能性だってかなり高いのですよ」

「私もあなた同様、ジョンズ・ホプキンズ大学の中東研究部門で短期間ではありましたけど学んだことがあります。あなたはその時、ハーニン・レゲブさんというイスラエルの女性とお付き合いをされていたようですね」

望月の顔色が変わった。

「どうして、そんなプライバシーまで調べたのですか？」

「気になる点があったからです。あなたは極めて優秀な人物だと思っています。ジョンズ・ホプキンズ大学高等国際問題研究大学院でも極めて優秀な成績を残している。しかも、あなたは在学中から徹底してイスラム原理主義とイスラム過激派の実情を調べていた……」

「中東問題を理解する上においてイスラム原理主義を知ることは極めて重要なことです」

「それだけですか？　ハーニン・レゲブさんがお亡くなりになったことと関係がないわけではないでしょう？」

望月が片野坂の目を凝視したまま答えないため、片野坂は続けた。

「二〇〇六年、ヒズボラはイスラエルの北部都市ハイファに対してロケット砲攻撃を行いました。その時お亡くなりになった市民の中にハーニン・レゲブさんの名前がありました」

望月は顔を背け、ややうつむき加減になって目を瞑った。

「もう一つ、あなたは吉岡里美と名乗る女性と半年以上前から連絡を取り合っていましたね」

望月が睨むように片野坂を見た。

「あなたがドバイのオフィスで使っていたパソコンに吉岡里美からのメールがあるのを見つけたのです。データの消去があなたにしてはあまりに杜撰でしたね。しかも、休暇を取ってイスタンブールに行く直前にデータを消去していた……これはもしかしたら帰ってくることができない可能性も考えていたのですか？」

ようやく望月が口を開いた。

「吉岡里美さんが本人でないことは調べがついていました。私もそれなりにコンピューターの勉強はしています。彼女から届いたメールのIPアドレスを辿って行くと、中国人民解放軍が使っているビルであることがわかりましたから。しかも、吉岡里美さんが拉致をされたわけではなく、日本でお暮らしであることもわかりました」

「そう。あなたは吉岡里美さんがパスポートの紛失を在大韓民国日本国大使館に届け出ていることも確認していましたね」

「そんなことまで調べ上げていたのですか……日本警察おそるべし……ですね」

「あなたは吉岡里美の本性が中国人民解放軍のスパイだということも知っていたのですね？」

「そうです。中国人民解放軍はシリア問題に関して、最初はどっちつかずの立場でした。ただ、武器不正輸出の闇ルートの一つであることに気付いたのです」

「そこにはチャイニーズマフィアの連中が大きく関わっていたことも知っていますね」

「もちろん。彼らは様々な策略を日本に向けて行っていました」

「ほう、例えば？」

「日本国内でのIR、統合型リゾート施設への参入を目指していた中国企業の関係者の背後にいたのがチャイニーズマフィアです。彼らはIR関連議員にターゲットを絞り、

ＩＲ誘致に有力な地域で関係シンポジウムを開催するなどして、中国企業の経営トップとともに基調講演を行わせ『ＩＲ関連の法制度や今後の展望』などについて広報させていましたね」

「ＩＲか……反社会的勢力の参入を阻止するのが最大の目標なんだけどな」

「アメリカだって、原理原則ではカジノにマフィアの参入はない……ということになっていますが、建前と本音は違います。自主警備といいながら、その多くはマフィアが深く関わっている警備会社の社員を雇っているのが実情でしょう」

「マカオも同様……ということですか？」

「そうでなければ日本に中国のＩＲが進出したりしませんよ」

「そんなところでしょうね」

「中でも香港のチャイニーズマフィアは、一連の暴動と区議会議員選挙の影響で、現在は全く仕事にならない状態が続いています。香港で暴徒となっているのはチャイニーズマフィアが本国から連れてきた連中が多いのです。中国本土の意向を受けて、若者を暴徒化させることによって民主化勢力の人気を落とそうと考えたようですが、失敗してしまったんですね」

「それほど香港市民の反共産党意識が強い……ということなんでしょうね……」

「一国二制度さえ遵守されれば、共産党はどうでもいいんです。香港返還時の五十年という約束の期間内に共産党は崩壊すると信じられていたからです」

「民主化へのソフトランディングは容易じゃないでしょう。これまでの多くの東欧諸国家とは国の規模が違いますからね」

「共産党員ではない十三億人がどこまで人間らしい生活を送ることができるようになるか……私はそこがこの五年間の目安になると思っています」

「五年間……確かにわかりやすい目安だと思います。さて、話を戻しましょうか。望月さん、あなたは戦闘員になるために外務省に入ったのですか？」

「いえ、自分自身が戦闘をするとは考えていませんでした。専門がアラビア語ですから、何らかの形で現地で働く機会があればいいとは思っていました」

「現地で何をしたかったのですか？」

「ヒズボラに何らかの形で天誅を下したかったのです」

「天誅か……それは彼女のかたき討ちのようなものですか？」

「イスラム原理主義者によるテロに対してはほとほと嫌気がさしていました。その中でもヒズボラはイスラエルを徹底して敵視し、恒常的に何の罪もない人々の命を奪っていた。アルカイーダも憎むべき存在でしたが、ヒズボラがシリア政府と手を組んだことが何よりも許せませんでした。どれだけ多くのシリア国民を難民にしてしまったか……そして、最後にはＩＳＩＬ潰しにまで加担した。奴らは、結果的に考えるとイスラム原理主義のリーダーになりたかっただけなのです」

望月の考えには一理あると片野坂は感じていた。

「決してあなた自身の恨みを晴らすためだけではなかった……ということですか？」

「私は仕事として現地に赴く機会を得た時、すでにヒズボラの本拠地や指導者の所在も知っていました。本気でヒズボラと戦おうとするならば、もっといい戦い方があったと思っています」

「たとえば？」

「ヒズボラの指導者の所在地にピンポイントの爆弾攻撃をすればいいのですから……」

「どうしてそれをしなかったのですか？」

「リーダーというのは次から次へとうまれてくるものだとわかったからです。それならば、実際に現地で戦っているヒズボラの戦闘員の戦意を失くさせるような戦い方をした方が効果的ではないか……と思ったのです」

「なるほど……あなたがシリアの反政府軍の一員として、ヒズボラと戦うことを決意したのはなぜだったのですか？」

「アメリカ軍のシリアからの撤退が不可避となったからです。このままではヒズボラは持てる戦力を全てイスラエルに集中してしまう……と考えたからです」

「しかし、ヒズボラはイスラエルに対してはロケット砲やミサイルを使った攻撃だけでしたよね」

「そうです。しかし、シリア内戦が収まってしまえば、今度は人海戦術でイスラエルを攻撃すると思ったのです」

片野坂は望月の分析力に驚いていた。

「望月さん。あなたはユダヤ教に改宗されているのですか？」

「とんでもない。私は無神論者ですし、ヤハウェもキリストも神だとも預言者だとも、メシアだとも思っていません。ただ、この世に宗教というものが存在し、それによって多くの人の心が静まるのであれば、それを尊重すべきだと思っています。ですから、宗教戦争などというものは過去の遺物であり、これを他宗教に押し付ける感覚に対しては呆れをとおり越して敵意さえ感じてしまうのです」

片野坂は望月の純粋さに驚いた。この世に宗教というものが生まれて以来、例えばキリスト教内だけでも、どれだけの戦争が起こったか。そして、キリスト教とイスラム教の戦いでは、「十字軍」の名の下にどれだけの殺戮があったか。さらに言えば、ポルトガルやスペインによる中南米への侵攻に際し、布教活動と称して、どれだけの殺戮と略奪が行われたことか……それらを全て無視するかのように、望月はたった一人でイスラム原理主義者に対して戦いを挑もうとしていたのだ。それはある意味でドン・キホーテの再来のようだった。

「それはやはり、あなたの深層心理の中にハーニン・レゲブさんの存在が残っていたからではなかったのかな……と思いますけどね」

「それは完全には否定しません。はっきり言えば自分でもよく消化できていないんです。ただ、なんとなくですが、社会正義の実現をこの手でやってみたかったのかもしれません」

「社会正義の実現ですか……ヒズボラ、イコール悪……ということなのですね」

「もちろんそれは否めません。罪もない人を攻撃すること自体が許せないのです。日本という平和なぬるま湯につかっていては自堕落になるだけだと思ったのです」

「それで、誰かを救うことができたのですか？」

「少なくとも私が戦闘を行っている間は、ヒズボラによるイスラエルに対する無差別攻撃は避けられたと思います」

　そう言った望月の目はキラキラと輝いていた。

「こういうことを聞いていいのかわかりませんが、望月さんはヒズボラをどれくらい倒したのですか？」

「私自身が……というより、私がいた部隊は数百人を倒したと思います」

「望月さんが指揮していたのですか？」

「結果的にそうなりました。反政府軍の兵士というのは無学なんです。宗教観を少し説いてやるだけで彼らはまるで子どものように素直になるのです。私は彼らを扇動したこともなければ、彼らに嘘をついたこともありませんでした。ただ、戦場の最前線で戦っている彼らは自分たちの土地を自分たちで守りたかっただけなのです。政府軍ならまだしも、外からやってきて、まるで悪魔のように残虐なことを平気でやるＩＳＩＬやヒズボラは許せない……という信念だけで戦っていました。その純粋さの手助けをしただけのことです」

「望月さんの戦い方は、神出鬼没だったそうですね」

「私は彼らの動きを、彼らが残していったコンピューターの解析で知ることができたのです。ですから、彼らの先手先手を打つことができました」

「そういうことだったのですか。ヒズボラはシリア政府軍の指揮下に入って戦っていたのではなく、政府軍と連携を取りながら動いていたわけですね」

「そうです。それに加えて、私は反政府軍の動きも同様に知ることができました。ですから、私の部隊は他の反政府軍とは違った動きをして成果を上げることによって、短期間に存在感を増していったのだと思います。そこへ、あの和文通話表の指示文書が出現したときには夢から醒めたような感覚になりました。どこの誰が私に対してあのような手法の通信を考えたのか……驚きました。そして、諦めかけていた日本への帰国の意識が蘇ってきたのです」

「あれは賭けでもあったのです」

「あのコンピューターのアドレスをどうやって知ったのですか？」

「モサドの情報です」

「モサド……彼らはヒズボラだけでなく、反政府軍のコンピューターの解析も行っていたのですね」

「イスラエルのコンピューター技術、しかもハッキングに関しては世界でも一級であることは知っていたでしょう？」

「そうですね。ただ、自分たちが当事者になることまでは想定していませんでした。そうなると、あのメモ帳に送られてきた和文通話表の暗号もモサドに漏れていたかもしれませんね」

「モサドから問い合わせは来ていませんが、和文通話表を使う発想が彼らにあるか、そして彼らがそこまで日本語を熟知しているかは疑問です。しかも、最近では日本国内でも電報を打つ習慣は激減していますからね」

「弔電や祝電の多くは定型文ですしね。和文通話表の存在そのものだって知っている人はあまりいないかもしれませんね」

「その点、警察はほぼ毎日のように警察無線を使っていますから、ああいう発想が出てきたのです。ところで望月さんは、中東における様々なイスラム原理主義者たちのネット上のＩＰアドレスやアクセスポイントをご存じなのではないですか？」

「だいたいは把握しました」

「何かデータに残しているのですか？」

「彼らが使っていたパソコンのハードディスクをいくつか持っています。彼らは定期的にパソコンやアクセスポイントを変更しますが、サーバーだけはほぼ一定しています。ですから、それらを順列組み合わせするまでもなく、いくつかのパターンを試してアクセスしてしまえば、あとはどうにでもなる状況です。いくつかのバックドアを仕掛けているものもまだ残っていますからね」

「今後、それをどう使うつもりなのですか？」

「もう使う必要性がなくなってしまった……というのが本音です。もし、片野坂さんが国家のためにお使いになるというのであれば差し上げますよ」

　片野坂は驚いて訊ねた。

「望月さん、あなたは今の仕事を辞めるつもりなのですか？」

「外務省としては辞めさせたい一心でしょう。今回のことが公になっているわけではありませんが、内部告発の危険性は払拭（ふっしょく）できませんからね。ジャイカに飛ばされて、しかも、その後アラビア語圏とは全くかけ離れたところに行かされるとなれば、自分の力を活かすことさえできなくなります」

「次のことは具体的に何か考えているのですか？」

「いえ、今はまだ白紙です。いくら相手がヒズボラであったとしても、数か月間とはいえ数多くの人を殺めてきたわけですからね。彼らにも家族がいたはずです。喪に服する時間があってもいいのかな……と思っています」

「外務省はあなたが戦闘要員として動いていたことは知らないのですよね？」

「もちろんです。外務省職員が連れ去られた……ということだけでも非難を受けてしまうのですから」

「すると、有給休暇は残っているのですね」

「連れ去られた期間は給与も停止されていたようですから、有給休暇は残っています」

片野坂は有給休暇を活用して、少し休む時間を取るよう、そして決して投げやりな行動をとらないようアドバイスした。望月もまたこれに素直に従うことを約束した。

翌日、望月から手渡された五個のハードディスクの中身を解析すると、それはまさに中東の負の遺産を全て網羅するほどの宝の山だった。

片野坂は警備局長室に赴いた。

「局長、これは中東において日本の独自外交を行う上で重要な資料になります」

警備局長はデータの目次一覧と主要なデータ概要を見て驚愕していた。

「これを警備警察で扱うとなれば、あまりに重大過ぎるようだな」

「しかし、官邸に置くわけにはいきません。また、イランとアメリカの関係等を考えれば、警備局の中でも極秘にする必要があります。しかし、何らかの形で利用しなければ、それこそ宝の持ち腐れ……になってしまいます」

日本の頭脳を自負する警備局長にとってさえ、片野坂が解析した資料の内容はあまりに重過ぎるものだった。

「スタンドアローン端末に収納するしかないだろうが、何とかしてこれを小出しに活用できるようにするシステムを組む必要があるな」

「この情報は、相手方のサーバーに仕掛けてあるバックドアを活用することによって、常時アップデートが可能な内容です。これを管理運用できる専門官を置く必要があると思われます。スノーデンのような者が出てこないとも限りませんから」

「日本警察はアメリカのように杜撰な採用はしない。それにしても恐ろしいものを持ち込んできたものだな……その外務省職員は相当優秀なんだろうな」

「はっきり言えば、うちに欲しい人材ともいえます」

それを聞いた警備局長が驚いた顔つきで訊ねた。

「リクルートでもするつもりか？」

「警察庁での採用が困難であるならば、警視庁公安部の秘匿の外郭団体で動いてもらうのもいいのではないか……と思います。もちろん、彼の報酬に関しては機密費から手当てすることになりますが」

「それくらいの予算はどうにでもなるが……そうか……機密費で運用してしまえば、会計検査院にも探られずに済むな」

「必要な資機材はシーリングの枠内で何とかなるのではないかと思います」

「彼は今いくつだ？」

「三十二歳です」

「あと二十八年か……警備局内でどれだけ秘密が守られるか……そして、誰が責任を取るか……だな。警備局長申し送り事項、という形にするしかないだろうな。片野坂、お前にもその一端をカバーしてもらわなければならないからな」

「御意」

「そうか……それならまず、最初の矢を放って反応を見てみるか……」

「対トルコ戦略に使いますか？」

「いいところだな」

二〇一九年十月にアメリカ軍がシリアから撤退しはじめると、トルコはシリア北部のクルド人地区に軍事侵攻を開始した。するとアメリカはトルコに配備してきた戦術核兵器約五十発の撤収をちらつかせ、トルコを強く牽制した。

一方、トルコもロシア製迎撃ミサイルシステムを導入することによって、ＮＡＴＯからの離脱をちらつかせている。

しかしトルコからこれほどの量の戦術核兵器が撤収されることになれば、戦力の空白化が起こり、トルコをめぐる情勢は著しく不安定になるため、トルコ政府は震撼した。

そもそも北大西洋条約機構（North Atlantic Treaty Organization：ＮＡＴＯ）は、第二次世界大戦後、北大西洋条約に基づき、アメリカ合衆国を中心とした北アメリカおよびヨーロッパ諸国によって結成された軍事同盟であり、現在二十九か国が加盟している。

ところが、二〇一八年七月、トランプがＮＡＴＯ首脳会議の場で、ドイツなどに対して軍事費負担の少なさについて不満を伝え、アメリカの関与を縮小する意向を示し、二〇一九年一月にはトランプがＮＡＴＯ離脱の意向を漏らしたと報道された。

「イギリスのＥＵ離脱を契機に、ＮＡＴＯもどうなるのかわからなくなってしまいますね。ドイツの出方次第……というところでしょうか？」

「そもそもＮＡＴＯの結成は、ソ連を中心とする東側諸国に対抗するためのヨーロッパにおける西側陣営の多国間軍事同盟がスタートで、『アメリカを引き込み、ロシアを締め出し、ドイツを抑え込む』のが主眼とされていたわけで、すっかり枠組が変わった今、どうなることかだな」

「トルコは歴史的に見ても日本とは相互に親しい関係でしたが、エルドアン政権になってから微妙な関係になりつつありますね」

「天皇陛下の即位を宣言する即位礼正殿の儀に参列するため、訪日を予定していたエルドアン大統領はそれを取りやめて、ロシア南部ソチを訪問したからな。シリア北部での軍事作戦についてロシア側と協議するということだったが……」

「ロシアはウマハノフ上院副議長を送ってきましたが、この人はタタールスタン共和国の元副首相です。日本で言うと中規模県の副知事クラスが参議院議員になったくらいの人ですからね。といっても、本来、日本と非常に関係のいいアメリカでさえチャオ運輸長官でした。立憲君主制に興味がないことの表れかもしれません」

「ロシアが支援するシリアのアサド政権軍とトルコ軍が衝突する事態を回避するため……というのが本当の理由だったのだろうが、この日にしなくてもいいだろうに……と日本人ならば思ってしまうな。平成の天皇の即位時にはロシア、当時はまだソ連だったが、ナンバースリーのルキヤノフ最高会議議長だったからな。ゴルバチョフの親友でありながら、後に裏切ってゴルバチョフを追い落とすクーデターをやった張本人だったが……」

「それは初めて知りました」

「ほう。警察庁のものしり博士と言われる片野坂でも知らないことがあったか」

警備局長は上機嫌だった。

「ところで肝心なリニア新幹線の件はどうなっているんだ？」

「現在、ベルギーでイスラム原理主義過激派のコンピューターをハッキング中です。望月も記憶になかったそうで、国際テロリズム部隊が使っているパソコンは別のルートにあるようでした」

「アクセスできるのか？」

「アクセスコードはハードディスクに残っていました」

「コンピューターというのはありがたいようで、その反面恐ろしいものだな」

「はい、スノーデン一人でアメリカを危機に陥れることができるくらいですから」

「新たな情報が入ったら速報してくれ」

片野坂は局長室を出ると警視庁本部に戻り、公安部長に警備局長の意向を報告した。

「やはり局長が考えることも同じだったな。アメリカもイスラエルも咽喉から手が出るほど欲しい情報だろうが、これだけは日本の宝にしておかなければならない。望月君のことは心配しなくていい。お前の判断に任せる」

「彼の立場はどうなるのですか」

「特別国家公務員だな。警視庁では会計検査院をごまかすことはできないからな」

「局長は情報を小出しにする……とおっしゃっていましたが……」

「マッチポンプ大作戦だろうな。情報をアメリカにこっそり教えて恩を売っておきながら、アメリカからの極秘情報として官邸に報告すれば、官邸は官房副長官が頭を働かせて情報収集に走らせるだろう」

「まるで、時代劇の越後屋ですね」

「国家のためならば、何でもやるさ。公安警察の真骨頂……情報源の秘匿。これが公安部内にあるのだからな。しかも予算は国だ。誰も手出しができない外郭団体だ」

公安部長も愉快そうに笑っていた。

# 第八章　銃撃戦

デスクに戻るとベルギーの白澤から電話が入った。

「下命の課題に関してはもう少しお時間を下さい。ところで、緒方良亮副大臣なのですが、今、ベルギー外遊中です」

「臨時国会が終わったので、一斉外遊が始まったんじゃないのかな」

「ところが毎晩、クチンスカヤと一緒なんです。以前、クチンスカヤが『彼はいつか、あの自信過剰な態度で失敗する』と言っていたことがあったのですが、大丈夫なのでしょうか？」

「大丈夫じゃないでしょう」

片野坂が当然のように即答したことに白澤は驚いて訊ねた。

「外務副大臣のスキャンダルに発展してしまわなければいいのですが……」

「発展するんじゃないかな。早めに切っておいた方がいい人物なんですよ」

「えっ」

白澤は片野坂の真意が計り知れない様子で、もう一度訊ねた。

「スキャンダルに発展してもかまわないのですか？　今回のトルコ、シリア問題では高い評価を得ている……ということのようでしたが……」

「その評価をしたのは外務省と官邸の一部の人たちでしょう。官房長官、官房副長官は実態を知っていますから問題はありません」

「でも、緒方副大臣を今回のネゴシエーターに推されたのは部付だと聞いていましたが」

「彼の本性を直接見ておきたかったからです。彼の外交センスはゼロどころかマイナスであることがよくわかりました。そして彼のバックにいる悪の存在も再び浮き上がってきたようですからね」

「それって大博打だったわけですか？」

「博打じゃありませんよ。面接試験のようなものです」

「面接試験……って、本来、合格させるための試験ではないのですか？」

「僕は振り落とすための試験だと思っています」

片野坂の回答に白澤は言葉を失ったようだった。片野坂がそれを察して言った。

「面接試験では、合否の八割は面接会場に入って着席するまでに決まってしまうものですよ。あとの質問は、出来る限り当事者のいいところを探すため。でも、第一印象を拭うのは難しいものです。クチンスカヤもその点を見切っていたのだと思います」

「そうなんですね。私は部付が選んだ副大臣だったので、優秀な人だとばかり思っていました。クチンスカヤは人を見る目があるんですね」

白澤がため息をついて応えると、片野坂は白澤をフォローするように言った。

「白澤さんのそういう優しさが大事なんです。あなたにクチンスカヤのようになってもらいたいなどと思ったことは一度もありませんから。ついでと言ってはいけないことですが、緒方代議士の動きに妙な点があったら速報して下さい」

「妙な点……といいますと？」

「ロシア経由で中国、北朝鮮関係者と接触することです。クチンスカヤに何か頼みごとをするかもしれません」

「クチンスカヤは部付に興味というか好意を持っているみたいですが」

「あまり探られてしまうと立場的に困ってしまいますが、ロシアのスパイは最近、日本ではそんなに活動していませんから、新聞記者だけは気をつけておきます」

「新聞記者……ですか？」

「第二次大戦の直前から戦時中にかけて、日本でスパイ活動を行って国家的英雄になったリヒャルト・ゾルゲは、近衛文麿政権のブレーンとして、政界・言論界で重要な地位にあった新聞記者をスパイに仕立て上げていましたからね。多磨霊園にあるゾルゲの墓には今でもロシア大使館の幹部が着任する際、献花をしています」

「その話は管区学校の公安専科の時に聞きましたし、多磨霊園にあるお墓も見に行きました」

「当時のゾルゲのモットーは『ロシアと中国の革命を擁護せよ。帝国主義戦争を内乱へ転換せしめよ』でした。今でも、ロシアのスパイにとって、この方針は全く変わっていません。また彼は日本人から情報収集を行う際に、『日本人は他人を売る発言を簡単にはしないが、プライドが高い高学歴な人ほど自らの無知を他人に指摘されると、反論するために饒舌（じょうぜつ）になる』として『そんなことも知らないのですか？』と尋ねることで、数多くの情報を引き出していたと伝えられています」

「クチンスカヤも時々私を試すかのように、その台詞（せりふ）を使います。でも、私、何も知らないことばかりだったので、ごめんなさいと言うと、逆に教えてくれるんです。緒方代議士、案外、この手に引っ掛かってしまうかもしれません」

「もうすでに毒牙にかかっていることでしょう。緒方は自分では情報を引き出すつもりでも、国家を思う気持ちが違います。余計なことを言い出す前に処分しなければならない人物なのです」

「新聞記者で思い出しましたけど、最近、日本の新聞社の記者が私のことを調べているようなんです。内容はオリンピックがらみ……という触れ込みなんですが、私のところにはまだ来ていません。中国人民軍スパイに監視でもされているのではないでしょうか？」

「中国人民軍スパイですか……」

片野坂は首を傾げてやや考えながら答えた。

「まだ、彼らが白澤さんの本当の立場を知っているとは考えられませんが、何か気になることでもありますか？」

「最近、クチンスカヤが彼女のことを悪く言うので、ちょっと気にはなっていたんです」

「ほう……何か兆しがあったら速報して下さい。ちなみにどこの新聞社かわかりますか？」

「毎朝新聞ということです」

「ゾルゲの時と同じですね……仕事の時には普段は都庁の起案用紙を使っていますよね」

「いえ、今はノートを使っています」

「それはダメです。都庁の青罫を使ってください」

「すみませんでした。すぐにそうします」

片野坂は電話を切ると、白澤を経由して自分自身の調査が行われているのではないかという危惧を覚えた。

二日後、某全国紙の都内版に『オリンピックの裏舞台で世界を飛び回る職員』として、片野坂の写真付きの記事が載った。「危機管理担当のナンバーツーとして、海外で都民の安全安心を支えながら、拉致や各種犯罪被害が東京都内で発生しないように活動している……」というものだった。

このニュースは、ただちに在レバノン日本国大使館にも届けられると共に、白澤の元にも届いた。

「こんなこともできるんですね」

この記事を見た白澤は、片野坂の意図を感じ取ったのか、電話口の声が涙声だった。

「クチンスカヤにも見せてあげてください」

片野坂が電話を切ると、すぐにモサドの上席分析官であるスティーヴ・サミュエルから電話が入った。

「アキラ、最近、中東のイスラム原理主義者の拠点にあるサーバーに中国から猛烈なサイバーテロが仕掛けられているようなんだが、理由はわかるかい？」

「中国のどこなんだい？」

「上海と深圳の二か所だ。それもどうやら、やっている連中は同じところで訓練を受けているようなんだ」

「何か同じ癖でもあるのかい？」

「そう。バックドアの一つを見つけたんだが、必ずWindowsのメモ帳に盗んだデータをコピーして、暗号化して持ち出すんだ。今まで見たことがない手口なんだ」

「メモ帳だとデータ内容によっては文字化けしてしまうんじゃないのか？」

「さすがによく知っているな」

「どこがやっているかを見つける手段としてInternetExplorer、エンコードで開くか、『Unicode』や『ＵＴＦ』、『中国語（ＥＵＣ）』で開いて、コマンドラインのターミナル画面で確認すると、最後にこの作業をやっている文書管理責任者のＩＰアドレスが出てくるよ」

「試したことがあるのか？」

「おそらく中国人民解放軍総参謀部第三部第二局中国人民解放軍６１３９８部隊の連中だろう」

「やはりそうか……」

「イスラム原理主義者の拠点にあるサーバーの中には、どんな重要なデータがあるんだ？」

「武器と覚醒剤を始めとした薬物の調達ルートだ」

「中国の寧波からか？」

「アキラ、どうしてそれを知っているんだ？」

「先日、どこかの馬鹿者が、そこのパラボラアンテナを破壊したおかげで、日本の捜査員が疑われた経緯があるんだ」

「上海浦東国際空港拳銃自殺事件のことか？」

「どうやらそうらしい。その後どうなったのかは知らないが……」

「中国の公安は内部通報者の徹底捜査をやったらしいが、どこにもたどり着かなかった……という話だ。その際、公安は姿を消した日本人を確保しようとしていたらしいが、何の証拠もなかったばかりでなく、その日本人は公用旅券で出国してしまったようだ。それってまさか……」

「まさか……なんだい？」

「日本警察はそんな手荒なことはやらないだろうが、公用旅券を使われてしまうと、どうにもならない。何しろ、日頃から、世界中にある中国大使館の職員がやっている手口だからな」

「お株を奪われた……ということか」

片野坂が笑って答えると、スティーヴが思わぬことを言った。

「そういえば、アキラが一緒にベイルートから帰国した外務副大臣がベルギーでクチンスカヤに転がされているらしいな」

「もう耳に入っているのか？」

「ＩＲ関連の情報を探っているようだ。アメリカのラスベガスにあるロシア富豪の経営するカジノの関係者との接点を求めているそうだ」

「ＩＲ関連？　中国ではないのか……」

「中国もやっているようだが、中国はＩＲの候補地として横浜を念頭に置いていなかったらしく、北海道と大阪で余計な金を払わされたと怒っているそうだ」

「それにもやはり緒方が関わっていたのか？」

「そうらしいな。もともと、あいつのバックにいた奴がろくでもないやつだったんだろう。おまけに大学の先輩後輩だそうだからな」

「なんでもよく知っているな」

片野坂は頭を巡らせて呟くように言った。

「中国へのシステム導入が失敗したとなればチャイニーズマフィアを敵に回したことになるな……」

「システム導入？　マカオかい？　そんな話があったのかい？」

「いや、これはまだ推測に過ぎない。ところでスティーヴ、イスラム原理主義者の国際テロリズム部門のターゲットとして、日本のリニア新幹線が入っている……という話を耳にしていないか？」

「それは確か上海のチャイニーズマフィアの意向だろう？　高速リニアモーターカーを運用しているのは世界では上海だけだからな」

「何か証拠はないか？」

「それをイスラム原理主義者の国際テロリズム部門に依頼する可能性はあるな……そうなるとドローン技術を持つイエメンの奴らなんだろうが……うちで調べてみるか？」

「フーシか……イスラム教シーア派の一派ザイド派の武装組織だな」

「奴らは何れも六百ドル未満で手に入る中国製エンジンなど市販の部品で構成された廉価なドローン十機でサウジアラビアの石油施設を攻撃したと発表しているが、アメリカは二十機近いドローンと巡航ミサイルが使用されたと言っている」

「あえて中国製……と言ったのが気になるところだな」

「それはわれわれも注目しているところだ」

片野坂は白澤にイスラム原理主義者の国際テロリズム部門からイエメンへの連絡歴の調査を指示したところ、白澤はすでにそれを摑んでいた。

「発信元は寧波にあるチャイニーズマフィアの本拠地からで、イエメンのフーシのドローン攻撃の実力を認めて依頼しているんです」

「チャイニーズマフィアの本拠地って……どうしてわかったんですか？」

「住所を航空写真で確認して、地域を管轄する公安のデータで特定しました。そこには屋上に二つのパラボラアンテナがあるのですが、その二つのパラボラが違う方向を向いているんです。一つは衛星放送用だとわかるのですが、他方は衛星通信用なのです」

「それはパラボラアンテナの画像解析からわかったのですか？」

「そうです。四井電機の衛星通信機器部門の責任者に確認してもらいました。衛星を自動追尾する機能を持つ鏡面修整カセグレン型アンテナというものでした」

それを聞いた片野坂は、そのパラボラアンテナは香川が破壊したものであることがわかった。

「間違いなさそうですね。その場所は香川さんが確認しています」

「香川さんはそんなところまで行かれていたのですか？　さすがだなあ……」

「命からがら帰ってこられたんですよ」

「何かあったのですか？」

「それは本人から聞いてみてください。ところで、そのドローン攻撃のターゲットが日本にはありませんでしたか？」

「あったことはあったのですが、意味がわからなかったのです」

「どういうことですか？」

「十機を同時ではなく、時差で攻撃するようで、十か所は全て緯度経度で記されているのですが、みんな山間部ばかりなのです」

「その場所を点でつないで、みてみましたか？」

「はい。でも、意味がわからなかったんです」

「そのデータを送ってください。おそらく長野県を中心として西が岐阜、東が山梨……という感じではなかったかと思うのですが」

「そうなんです。すべて目立たない山間部でドローンに電波が届くのか気になりましたが……これってなんなのですか？」

「おそらく、ドローンによる攻撃目標だと思います」

「そんな山の中に何があるのですか？」

「リニア新幹線のトンネルの出入り口に当たる場所ですよ」

「えっ。リニア新幹線……でもまだまだ先のことではないのですか」

「そうなのですが、どのタイミングでやってくるか……ですね」

片野坂の言葉に白澤がやや間をおいて答えた。

「もしかして、もうテロリストたちは既に潜入しているかもしれません」

「どういうことですか？」

「別のパソコンを使い、別のメールアドレスで送られている指示があるのです。それを見ると傭兵の訓練を受けた五十人を日本に派遣するというものでした。それも日本に入国するルートを変えて入るように……など細かい指示が出されています」

「おそらくそれは、イランのコッズ部隊からの指示を別ルートで前線に知らせていたのかもしれませんね。コッズ部隊の構成員は通信傍受を警戒して、電話、メール等の通信機器は全く使用せず、伝令を使って互いに交信しているとされていますからね」

「イランのコッズ部隊……ですか……それで言葉が少し違っていたのかもしれません」

白澤が答えると片野坂が訊ねた。

「派遣する日時について、何かヒントになるようなことはありませんでしたか？」

「それがはっきりしないのですが、武器を対馬経由で持ち込むことになっているのです。でもその武器はたいしたものではないし、爆弾も何もないのです。ただし、ドローンは二十機携行するようです」

「下見……でしょうね。攻撃と万が一の場合を想定したゲリラ戦のアジトを設定するつもりかもしれませんね」

「そのために五十人も必要なのですか？」

「十か所を連続攻撃するとすれば、五人ずつ十組……と考えられます。かつてアメリカの民間軍事会社でトレーニング受けた際にも似たような作戦を行っていました。偵察部隊と実行部隊が同一なのです。瞬時に攻撃を行って霧のように消えてしまうプロ集団です」

「香川さんもそのトレーニングを受けたのですよね……あの歳で……」

「才能がある人はなんでもやってしまうものなんですよ。おまけに警察官の中でも剣道特錬選手をずっと続けていた人ですからね。基礎体力が普通の人とは全く違うんです。それよりも、テロリストが日本に既に入っている……と思ったのはどうしてですか？」

「指示が出されたのが、サウジアラビアの石油施設への攻撃が終って一か月半、米軍によるバグダディ殺害直後のことなのです」

アブ・バクル・アル・バグダディは、サラフィー・ジハード主義組織ＩＳＩＬの指導者だったが、二〇一九年十月二十七日にアメリカ軍のデルタフォースを含むエリート特殊部隊による急襲作戦によって、トンネル内に追い詰められ、自分の子供三人を巻き添えにして自爆死した。

「なるほど……報復を急がせるための指示だった可能性がありますね。至急、入管に問い合わせてみましょう」

「部付、ところでデスクではいつ頃、ドローン攻撃の情報を得ていたのですか？」

「それは香川さんに聞いてください」

「また香川さんなんですか？」

「その情報を取ってきたのも香川さんなんです」

「やっぱり香川さんて、怖い人なんですね」

片野坂は白澤から送られたデータをリニア新幹線のルートマップに重ね合わせた。

「リニア新幹線のルートは地図には出ていないからな……さすがの白澤さんもわからなかったんだな……それにしてもこの十か所は完璧にトンネルの出入り口だ……確実に下見をしていなければ、ここまで正確に緯度経度で表すことはできないだろうな」

片野坂はすぐに香川に連絡を取った。

片野坂から受け取ったデータを確認した香川は公安総務課調査七係担当管理官の了解を得て、ドローン操作ができる十人を連れ、五日間の出張に出かけた。

「今夜は団結式だ」

香川は初日の夜、リニア新幹線の山梨県駅建設予定地の甲府市内で懇親会を開いた。

「リニア新幹線がこれからの日本にとって本当に必要なものなのかはわからんが、これを破壊しようとしている他国の勢力は叩かなきゃならない。国内にも『富国有徳の理想郷』をキャッチコピーにしながら、やっていることは『富静排徳』という県知事もいる。まさに『内憂外患』の状態にあるリニア新幹線建設を当面は守る必要がある。中でも外患の方はチャイニーズマフィアとイスラム原理主義者の国際テロリズム部門が合体しているようだ。敵はすでに現地に飛んで様々な工作を始めている。まずは奴らを殲滅することが我々の仕事になる。二人一組で力を合わせて、この難局を乗り切ろうじゃないか」

香川の乾杯発声で団結式は盛り上がった。

「香川先輩は今、公安部長付になっているんですか？」

主任の一人が訊ねた。

「部長付ではなく、公安部付だ。俺もはっきり言えば指揮系統がよくわかっていないんだ」

「片野坂部付はもの凄い秀才なんでしょう？　一緒に仕事をやっていて大変なんじゃないですか？」

「優秀は優秀だな。しかし、何と言っても奴が見習の時には俺が指導巡査だったからな。警視庁先輩後輩規程は永遠に存続しているんだ」

「永遠……ですか？」

「ああ。死んでも先輩後輩は変わらない……ということだ」

「そんなことを言える人は香川先輩くらいのものですよ」

「それがわかってて俺を呼んだんだから仕方がないだろう」

「今回、全員が拳銃と予備弾を携行していますが、撃つ可能性は高いんですか？」

「相手はチャイニーズマフィアと国際テロリズムの戦士だ。何をやってくるかわからない。何よりも自分たちの生命身体の無事が第一だ。いざとなれば先制攻撃をしても構わない。ただし、決して第三者を巻き込んではならない。それだけだ」

「そういえば、香川先輩は国会議員会館で発砲して総監賞を取ったんですよね」

「発砲したからじゃなくて、狙撃犯を逮捕したからだ。勘違いするなよ」

香川は笑って応えていた。

翌朝、警部補と巡査部長が二人一組となった五つのチームが、品川〜名古屋間二百八十六キロメートルのうちの八十六パーセントがトンネルというリニア新幹線工事現場に散らばった。

最大の関門の一つともいえる、トンネルの長さが路線の中で三番目という南アルプストンネル、山梨口に向かった香川は総延長約二十五キロメートルの両出口を視察する組に付いていた。

「こんなところにトンネルの入り口があるんですね」

主任がため息交じりに香川に言った。

「南アルプス、中央アルプスを通る山岳トンネルの警戒が最も大事なんだ。リニア新幹線のトンネルの長さで一番二番は、大深度地下を行く大都市圏のトンネルなんだが、そこは警備の仕方も様々な工夫ができるだろう。だが、こんな辺鄙（へんぴ）なところは電波のためだけでなく、監視のための基地局も置かなければならないだろうな」

「ここの工事はどれくらい進んでいるんでしょうね」

「まだ数パーセント……というところじゃないか。しかし、敵がすでに動いていることを考えると、俺たちもジッとしているわけにはいかないからな」

「現にここでは一般の携帯電話は圏外ですからね」

「だからアンテナ付きのドローンを持ってきたんだ。これは山岳救助隊用に開発された基地局ドローンだ」

「そういうことだったんですか」

「その前に、まず一発、ドローンを飛ばして周辺の状況を観察してみよう。敵が入った痕跡も残っているかもしれない。このカメラとモニターはサーマル暗視スコープ対応になっている」

サーマル暗視スコープは光ではなく熱を検知し、映像化するモジュールが内蔵されている。絶対零度（摂氏マイナス二七三・一五度）以上の熱を持っている物体は全て熱エネルギー、つまり赤外線を発しており、氷でさえもこの熱エネルギーを発している。サーマル暗視スコープは物体が発するこの裸眼では見ることができない熱エネルギーを検知して視覚化するシステムである。

「これはイスラエル軍も使っているんだが、戦車等が移動した後に残る熱をも感知するので、敵の次の移動を予測することもできるんだ。その逆を言えば、人が動いた経路も感知することができる……ということだ」

「高いんでしょうね」

「どこからそんな金を引っ張ってこられるんでしょう？」

「キャリアの上司で助かるのは、彼らが行政官だからだ。彼らは組織全体の予算が常に頭の中に入っている。シーリングの枠内で余った予算の使い方を知っているということだ」

「シーリングの枠内……どういうことですか？」

「お前もこれから警部、警視を目指すなら、最低限度の常識は持っておけ。シーリングというのは、概算要求基準のことで、財務省が翌年度の予算編成を行うにあたって、各省庁が要求できる額の上限の目安を設定することだ。警察庁でもこれに沿って八月末に要求内容をまとめることで予算を獲得するんだ。シーリングは『天井』という意味だよ」

「なるほど……その中に予備費のようなものがあるんでしょうね」

「そういうことだな。ただ、うちのこれは行政官でありながら、執行官でもあるから、現場に必要な『物、金、人』は確実にゲットしてしまうんだ」

香川は右手の親指を立てながら言うと、主任は納得したように頷いていた。

早速、巡査部長はドローンを飛ばした。

「いいドローンですね。力もあるし、ピッチも実になめらかです」

ピッチとは、前後・左右・上下が決まった物体が、左右を軸にして「上下に」回転することをいう。なお、前後を軸にした回転をローリング（rolling）、上下を軸にした回転はヨーイング（yawing）という。

高度五十メートルでドローンをホバリングさせながらカメラを回転させていると、荷物を持った四人組が移動しているのがモニターで確認できた。

「この高さではドローンに気付く者はほとんどいないだろうからな。ズームをかけてサーマル暗視スコープをノーマルに変えてみてくれ」

四人組がモニターをとおしてはっきり見えた。

「なんだろうな、こいつら。敵だったら実に運がいいんだが」

「この男が肩に掛けているのは銃じゃないですか？」

「猟師がこんなところには入って来ないだろうし……もう少しズームをかけてくれ」

四人組のうち一人は少年のようだった。しかも彼の手には小型のスチール製のバッグがあった。

「折り畳み式のドローンでも入っているのかな？」

「可能性はありますね。我々も接近してみましょうか？」

「奴らの位置をマップに落として、追ってみてくれ」

香川は装備資機材の運用方法を完璧にマスターしていた。しかも、今回同行したメンバーにもそれを周知徹底させていた。

「奴らは、今、ここか……。このルートで回り込もう。それから、奴らが乗ってきた車がこの近くにあるはずだ。それも探しておいてくれ」

三人は拳銃のホルスターからいつでも拳銃を抜くことができる準備をして、四人組を追った。

十五分後、三人は四人組の後方二十五メートルに接近した。双眼鏡で四人の顔も全て見えた。顔つき、服装等から判断して日本人でないことは明らかだった。

「やっぱり敵だな。Pフォンで動画を撮って画像を照会しておこう」

主任が動画を撮って確認すると、直ちにドローンを高度百五十メートルまで上昇させて基地局にし、画像を公安部サイバー攻撃対策センター宛てに送信した。警視庁からはデータ受信完了のサインが届いた。

四人組がリニア新幹線のトンネル入り口に近づいているのは明らかだった。三人は距離を保って追尾を続けた。五分後、警視庁から、先ほど送った動画に映っている四人の人定を送ってきた。

「二週間前にドバイから入国した連中だ。間違いない」

ドローンを再び高度五十メートルに降ろすと、ドローンのモーターの電源を切って、ローターの回転音を止め、オートローテーションで音が立たないように静かにピッチコントロールだけで手元に降ろした。

さらに十五分後、四人組がやや広くなった高台で立ち止まると作業を始めた。少年のような男が持っていたスチール製のバッグの中身はやはりドローンだった。手早く組み立てを終えるとドローンが空中に上がった。ドローン本体に爆薬等を搭載している様子はなかった。

「もう少し上がって、トンネル方向に進んだら妨害電波を出してやれ」

香川が指示を出した。

四人組が使っているドローンはいかにも安物で、四つのローターの音もうるさかった。それでも四人組はドローンから送られてくる画像をパソコンで確認しながら、録画を続けている様子だった。主任は彼らの動きを全てビデオカメラで撮影していた。

「もう、落としていいぞ」

巡査部長が手にしていた発信機のスイッチを押すと、彼らのドローンが迷走を始めた。四人が焦っているのがわかった。

「奴らの車に先回りしておこう。あの位置なら小一時間は余裕があるからな」

香川の判断に従って、三人は四人組が乗車してきたと思われる車に向かった。

足立ナンバーのランドクルーザーだった。最後部の座席にはキャンプ用品が積まれていた。

「キャンプをしながら移動していたのか……マフラーの奥に粘土をギッチリ詰めておくか……相当、時間が稼げるからな」

三人は一旦、自分たちが乗ってきたハイブリッド車に行くと、再び四人組のランドクルーザーの所に戻り、装備品の中から粘土を取り出してランドクルーザーのマフラーの中にギッチリと押し込んだ。

三人は携帯電話の電波が届く場所に行くと、香川が片野坂に応援要請の電話を入れた。

「一人は銃を所持している。完全装備のSAT一個小隊を派遣してくれ」

SATとは特殊急襲部隊（Special Assault Team）のことで、主に、対テロ作戦を担当し、警察警備部に所属する特殊部隊である。

「香川さんは南アルプストンネルの山梨口でしたね。そこなら警視庁のSATを立川から飛ばした方が早いでしょう。確認して手配します」

五分後、片野坂から電話が入った。

「今、SAT一個小隊がヘリで出動しました。ヘリからのラペリングで降りますから、詳細な場所をお願いします」

ラペリングとは懸垂下降のことで、ロープ（ザイル）を使って高所から下降する方法である。緊急時に、ヘリコプターが着陸できない場所ではホバリング中のヘリコプターから飛び降りるようにして降りることも多く、警視庁では専ら「振り出しラペリング」という用語を使っている。

香川は四人組のランドクルーザーが停めてあった場所をＧＰＳで確認し、正確な緯度と経度を伝えた。

「さすがです。山梨県警にも護送用の車両を手配しておきます」

三人は再びランドクルーザーの場所に戻ったが、四人組はまだ到着していなかった。

「ドローンが木にでも引っ掛かったかな。うちのドローンをあげてみてくれ」

ドローンが四人組を捉えた。

「戻ってきていますね。でもまだ二、三十分はかかりそうですよ」

「よしよし。あとはＳＡＴに任せよう。直線距離だと百キロメートルくらいだから、ヘリの方が早く現着するだろう」

予想どおり、ＳＡＴは先に到着した。小隊長以下七人全員が完全装備で自動小銃を携行していた。

香川が状況を説明すると小隊長は迅速に四人組を迎え撃つ態勢を組んだ。その五分後、四人組が現れた。ところが、その後方にさらに四人のメンバーが合流していた。ヘリコプターからラペリングをして戦闘降下しているＳＡＴの姿を確認した別働支援部隊がいたのだ。しかも彼らはプロのテロリストらしくＳＡＴの存在を確認すると直ちに散開して戦闘態勢に入った。

「向こうは戦闘のプロだ……SATだけでは難しいかもしれない」

香川がSATの小隊長に言うと、小隊長も同意見だった。

「陸上自衛隊のスペシャルコマンド部隊を派遣要請しますか？」

「その方が無難だろうな……」

間もなく一台のドローンが上空に上がった。

「敵もドローン勝負で来たか……。一個小隊が固まっているのは不利だな」

香川が言うとSATの小隊長は迅速に部隊に対して散開の指示を出した。

SATはドローンを所持していない。

SATから借り受けた防弾チョッキを着て香川は小隊長と行動を共にした。

幸いなことに香川たちがいる場所には遮蔽物になる岩石や天然の洞穴が多かった。

香川はまず、巡査部長に指示を出し、通信用のドローンを再出動させ警察庁警備企画課のチヨダに対して自衛隊の派遣要請を行うよう連絡を取った。

チヨダの理事官も現場の事態を即座に認識して警備局長に速報した。警備局長は直ちに警察庁長官に報告すると共に、防衛省内部部局の大臣官房官房長と自衛隊の統合幕僚長に連絡を取った。統合幕僚長は陸上自衛隊から陸上幕僚長を経て現在の制服組のトップに昇りつめた逸材で、しかも山梨県の出身だった。

統合幕僚長は防衛大臣の命令を待つことなく直ちに陸上幕僚監部から陸上総隊の直轄部隊である中央即応連隊の中から、東部方面隊富士駐屯地で訓練中であった一個中隊に対してスクランブルスタンバイの指示を出した。

富士駐屯地から現場の山梨県早川町までは富士山を迂回する最短距離で五十キロメートルほどだった。

間もなく国家の緊急事態の旨の指示が防衛大臣から極秘裏に出され、陸上自衛隊部隊が出動した。これを受けて香川の元にも警察庁から応援派遣出動の連絡が届いた。

「富士駐屯地から応援部隊が来る。十数分間の辛抱だ。それよりもＳＡＴにスナイパー担当者がいるだろう。あの敵のドローンを撃ち落としてくれ」

「了解」

小隊長が指示を出した。敵のドローンは香川たちの上空約五十メートルを旋回していた。ＳＡＴ隊員の一人がライフルケースからＬ96Ａ1を取り出してドローンに照準を合わせた。

「なんだ。セミオートマチックじゃないのか？」

香川がＬ96Ａ1を見て言うと、小隊長が答えた。

「ＳＡＴはＨ＆Ｋ ＰＳＧ1も保有していますが、射程はＬ96Ａ1の方が長いですし、まあ、彼の腕を見ていてください」

L96A1はイギリスの銃器専門メーカーのアキュラシー・インターナショナルが製造し、イギリス軍で制式採用されている狙撃銃である。一方、「H&K PSG1」はドイツのH&K社が対テロ特殊部隊向けに開発した、セミオートマチックの狙撃銃である。

「タン」

という軽い音がしたかと思うと、敵のドローンは空中で見事に破裂するように分解した。

「ほう。大したものだな」

「それにしても香川さんは銃にも詳しいんですね」

「まあな……」

香川が答えた途端、香川の五メートル横に迫撃弾が着弾して轟音をあげた。

「おいでなすった。うちらも奴らが散り散りになる前に少し応戦した方がよさそうだな」

「応援が来るまでの十数分が勝負ですから、下手にこちらの場所を教えない方がいいですよ」

するとと香川は巡査部長に敵の位置をドローンで把握するように指示を出した。

「サーマル暗視スコープで位置を地図に落とします」

香川がパソコンを開いてマッピングシステムを開くと、敵の八人の位置が克明に表れた。

「小隊長、どうするよ」

「ＳＡＴにもない資機材を公安部が持っているのですか？」

「公安部は常に臨戦態勢だからな。受け身ばかりではダメなんだよ」

「そういうことですか……ところで奴らもこちらのドローンを狙ってくるのではないですか？」

「気が付けば……だけどな。何と言っても、こちらのドローンは高度三百五十メートルから写しているんだ。しかも、音が全く聞こえないだろう？」

「確かにそうですね」

「奴らのように単なる調査目的ではないからな」

「彼らは調査目的だけなのですか？」

「先ほど撃ち落としたドローンを見てわかるだろう。あれには特殊装備を付けるだけのパワーがない。奴らは今回、徹底した調査を行って、オリンピック間際に攻撃を仕掛けてくる予定だったはずなんだ。もちろん、オリンピック期間中にも何らかのことをやるだろうが、最大の目標だったマラソンがコース変更になったからな」

「マラソン競技が狙われていた……ということなのですか？」

「そりゃそうだろう。皇居外苑で天皇陛下が応援している前で爆破でもすれば、世界中の話題になる。死者の多少は問題じゃない。むしろ、開会式や閉会式を狙うと、世界中を敵に回すことになるからな」

「そういう情報まで公安部にはあったのですか？」

「だから、オリンピックのマラソンコースが早々に発表された時には、ＩＯＣやＪＯＣ、さらには陸連の連中に『こいつら馬鹿じゃないか』と言っていたものだ。国際テロリズムの存在を全く無視していたんだからな」

そこまで言って香川がパソコンのモニター画面を見ながら言った。

「この一番端にいる奴を脅してみるか？」

「確かにマッピングシステム画像を見ると、一人だけ離れていますね」

「奴らは二チームが合流した形になっている。意思の疎通が上手くできていないんじゃないかと思うんだ」

「それでも、プロ中のプロですよ」

「しかし、奴らが活動してきた場所は砂漠の中や粗末な建物の中ばかりで、こんな森の中はあまり経験していないんじゃないかと思うんだ。自衛隊に全てを任せてもいいんだが、こちらとしても一人くらいは倒しておきたいところじゃないか？」

「そういわれればそうですが……」

「二人、狙撃担当を貸してくれないか？」

「香川さんが行かれるのならば、私も一緒に参ります。一人だけですよ」

「わかった。恩に着る」

ドローンからの情報で敵の動きは手に取るようにわかっていた。

香川は公安部の主任、巡査部長をその場に残し、先頭に立ってＳＡＴの小隊長と一人の隊員と共に大きく時計回りに動き始めた。

敵を発見した。敵は香川がアメリカで訓練を受けた施設にいた傭兵並みの装備を身に着けていた。敵の右後方から接近した香川が敵に向かって言った。

「お前たち、ここで何をしている」

日本語で訊ねたが、男に反応はなかった。しかし、彼の目には陰湿さが漂っているように香川には思えた。十分な間合いを取って香川が英語で訊ねた時、男がダガーナイフを取り出して香川に襲い掛かった。香川は防弾チョッキを着用していたため思ったよりも体が動かなかった。すると香川の後方で一発の銃声が響いた。ＳＡＴの小隊長が四十五口径の銃を使ったとみえて、音が山間にこだまして余計に大きく感じられた。

防弾チョッキに弾が当たった敵は肩に掛けていたケースの中から、実に素早い動きで自動小銃のＡＫ－47（Avtomat Kalashnikova-47）を取り出して香川に向けようとした。その時、二発の「タンタン」という軽い音がしたかと思うと、カラシニコフを構えた男がガクリとその場に膝をついた。ＳＡＴ隊員が狙撃銃の引き金を引いたことを香川は認識した。

倒れた敵を香川が強烈な肘固めで制圧し、後ろ手錠を掛けると敵の口の中にタオルを詰め込み、香川は男を引きずって後方に下がった。

敵方から数発の銃弾が撃ち込まれたが四人は直線距離で自陣に戻った。香川の顔に珍しく汗が噴き出していた。

間もなく、自衛隊のヘリが三機、香川たちの後方に超低空飛行で現れるとやや離れた場所に着陸した。すでに敵が迫撃砲等の武器を所持していることを伝えていたからだった。

敵は散開していた態勢をやや狭めて攻撃態勢に入った。

香川が中隊長に敵の位置をモニターで見せると、中隊長は余裕の笑顔を見せて言った。

「あとは任せて下さい。全員、生け捕りにできればいいんですが……」

「そんな温情をかける必要はありませんよ。奴らは国際テロリズムの活動家なんですから」

「一人殺せば、一人殺される。これが戦場の掟のようなものです。戦わずして勝つのが一番なのですが、彼らにはそれは通用しないかもしれません。ただ、投降という道を残してやるのも軍人としての務めなのです」

それを聞いた香川は三度頷いていた。

それでも中隊長は横で後両手錠を掛けられている敵の姿を見て、香川に言った。

「あなたが取っている行動は大したものだと感心しました。それに、このモニター画像はわれわれにとっても最大の武器になります」

中隊長は三人の小隊長を呼び、モニターを見せて指示を出した。

間もなく二つの小隊が敵の左右に大きく展開した。

敵からの攻撃はない。全員配置完了の報告があると、正面に布陣している小隊から一斉に口径五十七ミリメートルサイズの速射砲五門が火を噴いた。

ドローンからの画像を見ると敵の数メートル上を確実に五十発が通過し、直近の木々を粉砕していた。

敵は全員、伏せの態勢になり自動小銃を正面に向けて乱射したが、遮蔽物に当たるだけで自衛隊に対しては何の効力もなかった。

次に敵の左翼に展開した部隊が速射砲を発射した。今度は敵が立っていれば確実に全滅する高さだった。

ようやく敵も自分たちが囲まれ、圧倒的な人員差があることに気付いた様子だった。しかし、誰も応戦しようという意思がなくなったのか、銃を構える者もいない様子だった。しかし、投降する様子はなかった。

「殉死……というよりもジハードの戦士を気取っているつもりなのか……」

中隊長が呟くように言うと敵の右翼に展開している部隊に指示を出した。

間もなく、敵の五メートル手前に五発の迫撃砲を落とした。

「これで戦意は喪失するでしょうし、こちらが投降を求めていることがわかるはずです」

数十秒の沈黙が流れた。中隊長がアラビア語で呼びかけた。

「日本国自衛隊は戦争を望んでいない。他国で戦闘行為を行うことは国際問題として公の法廷で裁かれる。宗教に動機づけられたテロリストとしての行為には日本国の刑法の影響が及ばない現実がある」

さらに数十秒の沈黙が流れた後、散開していた七人のテロリストが一か所に集まった。

間もなく白旗を上げて一人の男が立ち上がると銃を前に投げた。

自衛隊の小隊長の一人が前に進み出ると、テロリストの前に進んだ。

彼もまたアラビア語を習得していた。

白旗を上げていたのは指揮官のようだった。二人の会話は中隊長が持つ通信機に届いていた。

「もう一人の所在を心配していますね」

「声を聞かせてやっていいですよ」

中隊長がすでに救護班から治療を受けて横になっているテロリストにマイクを向けた。

治療を受け無事である旨を伝えると、指揮官が他のテロリスト全員に投降を指示した。

全員の武装解除を行った後、身柄を拘束すると七人を中隊長の下に連行してきた。

中隊長がテロリストの指揮官に対して言った。

「これから君たちを東京の防衛省に連行する。国際法に従って審判を受けてもらうことになる。君たちを外交の道具にすることはない」

「あなた方の配慮に感謝する」

テロリスト八人全員が自衛隊のヘリコプターで東京市ヶ谷の防衛省に移送された。

現場に残された警視庁ＳＡＴ隊員と香川ら公安部の三人がようやく笑顔を見せた。

香川が言った。

「防弾チョッキの軽量化が必要だな」

「もう少しトレーニングが必要ですね」

小隊長が笑顔で答えた。

「まあな。死ぬかと思った」

「隊員が咄嗟に発砲しましたからね。まさに秒差でした」

「俺もそう思ったよ。感謝している。それに……俺たちもアラビア語の習得は必須だな」

そう言ってようやく香川が豪快に笑った。

## エピローグ

「奴らの本当のバックグラウンドは何なんだ。誰なんだ……」

片野坂はこれまでのデータを再確認していた。

それは、本気でリニア新幹線の工事を中止させるためには、トンネル工事が完成して、試運転の段階でトンネルを破壊する方がもっと効率的であるはずだと考えたからだった。しかも、上海マフィアが世界で唯一運行している高速リニアモーターカーの利権を守ろうとしている……ということにも疑問を持っていた。

「リニアモーターカーなんて、世界はみな撤退した事業ですからね。私も、これだけの時間と費用をかけながら完成しない鉄道路線の必要性を疑っていたんです」

「何か、他に理由があるというのか？」

「私なら、東海道新幹線の新丹那トンネルを爆破します。その方が世界に対するインパクトも大きいはずです。新幹線は今でも世界から注目される交通機関なのですから」

香川も自ら情報を得て、実際に国際テロリストと対峙しただけに、あまりの呆気なさに気が抜ける思いだったことを片野坂に告げていた。

　すると白澤から妙なメールが届いた。

「元民自党幹事長で現在は政界の黒幕、自他共に認めるキングメーカーの中野泰膳がベルギーに現れた……」

　という簡単な内容だった。

「中野泰膳か……」

　その時、片野坂はハッとした。

　すぐに片野坂は中野泰膳の最近の動きを調べた。

　中野泰膳は頻繁にアメリカとイスラエルを訪れていた。

　片野坂はモサドの上席分析官スティーヴ・サミュエルに電話を入れた。

「スティーヴ、教えてもらいたいことがあるんだ。日本の政治家の中野泰膳が、この一年、頻繁にアメリカとイスラエルを訪問しているんだが、その目的を知っているかい？」

「中野泰膳はイスラエルでは評価が高い男だ。アメリカでは元統合参謀本部議長のマイヤーズと会っているようだな」

「統合参謀本部議長？」

「在日米軍司令官兼第五空軍司令官だった、アメリカ空軍でも極めて優れていた男だ」

「今でも影響力がある人物なのか?」

「彼は日本通で、日本大使主催のバーベキュー会には法被姿で参加するほどだ。軍人を降りた後でも、文民に与えられる最高勲章の一つである大統領自由勲章(Presidential Medal of Freedom)を授与されている」

「元軍人が大統領自由勲章を?」

「彼の経歴は面白いんだ。パイロットとして四千時間以上の飛行経験を持ち、大学で経営学修士号(MBA)を取得したほか、空軍指揮幕僚大学、陸軍国防大学、ハーヴァード大学ジョン・F・ケネディ行政大学院の国家・国際安全保障上級行政官課程で学んでいる。防衛大学を出ただけの日本の防衛官僚とは全く違うんだよ」

「そんな人と中野泰膳が親しいのか?」

「そうだろうな。二人に共通しているのは宇宙空間における戦略軍の設置だ」

「宇宙空間……」

片野坂は脳天に杭を打ち込まれた思いだった。スティーヴが続けた。

「マイヤーズは太平洋空軍司令官の後、宇宙軍司令官兼北米航空宇宙防衛軍司令官も経験しているんだ。間もなく、アメリカ合衆国はアメリカ軍の統合軍の一つとしてアメリカ宇宙軍(United States Space Command:USSPACECOM)を正式に復活させることになるだろう。その時、日本はどうするつもりなんだ?」

「日本でもようやく来年に宇宙作戦隊というものが新設されるそうだが……」

「なんだ、その作戦隊……というのは。中国、ロシアに後れを取りかけていたアメリカが再び本気になったんだ。これからの戦争は最初の数十秒で状況が決まってしまう。つまり、サイバーと宇宙での戦いからすべての戦争が始まる。そして、そこで優劣が決まってしまうことになるだろう。別に、そこに日本が入った方がいいとは思わないが、いつ完成するかわからないようなリニア新幹線にあれだけの金を投入するのなら、もっと有効な使い方があるはずだな」

「どうしてそこにリニア新幹線が出てくるんだ？　スティーヴ、君は何か知っているのか？」

「日本でイスラム原理主義の国際テロリズム活動家を逮捕したことはニュースになったからな。しかし、あんなチンケな小僧たちを捕まえたところで、中東問題に何の衝撃も与えられない……ということさ」

片野坂は返す言葉が見つからなかった。

「中野という男は、以前からイスラエルで『日本は戦略的防衛衛星を飛ばす国になる』と言っていた。彼のポリシーは、世界の趨勢（すうせい）を見ても全く間違っていないと思う」

「確かに防衛省の中にも中野が目指している人工衛星を活用した防衛大綱を模索する連中が出てきつつあることは伝わっている……ただ、防衛予算との兼ね合いでそれが困難な状況なのは確かだ」

「防衛予算か……日本のような金持ち国家の言葉とも思えないけどな。とはいいながら、日本の少子化傾向は異常だからな。かつて中国に向かって言った『日が沈む国』に、日本がなりつつあるということは欧米ではすでに広く認められた事実だ」

「その点に関しては全く反論することができない。日本の将来に対する危機感を国民に共有させる努力をしてこなかった政治も悪い。そして、グローバル化、デジタル化に即応できる日本人の人材確保のために、教育改革の重要性を説いてこなかった官僚もダメだった」

「なんだ、アキラはよくわかっているじゃないか。それで、これからどうするつもりなんだ？」

「一つ一つ片づけていくしかないだろうな」

「一つ一つか……時間の流れは速いぜ」

「今は、余計な膿(うみ)を出すことが先決だ」

電話を切った片野坂は再び、今回の事件に関する、全てのデータの見直しを始めた。

「これほど大きなマッチポンプがあろうとは……」

片野坂は白澤に電話をした。

「部付、いかがなさいました？」

「トルコの事件で吉岡里美の名前を使った中国人スパイと韓国で彼女のパスポート情報を盗んだ男のつながりがようやくわかりました」

「逮捕できるのですか？」

「その気になればできます。二人は中野泰膳の手下だった、元経済産業大臣政務官の北(ほう)条(じょう)政信(まさのぶ)の秘書でした」

「えっ？　コリアンマフィアと中国人民解放軍のスパイが……ですか？」

「在日韓国人だった男は韓国に帰ってサンクスト教会に入った男でした。女の方も中国人民解放軍にいながらサンクスト教会の信者だったのです」

「中国人民解放軍でサンクスト教会……ですか？」

「今、中国では宗教に入信する若者が増えているようなんです。それも、キリスト教原理主義が多いようですね。そこに目を付けたのが寧波で勢力を伸ばしたチャイニーズマフィアの連中だったのです」

「でも、中国人民解放軍の軍人がどうやって日本の国会議員の秘書になることができるのですか？」

「北条政信はＩＲ、統合型リゾート施設推進議員の代表的存在でした。そして、北条失脚後の後を継いだのが緒方良亮だったんです」

「えっ？　緒方副大臣が……ですか？」

「私も緒方を追い落とすつもりが、逆に利用されていた……ということになりそうです」

「でも、緒方副大臣はもう終ってしまうのではないのですか？」

「いえ、利用したのは中野泰膳です」

「そこに、まさか、望月さんは関わっていませんよね」

「それは大丈夫です。少し時間はかかることになりますが、彼には我々の仲間に入ってもらうことになりそうです」

「よかった。でも、誰を信用していいのかわからなくなりそうです」

電話を切った片野坂は警備局長室に向かった。

「中野泰膳か……ますます妖怪になりつつあるな」

「彼に同調する若手国会議員をチェックしておく必要がありそうです」

「生き様を残したいのか……そのためには手段を選ばず……か」

「余計な国会議員が多すぎるのも問題ですが……」

片野坂がうな垂れながら言うと、警備局長は大きく咳払いして言った。

「実は、日本が持っている中東のイスラム原理主義者の国際テロリズム部門データについて、その全容を知りたい旨の依頼がアメリカから来たんだ」

「アメリカはどうしてそれを知っているのですか？」

「この前小出しにした情報は、アメリカのあらゆる情報機関に衝撃を与えたようだ」

「どうされるおつもりなのですか？」

「これは随時調べているもので、データとして持っているわけではない旨の回答をしておいた。今回の事案で日本警察が得た情報は計り知れないものだった……ということだ。しかも、現在進行形で情報を得ているんだ。イスラム原理主義だけでなく、チャイニーズマフィア、そして中国共産党の中枢情報もな……いい仕事をしたじゃないか」

　警備局長の言葉に片野坂は二度頷いた。


　公安部の正月は一月二日の皇居参賀が無事に終わって初めて迎えることになる。

　一月六日の仕事始めの朝、片野坂のデスクに香川がコートを手にしたままやってくるなり口を開いた。

「年末の特捜部のクリスマスプレゼントはなかなか面白かったな」

「ＩＲ、統合型リゾート施設推進議員の一人が特捜部に捕まった件ですね」

「奴はかつて、ヤクザもんが主人公になるビデオドラマに自らマル暴担当刑事役で出演していたんだが、本物のマル暴と一緒になってしまった……ということだ」

「中国は本気で日本のＩＲ、統合型リゾート施設に参入したかったのでしょうね。それを足掛かりとしてマネーロンダリングを行い、富裕層の個人情報を盗もうとしていたのでしょう」

「案外、日本のIRを潰そうと思ってたのかもしれないぜ。マカオの成功を邪魔されては困るからな」

「考えられないこともないですね。今後の動きは注視しておく必要があると思います」

香川は二度頷くと思い出したように言った。

「そういえば片野坂、お前、実にいいタイミングでレバノンに行ったものだな」

「我ながら絶妙なタイミングだったと思います。一か月遅れていたら、国内暴動に巻き込まれていたかもしれませんし、アメリカとイランの争いで何もできなかったかもしれません」

「レバノンという国は変わっているからな。一九七二年にイスラエルのテルアビブ空港で乱射事件を実行し、二十四人を殺害してただ一人逮捕された岡本公三は、PFLPパレスチナ解放人民戦線総司令部、ヒズボラなどイスラエルと敵対する勢力の庇護を受けてレバノンのベイルート郊外のアパートでのうのうと暮らしているんだからな」

「イスラエルと対立するレバノン政府は岡本の政治亡命を認めたわけですからね。宗教的背景のないテロリストだって保護してしまう、そういう危うさがある国家なんです」

「そんな国に逃亡したセコイ野郎は、永遠にあの国から出ないつもりなのかね」

「ゴーン　ワズ　ゴーンですね」

「レバノンの治安当局者によると、ゴーンは二十九日夜に関西国際空港から日本を秘密裏に出国、プライベートジェットを用いてトルコを経由しレバノンの首都ベイルートにあるベイルート国際空港に日本の大晦日の朝に到着したそうだな」

「プライベートジェットの場合には航空機内に積み込む荷物の検査である『保安検査』の法的な義務はなく、機長が実施の必要性を判断しているだけなんです。今後、オリンピック等で世界中のセレブがプライベートジェットで来日した際の保安検査基準を早急に見直す必要がありそうですね」

「プライベートジェットが犯罪の温床になる可能性が実に高いことを、税関も知っておくべきだな。セコイ野郎の話はともかくとして、イランはどうなってしまうんだ？」

香川は早い時期に片野坂の意見を聞いておきたかったようだった。

「いつかは実行するだろうとは思っていましたが、イラン革命防衛隊の精鋭部隊コッズ部隊のソレイマニ司令官をイラク・バグダッドで、しかもドローンを使用して攻撃殺害するとは思っていませんでした」

「またしてもドローン……だからな。トランプ政権の誕生以来、様々な形で米国とイランの摩擦が続いてきたが、今回の殺害はこれまでで最も大きなリスクだと思っていたが……」

イランの軍隊組織の一つであるイスラム革命防衛隊の一部門で、イラン国外でも特殊作戦を行うコッズ部隊は、国外での作戦を担当しており、レバノンのヒズボラやイエメンのフーシ、イラク・シリア・アフガニスタンのシーア派民兵組織や、パレスチナのハマースやイスラム聖戦機構などの暴力的な非国家主体を軍事的に支援している

「米軍によるスレイマニ司令官の殺害行為は『越えてはならない一線』だったというのが国防総省の主だった者の考えのようですからね。とはいえ、スレイマニ司令官はシーア派の三日月地帯と呼ばれる地域で、対アメリカ作戦を進めていたことは事実だったようですけどね」

イランからイラク、シリアを経て、ヒズボラが根を張るレバノンまで、イラン系民兵組織、イランの支援を受けるシーア派武装組織が優勢な地帯が「シーア派の三日月地帯」である。イラン西部のイラク国境から、地中海沿岸に達するまで、地図の上では三日月のように見えるため、そう呼ばれている。

イランの精鋭部隊「革命防衛隊」とヒズボラ、そして気脈を通じるシーア派軍事組織が点在するつながりを通じて、レバノン、イラク、シリアに武器、物資を巧妙な手法で輸送してきた。この結果、イランが各地域でイランを代理する勢力を確保することに成功したとも言われている。

「なるほど……しかし、イランはアメリカに対して国家対国家という戦いを挑むことは

ないだろう。しかし、トランプ個人に対する何らかのテロを行う可能性は反米主義者に対するガス抜き効果を考えると、あながち否定できない」

「全面戦争に発展することはないと思いますよ」

「どちらにもリスクが大きすぎるからな……」

「当面、私たちの仕事が減らないことは確かですね」

片野坂の言葉に香川は頷くと右手で猪口を持つような仕草をして言った。

「今日は仕事にならんだろうから、これから二人だけの新年会といくか」

「いいですね。美味い日本酒がある店に連れて行って下さいよ」

「連れては行くけどな」

香川が豪快に笑って片野坂のデスクに置いていたコートに手を伸ばした。

この作品は文春文庫のために書き下ろされたものです

この作品は完全なるフィクションであり、登場する人物や団体名などは、実在のものと一切関係ありません

定価はカバーに
表示してあります

警視庁公安部・片野坂彰(けいしちょうこうあんぶ・かたのさかあきら)
# 動脈爆破(どうみゃくばくは)

2020年3月10日　第1刷

著　者　濱　嘉之(はま よしゆき)
発行者　花田朋子
発行所　株式会社　文藝春秋

東京都千代田区紀尾井町 3-23　〒102-8008
TEL　03・3265・1211(代)
文藝春秋ホームページ　http://www.bunshun.co.jp
落丁、乱丁本は、お手数ですが小社製作部宛お送り下さい。送料小社負担でお取替致します。

印刷製本・大日本印刷
Printed in Japan
ISBN978-4-16-791451-6

（　）内は解説者。品切の節はご容赦下さい。

似鳥鶏（にたどり けい）
**午後からはワニ日和**
「怪盗ソロモン」の貼り紙と共にイリエワニ、続いてミニブタが盗まれた。飼育員の僕は獣医の鴇（とき）先生と事件解決に乗り出す。個性豊かなメンバーが活躍するキュートな動物園ミステリー。
に-19-1

似鳥鶏
**ダチョウは軽車両に該当します**
ダチョウと焼死体がつながる？　――楓ヶ丘動物園の飼育員「桃くん」と変態（？）「服部くん」、アイドル飼育員「七森さん」、そしてツンデレ女王の「鴇先生」たちが解決に乗り出す。
に-19-2

似鳥鶏
**迷いアルパカ拾いました**
書き下ろし動物園ミステリー第三弾！　鍵はフワフワもこもこ愛されキャラのあの動物！　飼育員の桃くんと七森さん、ツンデレ獣医の鴇先生、変態・服部君らおなじみの面々が大活躍。
に-19-3

似鳥鶏
**モモンガの件はおまかせを**
体重50キロ以上の謎の大型生物が山の集落に出現。その「怪物」を閉じ込めたはずの廃屋はもぬけのから!?　おなじみの楓ヶ丘動物園の飼育員達が謎を解き明かす大人気動物園ミステリー。
に-19-4

濱嘉之
警視庁公安部・青山望
**完全黙秘**
財務大臣が刺殺された。犯人は完黙し身元不明のまま。捜査する青山望は政治家と暴力団・芸能界の闇に突き当たる。元公安マンが圧倒的なリアリティで描くインテリジェンス警察小説。
は-41-1

濱嘉之
警視庁公安部・青山望
**政界汚染**
次点から繰上当選した参議院議員の周辺で、次々と人が死んでいく。警視庁公安部・青山望の前に現れた、謎の選挙ブローカー、刀匠らが、大きな権力の一点に結び付く。シリーズ第二弾。
は-41-2

濱嘉之
警視庁公安部・青山望
**報復連鎖**
大間からマグロとともに築地に届いた氷詰めの死体。麻布署に異動した青山が、その闇で見たのは「半グレ」グループと中国マフィアが絡みつく裏社会の報復。大人気シリーズ第三弾！
は-41-3

（　）内は解説者。品切の節はご容赦下さい。

濱　嘉之
**機密漏洩**
警視庁公安部・青山望

平戸に中国人五人の射殺体が漂着した。捜査に乗り出した青山は日本の原発行政をも巻き込んだ中国の大きな権力闘争に気付く。そして浮上する意外な共犯者……。シリーズ第四弾。

は-41-4

濱　嘉之
**濁流資金**
警視庁公安部・青山望

仮想通貨取引所の社長殺害事件と急性心不全による連続不審死事件。所轄から本庁に戻った青山は、二つの事件の背後に広がる闇に戦慄する。リアリティを追求する絶好調シリーズ第五弾。

は-41-5

濱　嘉之
**巨悪利権**
警視庁公安部・青山望

湯布院温泉で見つかった他殺体。マル害は九州ヤクザの大物だった。凶器の解明で見えてきた、絡み合う巨大宗教団体と利権の構造。ついに山場を迎えた青山と黒幕・神宮寺の直接対決。

は-41-6

濱　嘉之
**頂上決戦**
警視庁公安部・青山望

分裂するヤクザとチャイニーズ・マフィア！　悪のカリスマ、神宮寺武人の裏側に潜んでいたのは中国の暗闇だった。青山、大和田、藤中、龍の「同期カルテット」が結集し、最大の敵に挑む！

は-41-7

濱　嘉之
**聖域侵犯**
警視庁公安部・青山望

パナマ文書と闇社会。汚職事件、テロリストの力学。日本の聖地、伊勢で緊急事態が発生。からまる糸が一筋になったとき、公安のエース青山望は「国家の敵」といかに対峙するのか。

は-41-8

濱　嘉之
**国家簒奪**（さんだつ）
警視庁公安部・青山望

組のご法度、覚醒剤取引に手を出した暴力団幹部が爆殺された。背後に蠢く非合法組織は、何を目論んでいるのか。国家の危機に、公安のエース、青山望が疾る人気シリーズ第九弾！

は-41-9

濱　嘉之
**一網打尽**
警視庁公安部・青山望

祇園祭に五発の銃声！　背後の中国・南北コリアン三つ巴のマフィア抗争、さらに半グレと芸能ヤクザ、北朝鮮サイバーテロの闇を、公安のエース・青山望が追いつめる。シリーズ第十弾！

は-41-10

（　）内は解説者。品切の節はご容赦下さい。

**濱 嘉之**
**警視庁公安部・青山望**
**爆裂通貨**

ハロウィンの渋谷で、マリオに仮装した集団が爆破・殺人事件！　しかも被害者は無戸籍者――背後の北朝鮮とテロの予兆を公安部エース青山は防げるか？　迫真シリーズ第十一弾。

は-41-11

**濱 嘉之**
**警視庁公安部・青山望**
**最恐組織**

東京マラソンと浅草三社祭で覚醒剤混入殺人事件が――。背後の中・韓・露マフィアの複合犯罪に青山と同期カルテットが挑む。元・警視庁公安部の著者ならではの迫真シリーズ最終巻！

は-41-12

**濱 嘉之**
**内閣官房長官・小山内和博**
**電光石火**

権力闘争、テロ、外交漂流……次々と官邸に起こる危機を警視庁公安部出身の著者が内閣官房長官を主人公に徹底的なリアリティーで描く。著者待望の新シリーズ、堂々登場！

は-41-30

**福澤徹三**
**侠飯**（おとこめし）

就職活動中の大学生が暮らす1Kのマンションに転がり込んできたヤクザは、妙に「食」にウルサイ男だった！　まったく異質なふたつが交差して生まれた、新感覚の任侠グルメ小説。

ふ-35-2

**福澤徹三**
**侠飯2**
ホット&スパイシー篇

リストラ間際の順平は、ある日ランチワゴンで実に旨い昼飯に出会う。店主は頬に傷を持つ、どう見てもカタギではない男。任侠×グルメという新ジャンルを切り拓いたシリーズ第二弾！

ふ-35-3

**福澤徹三**
**侠飯3**
怒濤の賄い篇

上層部の指令でやくざの組長宅に潜入したヤミ金業者の卓磨。そこに現れた頬に傷もつ男。客人なのに厨房に立ち、次々絶品料理をつくっていく――。シリーズ第三弾、おまちどおさま！

ふ-35-4

**福澤徹三**
**侠飯4**
魅惑の立ち呑み篇

代議士秘書の青年が足繁く通う立ち呑み屋。目当ては店を一人で切り盛りする女の子。しかしある日、怪しげな二人組が現れ……。好評シリーズ第四弾の舞台は陰謀渦巻く政界だ！

ふ-35-5

（　）内は解説者。品切の節はご容赦下さい。

宮藤官九郎
**きみは白鳥の死体を踏んだことがあるか（下駄で）**
冬の白鳥だけが名物の東北の町で男子高に通う「僕」。ある日、ローカル番組で「おもしろ素人さん」を募集しているのを見つけた僕は、親友たちの名前を勝手に書いて応募し……。（石田衣良）
く-34-3

倉知　淳
**片桐大三郎とＸＹＺの悲劇**
元銀幕の大スター・片桐大三郎の趣味は、犯罪捜査に首を突っ込む事。その卓越した推理力で、付き人の乃枝と共に事件に迫る。絶妙なコンビが活躍するコミカルで抱腹絶倒のミステリー。
く-40-1

小松左京
**アメリカの壁**
アメリカと外界とが突然、遮断された。いったい何故？　四十年前にトランプ大統領の登場を予言した、と話題沸騰の表題作を含む、ＳＦ界の巨匠の面目躍如たる傑作短編集。（小松実盛）
こ-5-13

幸田真音
**ナナフシ**
リーマン・ショックで全てを失った男と将来有望な若きバイオリニストが出会う。病を抱えた彼女を救うべく、男は再び金融市場へ。経済小説の旗手が描く「生への物語」。（倉都康行）
こ-25-6

今野　敏（びん）
**曙光の街**
元ＫＧＢの日露混血の殺し屋が日本に潜入した。彼を迎え撃つのはヤクザと警視庁外事課員。やがて物語は単なる暗殺事件から警視庁上層部のスキャンダルへと繋がっていく！（細谷正充）
こ-32-1

今野　敏
**白夜街道**
外務官僚が、ロシア貿易商と密談後に変死した。警視庁公安部の倉島警部補は、元ＫＧＢの殺し屋で貿易商のボディーガードとなったヴィクトルを追ってロシアへ飛ぶ。緊迫の追跡劇。
こ-32-2

今野　敏
**凍土の密約**
公安部でロシア事案を担当する倉島警部補は、なぜか殺人事件の捜査本部に呼ばれる。だがそこで、日本人ではありえないプロの殺し屋の存在を感じる。やがて第２、第３の事件が……。
こ-32-3

（　）内は解説者。品切の節はご容赦下さい。

今野　敏
**アクティブメジャーズ**
「ゼロ」の研修を受けた倉島に先輩公安マンの動向を探るオペレーションが課される。同じころ、新聞社の大物が転落死した。二つの事案は思いがけず繋がりを見せ始める。シリーズ第四弾。
こ-32-4

今野　敏
**防諜捜査**
ロシア人ホステスの轢死事件が発生。事件はロシア人の殺し屋による暗殺だという日本人の証言者が現れた。ゼロの研修から戻った倉島は、独自の〝作業〟として暗殺者の行方を追う！
こ-32-5

小森健太朗
**大相撲殺人事件**
相撲部屋に入門したマークを待っていたのは角界に吹き荒れる殺戮の嵐だった。立ち合いの瞬間、爆死する力士、頭のない前頭。本格ミステリと相撲、伝統と格式が融合した傑作。（奥泉　光）
こ-35-2

笹本稜平
**還るべき場所**
世界2位の高峰K2で恋人を亡くした山岳家は、この山にツアーガイドとして還ってきた。立ちはだかる雪山の脅威と登山家たちのエゴ。故・児玉清絶賛の傑作山岳小説。（宇田川拓也）
さ-41-3

笹本稜平
**春を背負って**
先端技術者としての仕事に挫折した長嶺亨は、山小屋を営む父の訃報に接し、脱サラをして後を継ぐことを決意する。山を訪れる人々が抱える人生の傷と再生を描く感動の山岳短編小説集。
さ-41-4

笹本稜平
**その峰の彼方**
厳冬のマッキンリーを単独登攀中に消息を絶った孤高の登山家・津田悟。親友の吉沢ら捜索隊が壮絶な探索行の末に見た奇跡とは？　山岳小説の最高峰がここに！（宇田川拓也）
さ-41-5

佐々木　譲
**ユニット**
十七歳の少年に妻を殺された男。夫の家庭内暴力に苦しみ、家出した女。同じ職場で働くことになった二人に、魔の手が伸びる。少年犯罪と復讐権、家族のあり方を問う長篇。（西上心太）
さ-43-1

（　）内は解説者。品切の節はご容赦下さい。

坂木 司
**ワーキング・ホリデー**
突然現れた小学生の息子と夏休みの間、同居することになった元ヤンでホストの大和。宅配便配達員に転身するも、謎とトラブルの連続で!?　ぎこちない父子の交流を爽やかに描く。（吉田伸子）
さ-49-1

坂木 司
**ウィンター・ホリデー**
冬休みに再び期間限定の大和と進の親子生活が始まるが、クリスマス、正月、バレンタインとイベント続きのこの季節はトラブルも続出……。大人気「ホリデー」シリーズ第二弾。（吉田伸子）
さ-49-2

坂木 司
**ホリデー・イン**
おかまのジャスミンが拾った謎の男の正体。完璧すぎるホスト・雪夜がムカつく相手――大和と進親子を取り巻く仕事仲間たちの〝事情〟を紡ぐ、六つのサイドストーリー。（藤田香織）
さ-49-3

桜庭一樹
**私の男**
落魄した貴族のようにどこか優雅な淳悟は、孤児となった花を引き取る。内なる空虚を抱えて、愛に飢えた親子が超えた禁忌を圧倒的な筆力で描く第138回直木賞受賞作。（北上次郎）
さ-50-1

桜庭一樹
**荒野**（こうや）
恋愛小説家の父と鎌倉で暮らす少女・荒野。父の再婚、同級生からの告白、新たな家族の誕生……。十二～十六歳、少女の四年間を瑞々しく描いた成長物語が合本で一冊に。（吉田伸子）
さ-50-8

桜庭一樹
**ほんとうの花を見せにきた**
中国の山奥から来た吸血種族バンブーは人の姿だが歳を取らない。マフィアに襲われた少年を救ったバンブーが掟を破って人間との同居生活を始めるが。郷愁誘う青春小説。（金原瑞人）
さ-50-9

桜庭一樹
**傷痕**
人気ポップスターの急死で遺された十一歳の愛娘〝傷痕〟。だがその出生は謎で、遺族を巻き込みつつメディアや世間の注目の的に。彼女は父の死をどう乗り越えるのか。（尾崎世界観）
さ-50-10